THERESE VON LISIEUX, KARMELITIN

EMMANUEL RENAULT, o.c.d.

THERESE VON LISIEUX KARMELITIN

Die Regel, die Freiheit und die Liebe

Übersetzung von
ELISABETH HAAS

Paqué – Druck und Verlag – GmbH
Ramstein
2004

Deutsche Lizenzausgabe des Buches «Thérèse de Lisieux Carmélite»

Aus dem Französischen übersetzt von Elisabeth Haas

Herausgegeben vom Karmel «Maria in der Not»
Essen – Stoppenberg
Druck: Paqué – Druck und Verlag – GmbH, Ramstein

ISBN 3-9807872-6-5

GELEITWORT

Ein Karmel in einer Diözese ist für einen Bischof eine Gnade. So empfinde und erfahre ich es, der ich kürzlich meinen Dienst als Bischof von Essen angetreten habe. Wenn eine Ortskirche unterfangen ist vom Gebet und von der Sendung eines Karmels, darf sie in der berechtigten Hoffnung leben, dass die vielfältigen Probleme der Seelsorge und Kirche unserer Zeit durch das stellvertretende Gebet der Schwestern vor den Herrn getragen werden. So wird die Sendung der Kleinen Therese immer wieder neu konkret.

Es ist der Liebe eigen herabzusteigen. Diese Aussage hat Therese gelebt, indem sie sich der Regel unterworfen hat. Das gab ihr Freiheit, eine Freiheit, die aus der Liebe kommt.

Gerne gebe ich dieser Übersetzung des französischen Buches von Pater Emmanuel Renault mein Geleit. Pater Emmanuel betrachtet Therese nicht von außen, sondern stellt sie in den Karmel hinein und gibt damit ihrer Spiritualität des Kleinen Weges ein große Tiefe.

Mögen die Schwestern, die ihre kontemplative Berufung mit Christus verborgen in Gott leben, und viele, die ihnen und der Kleinen Therese verbunden sind, durch dieses Buch auf den Kleinen Weg geführt oder angeregt werden, ihm weiter zu folgen und aus der Tiefe der Liebe eine mächtige Quelle für ihre Sendung erfahren!

Essen, am Fest der Kleinen Therese 1. Oktober 2004

Dr. Felix Genn
Bischof

VORWORT

Die unerschöpfliche theresianische Bibliographie wird durch das Buch von Pater Emmanuel Renault um einige neue Gesichtspunkte erweitert. Indem er die theresianischen Quellenschriften mit großer Genauigkeit liest, zeigt er uns, dass die Jahre, die Schwester Therese vom Kinde Jesus und vom Heiligen Antlitz im Karmel von Lisieux verbrachte, ihre Persönlichkeit zutiefst kennzeichneten und formten und sie zur Heiligkeit hinführten. Es handelt sich ganz einfach um eine Studie über die Karmelitin Therese im realen Umfeld ihres täglichen Lebens. Aber es ist gleichzeitig eine sehr präzise Studie auf der Grundlage der Ordensregel, der Konstitutionen und jenes berühmten «papier d'exaction»[1]*, das viele Biographen erwähnen, ohne es vielleicht jemals gelesen zu haben. Schließlich werden auch die Schriften von Therese zugrunde gelegt sowie die zahlreichen Zeugnisse aus ihrer Umgebung insbesondere solche, die in den Prozessen vorkommen.*

Das Ergebnis ist erstaunlich und faszinierend. Endlich nimmt man Abstand von den so zahlreichen annähernden Beschreibungen des Karmellebens von Schwester Therese. Wir sehen, wie sie in der materiellen und menschlichen Wirklichkeit ihres Umfeldes lebt, das fürwahr zu dem ihrigen wurde. Bei dieser Gelegenheit kann man Thereses eigene Worte über das Leben der Heiligen ihrer Zeit anführen: „Ich muss sehen, wie ihr Leben wirklich ist und nicht, wie man es vermutet" (DE, S. 390[2]*).*

Sie ist keine Außerirdische. Denn sie ist in einer Landschaft, einer

1 Vgl. Kapitel 3!

2 Vgl. die Liste der benutzten Abkürzungen, S. 157!

Familie und einem Klosterleben verwurzelt, das auf der Spiritualität der Heiligen Teresa von Jesus (1515-1582), der Gründerin der karmelitanischen Reform im spanischen XVI. Jahrhundert, basiert.

Allein unter diesem Gesichtspunkt zeigt die Studie von Pater Emmanuel Renault die zentrale Bedeutung der Mutter von Avila für die Entwicklung und den Weg der jungen französischen Karmelitin. Dieser Einfluss blieb zu oft unbeachtet oder wurde unterschätzt.

Das Buch zeigt auch, wie Schwester Therese, vom Heiligen Geist erleuchtet, auf der Grundlage einer Ordensregel und den Sitten einer Epoche einen Weg der Wahrhaftigkeit und Freiheit fand, der sie in einem verborgenen Leben, dem der Wüste des Karmel, zur höchsten Stufe der Heiligkeit führte.

Die Bräuche im Kloster konnten sich wandeln (das zweite Vatikanische Konzil veränderte vieles in Anpassung an die Wirklichkeit des modernen Lebens), doch die Ordensregel des Karmel bleibt. Eine Ordensregel wird von dem Gründer oder der Gründerin aufgestellt, um der Person oder der Gemeinschaft, die sie befolgt, die Möglichkeit zu geben, das angestrebte Ziel zu erreichen: das Evangelium gemäß dem Charisma zu leben, das dem gegründeten Orden eigen ist. Natürlich wird die Regel aus einer menschlichen Freiheit heraus gelebt. Aber das höchste Ziel aller Lebensregeln besteht darin, Menschen für die Liebe zu Gott und ihren Nächsten freizumachen.

Das karmelitanische Charisma wird in der Zurückgezogenheit, dem gewohnheitsmäßigen Schweigen, der einsamen Arbeit, in ständigem Gebet gelebt. („Tag und Nacht im Gesetz des Herrn betrachten") Das zweistündige gemeinsame Gebet in der Kapelle bleibt hierfür besonders charakteristisch. Das alles vollzieht sich in einer kleinen Gemeinschaft, in der die Zahl von einundzwanzig Mitgliedern nicht überschritten werden darf, damit ein „Familienleben" möglich bleibt.

Und so hat Schwester Therese innerhalb von nur neun Jahren – vom fünfzehnten bis zum vierundzwanzigsten Lebensjahr – geleitet von den Richtlinien und der Orientierung an den Gesetzen des Karmel, „die Strecke eines Riesen" durchlaufen (Ms A 44v). Das geschah nicht nur in einem persönlichen Aufstieg, der sie am 9. Juni 1895 zur Hingabe ihrer selbst an die Barmherzige Liebe, und am 3o. Septem-

ber 1897 zu einem Tod aus Liebe führte. Sie wurde auch zu einer „Meisterin der spirituellen Weisheit", wie Papst Johannes Paul II. am 24. August 1997 in Paris verkündete. Sie „nimmt eine auserwählte Stellung in der Kirche ein. Ihre herausragende Lehre verdient es, als eine der fruchtbarsten anerkannt zu werden." Aus diesem Grunde ernannte sie der Papst am Missionssonntag, dem 19. Oktober 1997, auf dem Petersplatz in Rom zur Kirchenlehrerin.

Das Buch von Pater Renault zeigt, dass Therese auch Lehrerin für den Karmel ist: „Novizenmeisterin" ersten Ranges, lebende Zeugin der karmelitanischen Spiritualität, reichhaltige Quelle für den Karmel des dritten Jahrtausends. Dieser Karmelitenpater, Generaldefinitor in Rom während eines Zeitraumes von zwölf Jahren, hatte alle Voraussetzungen für die erfolgreiche Durchführung dieser Studie. Als Betreuer der Karmelitinnen auf Weltebene und in den beiden Föderationen Südfrankreichs kennt er von Grund auf diese besondere Berufung, die es der heiligen Therese erlaubte, eine universale Heilige zu werden, deren Ausstrahlung in weniger als einhundert Jahren die fünf Kontinente erfasste.

Wir danken ihm herzlich und brüderlich für diesen bemerkenswerten Beitrag zum Verständnis der heiligen Therese von Lisieux.

GUY GAUCHER o.c.d.
Weihbischof von Bayeux und Lisieux

EINLEITUNG

Die heilige Therese von Lisieux, „eine Kirchenlehrerin“!

Überraschung und Vorbehalte bei den einen, Freude und Genugtuung für die anderen. Diese offizielle Erklärung der Kirche ist letztlich nichts anderes als die Anerkennung einer allgemein bekannten Tatsache. Sie fügt zwar der (himmlischen) Herrlichkeit der Heiligen nichts hinzu, doch in vielerlei Hinsicht bewirkt sie – und wird sie weiterhin bewirken – einen gewandelten Blick auf die Heilige, besonders indem sie eine falsche Perspektive hinsichtlich ihrer Persönlichkeit korrigiert.

In der Tat, weil die Heilige den Christen unserer Zeit Antworten gibt, die den Schwierigkeiten ihres Lebens angemessen sind sowie ihrem Bedürfnis, das Evangelium im Rahmen ihrer Möglichkeiten wirklich zu leben, weil so viele Männer und Frauen ihre verständnisvolle und vertraute Gegenwart an ihrer Seite wahrnehmen auf dem Weg über die Faszination ihrer Schriften und ihrer geheimen oder gar wunderbaren Interventionen, sind unsere Zeitgenossen versucht zu vergessen, dass Therese dem 19. Jahrhundert angehört.

Wenn die Gnade und ihre spirituelle Genialität es ihr erlaubten, sich von der Enge und den irrigen Vorstellungen des christlichen und klösterlichen Lebens jenes auslaufenden 19. Jahrhunderts zu befreien, so bleibt es doch nicht weniger wahr, dass sie dank der traditionellen spirituellen Grundlagen und des strengen Lebens des von der heiligen Teresa von Avila und dem heiligen Johannes vom Kreuz reformierten Karmel zu jener Freiheit des Geistes und jener Einfachheit gelangte, die den Heiligen und den Kindern eigen sind und uns Therese so nahe bringen.

Um ihren wahren geistlichen Weg zu berücksichtigen, war es daher unverzichtbar aufzuzeigen, wie und weshalb Therese sich bemühen wollte, alle Vorschriften ihrer *Ordensregel,* der *Konstitutionen* und der gültigen Bräuche mit einer heldenhaften Genauigkeit zu befolgen, die in dem Handbuch der Regeln und Vorschriften, dem sogenannten *«papier d'exaction»,* enthalten sind und die damals als authentischer Ausdruck des Geistes der Reformatorin des Karmel betrachtet wurden.

Zweifellos hat dieser strenge Rahmen eines karmelitanischen Ordenslebens, in dem Therese eine vollkommene Karmelitin sein wollte, ihr ermöglicht, ihren „Kleinen Weg" des Vertrauens und der Hingabe zu „erfinden" und auf den Punkt zu bringen und so die Reichtümer des Evangeliums und insbesondere die göttliche Barmherzigkeit zu entdecken.

Zur Beruhigung des Lesers sei hier erwähnt, dass die *Richtlinien* der Karmelitinnen nach dem Zweiten Vatikanischen Konzil den Bedingungen des modernen Lebens angepasst wurden und man das berühmte *«papier d'exaction»* außer Kraft setzte.

Und so wurde Therese, indem sie die Klosterregel aus Liebe zu Jesus, ihrem Geliebten, treu befolgte, zu jenem Meisterwerk der Natur und der Gnade, das uns die Kirche zur Verehrung und Nachahmung empfiehlt.

Dies ist also das Ziel der Studie. Sie enthält keine Lehrmeinung über den „Kleinen Weg" oder über die Prüfungen der Heiligen in ihrem Verhältnis zu Gott.[1]

Es bleibt klarzustellen, dass die in Kursivschrift gehaltenen Wörter und Sätze in den Zitaten von Therese zum größten Teil von uns hervorgehoben wurden.

Schließlich ist es uns ein besonderes Anliegen, den Verfassern der *Nouvelle Édition Critique** der Werke von Therese herzlich für ihre Arbeit zu danken, die zur Ernennung der Heiligen zur Kirchenlehrerin geführt und dem Autor wertvolles Material für seine kleine Studie geliefert hat.

E. R.

1 Siehe P. Emmanuel RENAULT, L'Épreuve de la foi. Le combat de Sainte Thérèse de l'Enfant-Jésus*, Verlag Cerf (Ed. Du Cerf), 1974

KAPITEL I

DIE BERUFUNG THERESES, DER ANRUF GOTTES UND DIE WAHL DES KARMEL

Der Anruf Gottes

Man könnte vermuten, dass eine so „charismatische" Heilige, wie es Therese war, den Anruf Gottes in einem Wort des Evangeliums vernommen hätte, wie es z.B. beim heiligen Franz von Assisi der Fall war. Aber sie, die den „kleinen Seelen" einen einfachen Weg zu Gott zeigen sollte, verspürte nichts dergleichen. Sie wurde auch nicht wie andere Heilige durch eine „innere Stimme" inspiriert. Es waren lediglich der Einfluss und das Beispiel ihrer Schwester Pauline, die ihr dazu verhalfen, ihre eigene Berufung zu erkennen. So zum Beispiel, während sie in ihrer Familie wiederholt vernahm: „selbstverständlich wird Pauline Ordensfrau,",„dachte ich, *ohne allzu genau zu wissen, was das war: Auch ich werde Ordensfrau*" (A 6r).

Wir wissen, dass sich dieses Bewusstsein ihrer Berufung bei ihr bereits im Alter von drei Jahren einstellte; denn in einem Brief vom 9. Juli 1876 berichtet Frau Martin über den Augenblick, in dem sich die Familie offen über die Absicht Paulines unterhielt, ins Kloster zu gehen: *„In ihrer gewohnten Offenheit* hat mir Pauline erzählt, dass sie sich der Leitung des Paters (eines Jesuiten) unterstellt habe und er ihr gesagt habe: ‚Mein Kind, ich glaube, Sie sind berufen, ins Kloster zu gehen.'" [1]

1 Zélie MARTIN, Correspondance familiale*, Karmel von Lisieux, 1958, S. 301.

Wenn Paulines geistlicher Führer die Eignung seines Schützlings für das Ordensleben erkennen konnte, so könnte Therese selbst auch unbewusst dadurch beeinflusst worden sein. War dies nicht der Grund, weshalb sie ihre große Schwester als ihr „Lebensideal" betrachtete? (A 6r.)

Man kann die Bedeutung von Paulines Rolle bei der Erziehung und geistlichen Entwicklung Thereses nicht hoch genug einschätzen. Sie wurde oft zu wenig bewertet trotz des Nachdrucks, mit dem die Heilige in ihren Schriften und bis zu ihrem Tod immer wieder darauf hinwies.

So zögerte sie bezüglich ihrer religiösen Berufung nicht, ihrer Schwester das Hauptverdienst zuzuschreiben, weil sie sie durch das Beispiel ihres Lebens zu einer vollkommenen Hingabe an Gott geführt habe. Das wäre normalerweise die Aufgabe eines Priesters gewesen: *„Sie waren es,* meine geliebte Mutter, die Jesus auserwählte, um mich mit Ihm zu verbinden[...]. Sie waren mein Ideal. Und Ihr Beispiel hat mich *schon vom zweiten Lebensjahr an* mitgerissen hin zu dem Bräutigam der Jungfrauen." *(ibid.)*

Therese gibt uns hier zu verstehen, dass die Gnade sie erreicht hatte, ohne dass es ihr klar bewusst wurde, lange bevor sie den spontanen Wunsch verspürte, ihrer großen Schwester ausdrücklich nachzueifern.

Es handelte sich also nicht um den Einfall oder die „Laune" eines dreijährigen Kindes, die man einzig und allein seiner großen Liebe zu Pauline hätte zuschreiben können, sondern um eine persönliche und endgültige Entscheidung, die sie aus der Tiefe ihres Seins heraus für das getroffen hatte, was sie intuitiv als das Beste und Vollkommenste begriffen hatte, ohne noch zu wissen, was es war.

Das betont sie auch besonders, indem sie hinzufügt: „Diese ist eine [meiner] ersten Erinnerungen, und seitdem *habe ich meinen Entschluss nie geändert!" (ibid.)*

So konnte sie zwölf Jahre später Herrn Révérony, dem Generalvikar von Mgr. Hugonin, versichern, dass sie „vom Erwachen [ihres] Verstandes an" bereits den Wunsch gehegt habe, ins Kloster zu gehen.(A 54v).

Therese erinnerte immer wieder gern daran, dass sie sich bereits in zartester Kindheit Gott endgültig zugewandt hatte. So erwähnt sie wiederholt, dass sich ihr Herz „seit seinem Erwachen zu Gott erhoben habe"(A 40r). Sie schreibt an Pater Roulland : „Unser Herr, der meinen ersten Blick für Sich allein haben wollte, hatte die Güte, *bereits von der Wiege an* nach meinem Herzen zu verlangen, wenn ich das so sagen kann (LT 201, vom 1. Nov. 1896) *Und beim Verfassen ihres letzten Theaterstückes für die Rekreation,* das den Titel *Heiliger Stanislaus Koska* trägt, im Februar 1897 sechs Monate vor ihrem Tod, konnte sie nicht umhin, noch einmal eine Anspielung auf ihre eigene Berufung einzufügen und schrieb: „In Seiner Barmherzigkeit hat der Liebe Gott die Güte gehabt, mich *bereits in der Morgenröte meines Lebens* zu Sich zu rufen."[1]

Wenn Therese im Alter von zwei Jahren bereits Ordensschwester zu werden wünschte und es sich dabei nicht um eine einfache Laune, sondern um einen wirklichen Entschluss handelte, den die Jahre und die Lebensbedingungen nicht veränderten, so *wusste sie* allerdings im Alter von drei Jahren *noch nicht, wie und wo* es geschehen sollte. Sie hatte den Anruf Gottes wohl vernommen und entschieden daran festgehalten, aber dieser Anruf blieb unbestimmt in Bezug auf die Art der Lebensweise und den Ort. Sie wusste kaum, „was Ordensleben war"!

Und so sehen wir, wie sie ihrer Phantasie freien Lauf lässt in Anlehnung an das, was sie von ihren Schwestern Marie und Pauline hört, die damals im Internat bei den Schwestern von der Heimsuchung Mariens von Le Mans waren.

Ein Brief Paulines vom 4. April 1877 (Therese war damals drei Jahre und drei Monate alt) vermittelt uns lustige Einzelheiten über ihre Vorstellung vom Klosterleben. Pauline schreibt an ihre Freundin Louise Magdelaine: „Gestern Abend hat sie *[Therese]* sich mir ganz anvertraut. Es war zum Totlachen: ‚Ich werde *in einem Kloster Ordensschwester* sein, weil Céline dorthin gehen will, und dann, meine Pauline, muss man auch den Leuten das Lesen beibringen, weißt Du? Aber ich werde keinen Unterricht geben, weil mir das zu langweilig

1 Théâtre au Carmel*, Éd. du Cerf-DDB, RP 8, 3v, S. 277.

wäre. Céline muss das tun. Ich *werde die Mutter sein.* Ich werde den ganzen Tag in der „Klosterei" spazieren gehen, und dann werde ich mit Céline gehen, wir werden im Sand spielen und dann mit der Puppe..'."(LD vom 4. April 1877; CGI S.96). Als Pauline ihr zu verstehen gab, dass sie im Kloster nicht reden dürfe, fragte Therese, wer ihr denn dann das Beten beibrächte, ohne etwas zu sagen. „Da ich ja die Mutter sein werde?" *(ibid.)*

Diese wenigen Zeilen geben bereits Aufschluss über die Persönlichkeit der Heiligen, die sich in der Folge klar abzeichnen wird. Hatte sie ein aktives Klosterleben angestrebt, so war es nicht bezeichnend für ihr tiefes Verlangen, „den Leuten das Lesen beizubringen". Denn sie betrachtete dies nur als eine Verpflichtung, die von der einzigen Klosterform vorgeschrieben war, die sie damals kannte: diejenige der Schwestern von der Heimsuchung Mariens, wo ihre Schwestern ihre Studien machten. Aber sie erklärt sogleich, dass sie sich dieser Art von Aktivität nicht widmen will, die „ sie langweilen würde"! Was sie davon behielt, war, dass sie in einer„Klosterei" zurückgezogen leben wollte. Kann man hier nicht schon ein Anzeichen für ihren Sinn für das kontemplative Leben erkennen ebenso wie für ihre Willenskraft, „immer bereit, sich durchzusetzen", wird sie sagen (A 68v.), während sie sich als die Oberin betrachtet, die Befehle erteilt: „Ich werde die Mutter sein"?

„Eines Tages, *[sie gibt nicht genau an wann],* hatte ich zu Pauline gesagt, dass ich eine *Einsiedlerin sein* möchte und *mit ihr* in eine *abgelegene Wüste* gehen wolle"(A 25v). Diese wenigen Zeilen zeigen, dass die Idee oder vielmehr ihr Wunsch, ins Kloster zu gehen, ihr nicht abhanden gekommen war, dass dieser Wunsch sogar mit ihr gewachsen war, wobei hier zugleich ihre Neigung zum kontemplativen Leben - „Einsiedlerin sein"- und ihr Wunsch, dem Beispiel Paulines zu folgen, bestätigt werden.

Pauline hatte ihr sogleich geantwortet, dass dieser Wunsch auch der „ihrige sei und dass sie *warten würde,* bis sie groß genug sei, um aufzubrechen" *(ibid.).* Das war ein unvorsichtiges Versprechen, da es ihre Entscheidung an die ihrer jüngsten Schwester knüpfte.

Die kleine Therese hatte die Antwort ernstgenommen, die in Wirklichkeit kein ausdrückliches Versprechen darstellte. Denn kurze Zeit später, „eines Tages“, wird sich Pauline nicht mehr an ihr Versprechen erinnern, sondern sich nur noch mit ihrer eigenen Berufung befassen. (Das sollte in den ersten Monaten des Jahres 1882 geschehen. Therese war gerade neun Jahre alt geworden und besuchte die Klosterschule.)

Pauline war zwanzig Jahre alt. Da schien es ihr zweifellos an der Zeit zu sein, ihren Klosterwunsch zu erfüllen. Vielleicht hatte sie auch ihre Rolle als „zweite Mutter“ für die kleine Therese nicht mehr für sinnvoll gehalten, da ja ihre drei anderen Schwestern noch in Les Buissonnets weilten und sich um sie kümmern konnten? Um ihren Plan durchzuführen, wandte sie sich daher spontan an die Schwestern von der Heimsuchung Mariens von Le Mans, bei denen sie neun Jahre als Pensionatsschülerin verbracht hatte und wo sich seit 1858 ihre Tante Marie-Dosithée befand. Aber die Oberin hatte ihr geraten zu warten, bis sie zweiundzwanzig oder gar dreiundzwanzig Jahre alt wäre. Pauline, die sich damit abgefunden hatte zu warten, dachte keineswegs an den Karmel, als sie am 16. Februar 1882 ein so starkes Gnadenlicht empfing, dass sie sich veranlasst fühlte, ihre Blickrichtung vollkommen zu ändern: „Ich wohnte der 6-Uhr-Messe in Saint Jacques bei, in der Kapelle Unserer Lieben Frau vom Berge Karmel. Plötzlich gab es in meiner Seele ein sehr helles Licht. Der Liebe Gott *zeigte* mir *deutlich,* dass Er mich nicht bei den Schwestern der Heimsuchung , sondern im Karmel haben wollte... . Die Erinnerung an eine besonders begnadete Freundin, die im Jahr zuvor gestorben war, kam mir wieder ins Gedächtnis... Man hatte mir versichert, dass sie daran dachte, in den Karmel einzutreten, wo sie den Namen Schwester Agnès de Jésus gewählt hätte. Ich erinnere mich, dass ich spürte, wie ich vor Bewegtheit errötete. Und während ich zur Kommunion ging, hatte ich Angst, diese Erregung könnte zu sehen sein. *Ich hatte nie an den Karmel gedacht,* und dann *fühlte ich mich* von einem Augenblick zum anderen *unwiderstehlich dorthin gezogen.*“[1]

Zurück in Les Buissonnets, machte Pauline, die wie ihr Vater von

1 Mutter Agnès de Jésus, OCL, 1953, S. 31-32

raschem Entschluss war, keine Ausflüchte, um dessen Zustimmung zu erlangen und Marie ihre Meinungsänderung und ihre Absicht anzuvertrauen, den Eintritt in den Karmel nicht mehr hinauszuschieben. Sie erinnerte sich nicht mehr an das Versprechen, das sie Therese gegeben hatte und dachte nicht daran, mit ihr darüber zu reden, so dass sie keine Rücksicht darauf nahm, dass Therese, die sicherlich bei diesem Gespräch anwesend war, auf brutale Weise von ihrem Plan erfuhr. Sie war sich nicht im Klaren über die Stellung, die sie im Herzen und im Denken ihrer kleinen Schwester eingenommen hatte und ahnte auch nichts von der frühen Reife ihrer Seele.... .

Der psychologische Schock dieser Nachricht, die ihr schonungslos mitgeteilt wurde, war schrecklich: *„Ich wusste nicht, was der Karmel war,* aber ich verstand, dass Pauline mich verlassen würde, um in ein Kloster zu gehen. Ich begriff, dass sie nicht *auf mich warten würde* und dass ich meine zweite Mutter verlieren würde" (A 25v).

Man kennt die schwerwiegenden Rückwirkungen, die dieser plötzliche Abschied von Pauline auf das Leben von Therese hatte: „Ah, wie werde ich die Angst in meinem Herzen beschreiben können? ...In einem Augenblick verstand ich, was das Leben bedeutete,[...] Ich sah, dass es *nur Leiden und fortwährendes Abschiednehmen war" (ibid.).*

Wir werden in der Folge sehen, welche Lehren die Heilige aus dieser Prüfung ziehen konnte. Sie ließ sich wie immer durch die kleinsten Begebenheiten im persönlichen Bereich, innerhalb der Klostergemeinschaft und der Gesellschaft anleiten, um an Weisheit und Heiligkeit zu wachsen. Um auf Pauline zurückzukommen, ist es wichtig klarzustellen, dass, wenngleich sie verstand, dass Gott sie im Karmel haben wollte, sie zunächst doch nicht an Lisieux gedacht hatte, was naheliegend gewesen wäre. Der Grund dafür scheint darin zu liegen, dass die ganze Familie eine Art von „heiliger" Furcht gegenüber dem Karmel von Lisieux empfand. „Die Urnen, die am Portal angebracht waren, vermochten es, sie erstarren zu lassen."[1] Sie hatte daher zunächst daran gedacht, sich beim Karmel von Caen vorzustellen, als sie erfuhr, dass es für sie einen Platz in Lisieux gab, wo Mutter Ma-

1 Pater PIAT, Histoire d'une famille*, Karmel von Lisieux, 1945, S. 299

rie de Gonzague, die Oberin, sie mit Wohlwollen aufnahm. Was Therese anbetraf, obwohl auch entschlossen, Ordensfrau zu werden, wusste sie immer noch nicht wo. Vielleicht gedachte sie, sich einfach ihrer „geliebten Pauline“ anzuschließen?

Pauline, die sich wohl dessen bewusst war, welchen Schmerz sie durch die schonungslose Ankündigung ihres Abschieds verursacht hatte, bemühte sich, ihre kleine Schwester zu trösten, indem sie ihr erklärte, was das Leben im Karmel bedeutete.

Therese, allzu betrübt über diese Nachricht, schenkte damals den Erklärungen ihrer Schwester kaum ihre volle Aufmerksamkeit. Erst später „als ich alles, was Sie mir gesagt haben, im Geiste wiederholte, fühlte ich, dass der Karmel die *Wüste* war, wo *auch* ich mich nach dem Willen des Lieben Gottes verbergen sollte...“(A 26r).

Ihre Überlegungen führten sie zu zwei bedeutenden Schlussfolgerungen. Bis zu diesem Zeitpunkt war der Anruf Gottes unbestimmt gewesen bezüglich des Ortes und der Art des Klosterlebens, wozu Gott sie ausersah. Die Beschreibung des Karmel durch Pauline ließ sie sehr deutlich „spüren“, dass es genau dort war, wo Gott sie erwartete: „Ich fühlte es mit solcher Macht, dass nicht der geringste Zweifel in meinem Herzen aufkam: Das war nicht der Traum eines Kindes, das sich mitreißen lässt, sondern die *Gewissheit eines Göttlichen Anrufes“ (ibid.).*

Die zweite Schlussfolgerung ihrer Überlegungen offenbart gleichzeitig die Echtheit ihrer Berufung und ihre Charakterstärke. In der Tat wollte sie von diesem Augenblick an nicht wegen Pauline, sondern *allein für Jesus* in den Karmel eintreten“ *(ibid.).* Sie hatte das große Gesetz des menschlichen Lebens erkannt, nämlich, „dass es nur aus Leiden und fortwährender Trennung bestand“ (A 25v). Damals verstand sie, dass sie sich, ohne die Liebe zu ihrer Familie zu verleugnen, nur an Gott allein binden sollte, der niemals enttäuscht. Daher rührt das *Leitmotiv* ihres ganzen geistlichen Lebens: „ Jesus allein“.

Wie wir gesehen haben, machte sich Pauline nicht klar, welche Stellung sie im Herzen ihrer kleinen Schwester einnahm und wie reif Therese war. Daher dachte sie nicht einen Augenblick daran, sie auf ihren Abschied vom väterlichen Haus vorzubereiten. Nach ihrem Versuch, sie zu trösten, betrachtete sie sie weiterhin als ein Kind, denn sie zögerte nicht, Marie anzuregen, ihr unverzüglich in den Karmel zu folgen, ohne die Gefühle von Therese zu berücksichtigen.[1] Sie ging sogar so weit, die Berufung Thereses in Frage zu stellen, falls man diese nur ihrem Wunsch zuschreiben konnte, der großen Schwester zu folgen! Tatsächlich fragte sie sie eines Tages, „ob sie nicht diese Wünsche *[des Karmel]* äußere, um mit [ihr] zusammen zu sein. Therese war über diese Vermutung betrübt: *Oh nein, es ist nur für den Lieben Gott ganz allein*" (PO, S. 138). Hier ist nebenbei ein auffallendes Phänomen bezüglich der Berufung der Heiligen zu beobachten: Zu keiner Zeit, nicht einmal indirekt oder zumindest unbewusst wurde sie durch einen Ordensmann oder einen Priester zum Klosterleben hingelenkt, wie es bei ihren Schwestern der Fall war: Marie, Pauline und Céline hatten entweder den Jesuitenpater Pichon oder andere Seelsorger als geistliche Führer.

Stattdessen waren es zweifellos auf Grund einer Bestimmung der Vorsehung hauptsächlich Priester, die ihrer Berufung die größten Hindernisse in den Weg legten und zwar wegen ihres zarten Alters. Da war auch Marie, ihre älteste Schwester, die, weil sie sie für zu jung hielt, „ihr Mögliches tat, um ihren Eintritt ins Kloster zu verhindern"(A 49 r). Und Herr Guérin, ihr Onkel, gab ihr erst auf Grund der Vermittlung durch Mutter Agnes[2] seine Einwilligung. Pauline war *„die einzige Seele"*, die ihr Mut zusprach (A 49 r). Die Schwierigkeiten waren so groß, dass, *„wenn ihre Berufung nicht echt gewesen wäre, sie schon zu Beginn ihr Vorhaben aufgegeben hätte"* (A 49 v). Mgr. Hugonin gab schließlich seine Zustimmung, aber kein einziger Priester wird sie je ermutigt haben.

Einer von ihnen, Mgr. Delatroëtte, hatte keine bessere Idee als, ihr nahe zu legen, *„zu Hause das Leben einer Karmelitin zu führen"* (A 52 r), also noch in der Welt zu bleiben! Nichts widersprach dem Verlangen Thereses mehr! Sie brannte vor Ungeduld, sich Jesus ganz auszuliefern, so sehr, dass sie bereit war, sich freiwillig von der Ge-

1 Siehe, J. VINATIER, Mère Agnès de Jésus*, Éd. du Cerf, 1993, S. 55 !

2 Siehe Brief vom 21. Oktober 1887, CGI, S. 251!

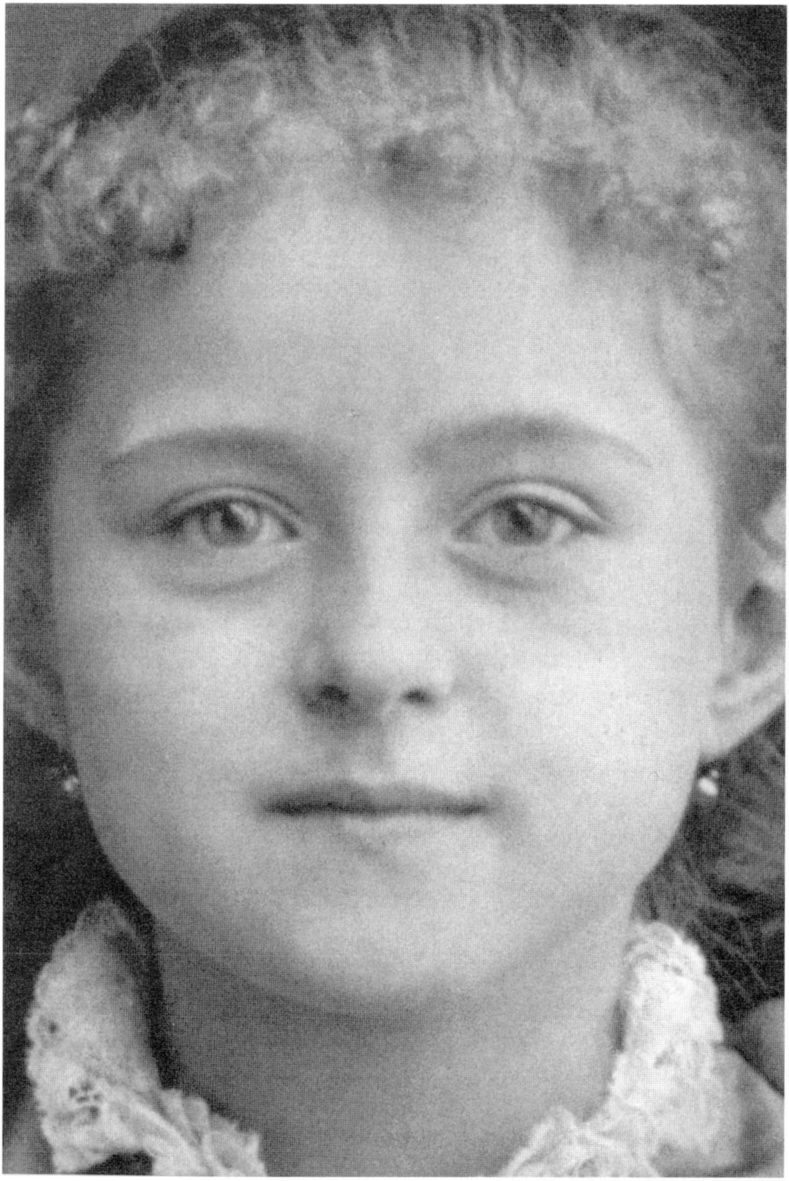

meinschaft mit ihrem Vater und Céline auszuschließen, mit denen sie doch durch eine sehr große Zuneigung verbunden war.

Nebenbei sei uns hier eine zusätzliche Bemerkung erlaubt, die den Gedanken nahe legt, dass es für Therese außer der Erleuchtung durch den Heiligen Geist und der Macht ihrer Liebe zu Jesus noch einen anderen Grund gab, alles aufzugeben, um unverzüglich in den Karmel einzutreten. Die Persönlichkeit, die Therese in der Folge erkennen lässt, indem sie sich kühn und entschlossen von den geistlichen Vorstellungen ihrer Zeit löst, weckt in uns den Gedanken, dass ihre unerschütterliche Entscheidung, mit fünfzehn Jahren Karmelitin zu werden ohne Rücksicht auf ihre immerhin sehr starken familiären Bindungen, teilweise auch von ihrem Wunsch herrührt, *„die grausamen Trennungen,* die ihr das Leben viermal hintereinander auferlegt hatte durch den Verlust ihrer Amme Rose, ihrer Mutter, Pauline und Marie, *nicht länger untätig zu erdulden.* Aus diesem Grunde ergriff sie selbst *die Initiative zu einer Trennung,* deren Belastung sie auf sich nahm. Dazu wurde sie gewiss durch ihre leidenschaftliche Liebe zu Jesus ermutigt. Aber so konnte sie ihr eigenes Schicksal steuern und bejahen. Daher wird sie im Karmel im Namen der Ordensregel von sich und ihren Schwestern verlangen, sich nicht mehr unbegrenzt einander mitzuteilen, und sie plante sogar, sie und ihren geliebten Karmel zu verlassen und nach Indochina aufzubrechen. Sie war von nun an nicht mehr bereit, sich vor vollendete Tatsachen stellen zu lassen und diese passiv zu erdulden.

Die Wahl des Karmel

Man kann sich fragen, wie und aus welchen Gründen Therese den Karmel gewählt hat. Denn als sie im Sommer 1882 hörte, wie Pauline zu Marie über ihren baldigen Eintritt in den Karmel sprach, *„wusste sie nicht, was der Karmel war“* (A 25 v). Man muss sagen, dass Pauline selbst vor ihrer Eingebung in der Kirche Saint-Jacques kaum mehr darüber wusste; denn sie gesteht, *„niemals an den Karmel gedacht zu haben.“!*

Sie musste sich daher mit dem Leben der Karmelitinnen vertraut machen während der Monate vor ihrem Eintritt, der für den 2. Oktober 1882 vorgesehen war. Herr Martin hatte seine Einwilligung gegeben, nicht ohne ihr entgegenzuhalten, dass die Härten des Karmel für ihre Gesundheit zu groß wären.[1]

Wir haben gesehen, dass das äußere Erscheinungsbild des Karmel von Lisieux der Familie Furcht einflößte. Wenn sich die Familie Martin mehr zum Kloster der Heimsuchung hin orientierte, so war ihr der Karmel in Wirklichkeit doch in großen Zügen durch die Persönlichkeit der heiligen Teresa von Avila nicht ganz unbekannt. Tatsächlich las man seit dem Sommer 1877 mit der ganzen Familie jedes Jahr am Abend des 15. Oktober, dem Fest der Heiligen, die Seiten, die ihr im *Liturgischen Jahr* von Dom Guéranger gewidmet waren. Bereits während ihrer Pensionatszeit im Kloster der Heimsuchung hatte diese Lektüre Pauline gefesselt. Als dann Herr Martin im August 1877 am Ende ihrer Studienzeit gekommen war, um sie abzuholen, hatte sie ihren Vater gebeten, ihr die Bände des *Liturgischen Jahres* zu kaufen. Herr Martin hatte diese Bücher sogleich in einer Buchhandlung von Le Mans erworben. Allerdings war die Kenntnis der Biographie der Heiligen die eine Sache. Der Geist und der „Lebensstil" ihrer Reform waren etwas anderes.

Und so hatte Therese bereits, seit dem Alter von viereinhalb Jahren, von ihrer großen Patronin sprechen hören. Übrigens versäumte es Herr Martin nicht, sie am 15. Oktober mit zur Messe zu nehmen: „Wenn der Prediger von der heiligen Teresa sprach, beugte sich Papa zu mir und sagte ganz leise: ‚Höre gut zu, meine kleine Königin, man spricht von deiner heiligen Patronin'" (A 17 v). Erst viel später, 1886 oder 1887, erhielt sie „als Belohnung" zu ihrem Namenstag die *Geschichte der heiligen Teresa nach den Bollandisten,* die gerade vom Karmel von Caen (1885) neu herausgegeben worden war.

Und dann war sie mit ihrem Vater eines Tages während eines Spazierganges in Lisieux selbst, in der rue de Livarot in die Kapelle des

1 Siehe J. Vinatier, S. 46

Karmel gegangen: „Zum erstenmal [...] zeigte mir Papa das Gitter des Chores und sagte mir, dass sich dahinter Ordensschwestern befänden. Ich ahnte nicht im Entferntesten, dass ich neun Jahre später selbst unter ihnen weilen würde!" (A 14r). Das ereignete sich im Jahre 1879: Damals war sie folglich sechs Jahre alt!

Alles in allem hatte die Familie Martin zu dieser Zeit nur eine äußerliche, ziemlich oberflächliche Kenntnis des Karmel selbst. Das wollte Therese zweifellos sagen, indem sie betonte, dass sie „nicht wisse, was der Karmel sei", in anderen Worten, sie kannte weder die Art des Klosterlebens, das man dort führte noch dessen Ziel.

Die Ausführungen von Pauline haben sie hinreichend aufgeklärt, sodass sie fünf Jahre später gegenüber Herrn Révérony, der sich über ihre schon so lange währende Berufung zum Karmel lustig machte, versichern konnte: „Ich habe seit dem Erwachen meines Verstandes danach verlangt, Ordensfrau zu werden, und ich habe nach dem Karmel verlangt, *sobald ich ihn gut kennen gelernt hatte"!* (A 54 v). Hier wäre nebenbei die Angemessenheit der von ihr verwandten Ausdrucksweise hervorzuheben, indem man den inneren, anfänglichen Anruf Gottes : „Ich habe danach verlangt, Ordensfrau zu werden", von der Wahl des Karmel unterscheidet: „Ich habe nach dem Karmel verlangt." Sie hat den Karmel erst danach gewählt, *„sobald"* sie „ihn *gut* gekannt hat".

Dieser Augenblick fiel zusammen mit dem Bericht, den Pauline ihr darüber machte, denn es ist auch der Moment, in dem sie die übernatürliche „Gewissheit" erhielt, dass es dort war, wo Gott sie haben wollte.

Zweifellos waren Paulines Erklärungen genau und vollständig. Aber diese theoretischen Ausführungen konnten bei Therese nur eine intuitive und umfassende Zustimmung zu einer Realität auslösen, die für sie noch vages Wunschbild war. Dieses musste sie durch eine konkrete Kenntnis des Karmel ausgestalten. Deshalb machte Pauline ihr sogleich den Vorschlag, sie mitzunehmen, um den Karmel an Ort und Stelle zu sehen. Einer der folgenden Sonntage „wurde für diesen feierlichen Besuch ausgewählt". In dessen Verlauf machte Therese der Mutter Oberin, Marie de Gonzague, der sie vorgestellt wurde, ihr

„großes Geständnis". Und auch die Mutter, entzückt und überzeugt, glaubte, ohne zu zögern, an ihre Berufung (A 26v).

In den folgenden Jahren konnte sie regelmäßig direkten und lebendigen Kontakt mit den Karmelitinnen haben. Denn, so sagt sie: „Jeden Donnerstag gingen wir mit der Familie zum Karmel"(A 27r), wenngleich die arme Therese kaum etwas von ihrer „geliebten Pauline" hatte, weil sie sich damit begnügen musste, den Erwachsenen zuzuhören und „erst am Ende der Sprechzeit zwei oder drei Minuten erhielt" *(ibid.)*.

Diese praktische Erfahrung mit dem Karmel ermöglichte ihr, im Vergleich mit anderen Alternativen des Klosterlebens ihre Wahl *zu konkretisieren* und *zu bestätigen.* Als sie so zum Beispiel die Gelegenheit hatte, sich mit ihrem Vater zu den Klarissinnen von Alençon zu begeben, empfand sie in diesem Kloster eine Art von physischer Verkrampfung: „Ich spürte eine *Beklemmung des Herzens,* wie ich sie noch nie beim Anblick eines Klosters gefühlt hatte. Dies empfand ich als das Gegenteil zum Karmel, wo alles meine Seele aufblühen ließ..."(A 43v).

Die Klärung und Reifung der Berufung Thereses für den Karmel bedurfte also eines Zeitraumes von sechs Jahren (vom dritten bis zum neunten Lebensjahr). Sechs weitere Jahre waren erforderlich (1882-1888), damit sie endlich ihren Wunsch verwirklichen konnte. Es war ein langer Weg, weniger in Bezug auf die lange Wartezeit, die durch ihr jugendliches Alter bedingt war, als vielmehr wegen der Hindernisse, die sie zu überwinden hatte, um zum Ziel zu gelangen. Diese Zeit war mit aufeinanderfolgenden schweren Prüfungen gefüllt, die sie in den verschiedenen Bereichen ihrer Sensibilität, ihrer Gefühlswelt, ihrer Gesundheit und ihres Glaubens berührten. Es scheint jedoch, dass dies notwendig war, um sie zu einer starken Persönlichkeit zu prägen, die fähig war, die Forderungen eines strengen Klosterlebens auf sich zu nehmen. Sie erkennt das selbst: „Es ist erstaunlich zu sehen, wie mein Geist sich inmitten des Leidens entwickelte" (A 27r).

Wir können hier nicht ihren spirituellen Werdegang im Einzelnen beschreiben. Es wird genügen, wenn wir in großen Zügen die Hauptetappen ins Gedächtnis zurückrufen.

Zunächst gab es die Reaktion auf Paulines Eintritt in den Karmel, diese „eigenartige Krankheit"(A 28v), deren Ursache sie dem Dämon zuschreibt, der sich über sie an Pauline rächen wollte, indem er sie zweifellos bei ihrer Zuneigung zu der kleinen Schwester packte (A 27v). Darauf folgte die Krise der Skrupel (A 39r). Diese war teilweise der Tatsache zuzuschreiben, dass sie in dem Glauben war, die Krankheit vorgetäuscht zu haben. Denn sie sagte und tat Dinge, die sie nicht meinte, wobei sie sich dessen bewusst war: „Sicher, nicht einen einzigen Augenblick lang des Gebrauches meiner Vernunft beraubt zu sein" (A 28v). Es ist bemerkenswert, dass sie betont, sie habe diese schreckliche Prüfung nur durchstehen können, weil sie getragen worden sei von dem Wunsch, eines Tages in den Karmel einzutreten: *„Es war die Hoffnung, eines Tages Karmelitin zu werden, die mich am Leben erhielt"* (A 29v).

Dieses Beispiel zeigt in ihrem Fall wie in vielen anderen vergleichbaren, welche Widerstandskraft ein hohes Ideal oder der Wunsch zu leben einem menschlichen Wesen gegenüber dem Tod geben kann, um die verzweifeltesten Situationen zu überstehen.

Wir haben bereits die Hindernisse aufgezeigt, die sie zu überwinden hatte, um den Widerstand zu brechen, der insbesondere von kirchlichen Instanzen ihrem Wunsch, als Fünfzehnjährige in den Karmel einzutreten, entgegengebracht wurde.

Sie musste von einem *wahrhaften Liebeseifer* dazu getrieben worden sein, sich allein mit Jesus in der „Wüste" des Karmel wiederzufinden, um es zu wagen, so vielen hohen Persönlichkeiten die Stirn zu bieten wie z.B. dem Bischof von Bayeux und selbst dem Heiligen Vater; war sie doch von Natur aus schüchtern und zurückhaltend.

Im Herzen (bereits) Karmelitin

Ihre Sehnsucht nach dem Karmel war so tief, dass sie auch in den kleinen Dingen des täglichen Lebens zum Ausdruck kam. Sie hatte zum Beispiel damit begonnen, ein großes Kreuz, das Léonie ihr geschenkt hatte, am Gürtel zu tragen. Auf diese Weise gab sie den

Schwestern der Abtei Anlass zu der Vermutung, dass sie „[ihre] Schwester im Karmel nachahmen“ wolle (A 34r)!

Im Alter von elf Jahren, am Abend ihrer Ersten Heiligen Kommunion, die gleichzeitig mit der Ordensprofess Paulines stattfand, sah sie Pauline, die den Namen Schwester Agnes angenommen hatte, glücklich und zufrieden im Sprechzimmer: „mit ihrem weißen Schleier wie der meinige und ihrem Kranz von Rosen... Ah! meine Freude war ohne Bitterkeit“, denn in diesem Augenblick hoffte sie, Pauline bald zu folgen, und sie hatte den „Kuss“ Jesu empfangen (A 35v).

Ein anderes Zeichen für ihre schrittweise Angleichung an die Spiritualität des Karmel ist das Glück, das sie empfand, dort Unserer Lieben Frau wieder zu begegnen, derjenigen, die ihr zugelächelt hatte, ihrer „himmlischen Mutter“ (A 30r), die auch die Patronin des Ordens war: „Mit welcher Inbrunst habe ich sie gebeten, mich immer zu beschützen und meinen Traum bald zu verwirklichen, während ich mich *im Schatten ihres jungfräulichen Mantels verbarg! ...“* (A 57 r).

Man sieht also, dass sie durch die Unterhaltungen der Schwestern im Sprechzimmer über das traditionelle Bild des Ordens in Kenntnis gesetzt worden war, wonach Karmeliten und Karmelitinnen, verborgen unter dem Mantel der Jungfrau, dargestellt werden. Man weiß, dass der heilige Johannes vom Kreuz, Unsere Liebe Frau vom Berge Karmel *La Dama de la capa blanca* (Die Dame mit dem weißen Mantel) zu nennen pflegte.

Es gab einen weiteren charakteristischen Zug der karmelitanischen Spiritualität, der Therese anzog und sie dazu brachte, sich ihr innerlich zu verbinden. Das war die wichtigste Aufgabe, die Teresa von Avila ihrer Reform gegeben hatte: *das Gebet,* insbesondere in Form einer persönlichen tiefen Beziehung zu Gott, - also das innerliche Gebet - , dem die Karmelitinnen täglich zwei Stunden widmen sollen.

Von zartester Jugend an deutete so alles in der Persönlichkeit Thereses auf ein Temperament des eher nach innen gewandten Typs hin, d. h. im geistlichen Bereich war alles zum inneren Leben, zur Besinnlichkeit und zur einsamen Meditation hingezogen: „Die Gespräche mit den Geschöpfen, selbst die frommen Gespräche ermüdeten meine Seele... Ich fühlte, dass es besser sei, *„zu Gott als über Gott zu sprechen"* (A 40v) ! Diese Neigung, die wir bereits in ihrem Wunsch wahrgenommen haben, sich (mit Pauline) in eine „entfernte Wüste" (A 25v) zu begeben, treibt sie dahin. So verstärkte sich ihre Ausrichtung auf ein kontemplatives Klosterleben hin im Laufe der Zeit so sehr, dass, wenn sie nicht im Karmel angenommen worden wäre, sie sich keinesfalls einem aktiven missionarischen Leben zugewandt, sondern eher ein verborgenes Leben im „Refugium" von Lisieux gewählt hätte. Schwester Geneviève berichtete im Prozess aus ihren Erinnerungen: „Sie wiederholte nicht nur, dass sie Ordensfrau werden wolle, sondern sie träumte auch von einem *Einsiedlerleben,* und manchmal zog sie sich in eine Ecke ihres Zimmers hinter die Vorhänge ihres Bettes zurück, um sich mit Gott zu unterhalten. Damals war sie sieben oder acht Jahre alt. Später mit vierzehn Jahren nach dem, was sie „ihre Bekehrung" nennt, erschien ihr das Klosterleben vor allem als ein Mittel zur Rettung von Seelen. Aus diesem Grunde dachte sie sogar daran, Missionsschwester in fremden Ländern zu werden; aber die Hoffnung, durch Kasteiung und Selbstaufopferung mehr Seelen retten zu können, brachte sie dazu, sich in den Karmel einzuschließen." (Sr Geneviève, PO, S. 269).

Als sie im Alter von vier Jahren ihrer Schwester Pauline erklärt hatte, dass sie nicht wisse „wie es also zu machen sei, *ganz ohne Worte zu beten* " (LD, 4. April 1877, CGI S.97), war sie sich nicht darüber im Klaren, dass sich ihr ganzes inneres Sein bereits Gott zugewandt hatte. Denn eines Tages sollte sie ihrer Kusine Marie de l'Eucharistie gestehen, dass sie schon „im Alter von drei Jahren angefangen [hatte], nichts abzulehnen, was der Liebe Gott [von ihr] verlangte."[1]

Übrigens erkannte sie später, dass sie „ohne sich dessen bewusst zu sein", das stille Gebet praktizierte, als sie während ihrer Schulzeit im Pensionat der Abtei einer Ordensfrau gestand, dass sie sich an Ferientagen zu Hause allein hinter ihrem Bett auf einen freien Platz zurückziehe, um *nachzudenken* (A 33 v)!

1 Brief 32 an Mme Gaston Pottier, 20. Juli 1897, DE, S. 717.

Sie genoss die Sonntagsruhe nur „bis zur Komplet", weil dieser Tag ausschließlich dem Herrn geweiht war. Und sie sah dem folgenden Tag mit „Melancholie" entgegen, denn „man musste wieder mit dem aktiven Leben beginnen, arbeiten, seine Schulaufgaben machen, und [ihr] Herz empfand die Welt als Ort der Verbannung" (A 17 v).

Es ist nicht schwer zu begreifen, dass die Art von Ordensleben, das ihren „Erwartungen" (A 54 v) entsprechen würde, nur ein rein kontemplatives Leben sein konnte.

Aber es gibt einen anderen Wesenszug in ihrer Persönlichkeit, der ihre Vorliebe für den Karmel nur verstärkte: Es handelt sich um ihre leidenschaftliche Natur, die sich zum Äußersten hinreißen ließ, zum *Absoluten des alles oder nichts.* Diese Eigenschaft sollte auf wunderbare Weise mit dem *„Todo y Nada"* des Heiligen Johannes vom Kreuz[1] übereinstimmen, das sie ebenso begeistern wird wie die absolute Liebe und die absolute „Loslösung" der Reformatorin des Karmel.[2] Sie wagte es, dies an Abbé Bellière zu schreiben: „Sie können nicht nur ein halber Heiliger sein. Sie müssen es *ganz oder gar nicht sein"*[3]

Mit einem „sensiblen Herzen" voller Leidenschaft wie dem ihrigen, das „sich leicht hingegeben hätte, wenn es ein Herz gefunden hätte, das fähig gewesen wäre, es zu verstehen .... ."stellte sie sich immer wieder die Frage, „wie sich ein Herz, das sich der Liebe zu den geschaffenen Wesen hingegeben hat, aufs Innigste mit Gott vereinen [könnte]" (A38 r). Ihr Kinderausspruch ist hierfür typisch: *„Ich wähle alles!"* Darin lässt sich ihrer Ansicht nach „[ihr] ganzes Leben zusammenfassen"(A 10r).

„Jesus" und „Jesus allein", der Sohn Gottes in seiner wahrnehmbaren menschlichen Natur, ihr einzig Geliebter, erfüllte ihr Herz und ihr ganzes Leben. In ihren Schriften erwähnt sie Ihn nicht weniger als eintausendvierhundertfünfundsechzig Mal.

1 Siehe Maximes 16o und 161; Montée,* L. I. Kap. XIII!

2 Siehe Livre des Demeures*, 5.1.3, usw. !

3 LT 247, 21. Juni 1897, CG II S. 1020.

Ohne es noch zu wissen, teilte sie mit den beiden Reformatoren des Karmel deren absolute Liebe und Selbstaufopferung in ihrer „Verehrung“ der Heiligen Menschheit Christi.

Man kann sagen, dass sie bereits *im Herzen Karmelitin* geworden war, noch bevor sie das Ordenskleid trug.

Das Beispiel des Vorgehens von Therese, das zum Karmel führte, lässt vermuten, dass die Gnade der Berufung die betreffende Person gewöhnlich dazu führt, die Art von Klosterleben zu wählen, die am besten ihrer natürlichen Veranlagung entspricht. Damit wird der bekannte Grundsatz bestätigt, dass die Gnade die Natur überhöht.

Die Verinnerlichung des teresianischen Karmel

Wir haben gesehen, dass Therese in ihrer Orientierung zum Karmel hin von ihrer Schwester Pauline „inspiriert“ worden war, die, so kann man sagen, selbst durch den Heiligen Geist zum Karmel hin „gedrängt“ wurde.

Wenn sie, wie wir gesehen haben, auf ihrem Weg zum Karmel, nicht wie Pauline eine besondere Erleuchtung erhielt, so wurde sie doch durch eine bemerkenswerte Gnadenfülle begünstigt, die sie zweifellos in Richtung auf ein Klosterleben der kontemplativen Art hin orientierte, in dem ein Leben in engster Verbundenheit mit Gott Vorrang hat.

Unter diesem Gesichtspunkt kann man als ersten der göttlichen Gunstbeweise, mit denen Therese bedacht wurde, die Gnade ansehen, die ihr bei ihrer Ersten Kommunion im Mai 1884 zuteil wurde. Damals machte sie die tiefe Erfahrung einer Liebesvereinigung mit Jesus, die sie als eine *„Verschmelzung“* empfand (A 35r) und die, wie wir später sehen werden, entscheidend war für den ganzen Rest ihres Lebens.

Zwei Jahre später, in der Weihnachtsnacht 1886 erlangte sie schließlich die Heilung von ihrer Überempfindlichkeit in dem, was sie ihre „Bekehrung“ nennt, „die Gnade, die Kinderwelt aufzugeben“ (A 45r), ohne die „der süße Gedanke, in den Karmel einzutreten“ (A 44v) illusorisch war.

Es hatte jedoch bis dahin nicht an Bemühungen gefehlt, sich zu bessern: „Die Arbeit, die ich innerhalb von zehn Jahren nicht hatte bewältigen können, besorgte Jesus“ (A 45v).

Später sollte sie sich daran erinnern, dass die Natur trotz bester Vorsätze schwach bleibt, wenn sie sich selbst überlassen ist, und sie gelangte zu der Überzeugung, dass man allein auf Grund des äußeren Verhaltens den geistlichen Zustand einer Seele nicht beurteilen kann und dass sichtbare Unvollkommenheiten durchaus vereinbar sein können mit einer gewissen Tiefe innerlichen Lebens.

Schließlich sollte man diese andere innere Gnade nicht unterschätzen, die dazu bestimmt war, sie auf das Leben im Karmel vorzubereiten. Sie wurde ihr zuteil in ihren intimen Gesprächen mit Céline während des Frühlings oder des Sommers im darauffolgenden Jahr 1887 im Belvedere des Hauses von Les Buissonnets. Sie wagte es, die vertraulichen Gespräche mit denen zwischen der heiligen Monika und ihrem Sohn Augustinus zu vergleichen (A 48r). In dem Vorbereitungsprozess für die Seligsprechung Thereses, berichtete ihre Schwester Céline: „ Diese Worte des heiligen Johannes vom Kreuz: „leiden, Herr, und verachtet werden“, kamen oft über unsere Lippen und entflammten unsere Herzen. Allein gering geschätzt zu werden schien uns, in dieser Welt Anziehungskraft zu haben, und das Leiden schien uns das einzige begehrenswerte Gut zu sein.“[1]

So schien Therese menschlich und geistlich ganz bereit zu sein, ihren „Lauf des Riesen“ (A 44v) zum Karmel zu beginnen. Aber außer

1 PO, S. 269; vgl. A 73v. - Man kann sich fragen, ob die schmerzliche Erfahrung, sich für ein Nichts gehalten zu fühlen, als Pauline es unterlassen hatte, sie über ihren Eintritt in den Karmel zu informieren, Therese, (die die Kunst beherrschte, aus allem Nutzen zu ziehen,) nicht inspirierte „zu dem Wunsch, ignoriert und als ein Nichts erachtet zu werden – ihre Freude, in der Verachtung ihrer selbst zu sehen“ (A 71r), wobei sie Christus nachahmte im Einklang mit dem, was sie in ihrer geliebten Nachfolge Christi (L. I. Kap. II, III) las. Das konnte keine Form des in sich Zurückziehens sein, denn sie behielt die Gewissheit der Liebe Jesu zu ihr, ebenso wie sie die Zusicherung der Zuneigung Paulines erhalten hatte, die ihr bald dafür ihre Beweise gegeben hatte.

der Erlaubnis, mit 15 Jahren dort einzutreten, musste sie noch einen wesentlichen Zug der Spiritualität des teresianischen Karmel in sich aufnehmen.

Wie wir bereits aufgezeigt haben, ist es kaum wahrscheinlich, dass Pauline es bei der Erklärung vom Zweck und der „Lebensform“ des Karmel unterließ, ihr von der Hauptintention der teresianischen Reform zu berichten, die im *Gebet und den Opfern* für die Priester in ihrer Mission für die Rettung der Seelen besteht.

Nun scheint es, dass Therese bis zu ihrer Italienreise, d.h. bis zu ihrem vierzehnten Lebensjahr, diese Intention der Reformatorin nicht ernstgenommen hatte. Sie war ausschließlich mit der *Rettung der Sünder* beschäftigt umso mehr, als sie erhört worden war, als sie für den Verbrecher Pranzini die Gnade der Bekehrung erlangt hatte (A 46r).[1]

Sie gesteht: „Es waren noch nicht die Priesterseelen, die mich anzogen, sondern die der großen Sünder. Ich brannte vor Eifer, sie den ewigen Flammen zu entreißen“ (A 45v).

Dennoch waren ihr vor ihrem Eintritt in den Karmel sehr wohl einige Priester begegnet, so wie Abbé Domin, von 1881 bis 1886 ihr Beichtvater in der Abtei, der sie seine „kleine Doktorin“ nannte (A 37v). Er hielt die beiden Exerzitienkurse vor der Erstkommunion, und sie traf ihn zweifellos bei anderen Gelegenheiten, denn er war ein Vetter zweiten Grades von Frau Guérin.

Sie lernte ebenfalls Abbé Ducellier kennen, der (1880) ihre erste Beichte hörte. Von dem Beichtvater von Pauline und später von Schwester Geneviève hörte sie zumindest reden.

1 Diese Erfahrung der Wirksamkeit des Gebetes als solchem sollte das ganze Leben Thereses bestimmen, angefangen mit ihrer Wahl des rein kontemplativen Lebens. Sie verstand, dass der Eifer für die Seelen, der sie anfeuerte, keinen Aufbruch in die Mission notwendig machte, denn sie konnte ebenso viele und noch mehr Seelen „gewinnen“, indem sie einzig und allein durch das Gebet (und das Opfer) in der Stille und aus der Entfernung auf das Herz Gottes einwirkte nach Art eines Hebels wie dem des Archimedes (C 36v).

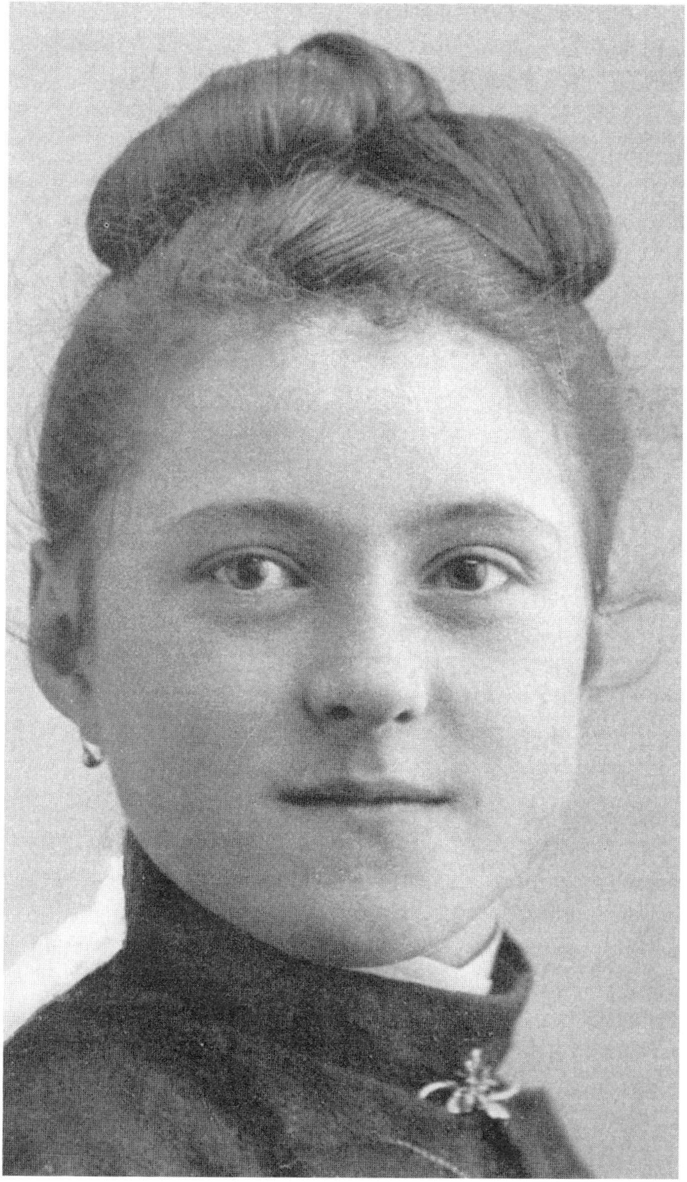

Der Superior des Karmel, Herr Delatroëtte, sei auch erwähnt, der sie „sehr kühl“ empfing, als sie versuchte, ihn von der Echtheit ihrer Berufung für den Karmel zu überzeugen (A 52r).

Und dann waren da noch Mgr. Hugonin, der Bischof von Bayeux und sein Generalvikar, Herr Révérony.

In der Tat hatte sie diese Priester und vielleicht einige andere nur gelegentlich im Zusammenhang mit ihrem Amt getroffen, außer, dass der eine oder andere Gast im Hause der Martins war, was allerdings nirgendwo belegt ist. Darüber hinaus hatte sie vor ihrer Italienreise in der *Geschichte der heiligen Teresa nach den Bollandisten* von 1885, einem Geschenk ihres Vaters, eine Darstellung des Zieles der teresianischen Reform lesen können, die das Gebet für die Priester besonders hervorhob (S. 345-347). Aber ihre Hochachtung für die Priester war so groß, dass sie selbst die Berechtigung des Hauptanliegens der Reformatorin herausfinden musste.

Es war daher notwendig, dass sie sich während eines Zeitraumes von neunundzwanzig Tagen in direktem Kontakt mit fünfundsiebzig Priestern befand, die an einer Wallfahrt nach Rom teilnahmen, um als feine Beobachterin, die sie war, zu bemerken, dass sie nicht „jene Seelen [...] reiner als Kristall“ waren (A 56r), wie sie es sich vorgestellt hatte. Obwohl sie mit „heiligmäßigen Priestern“ zusammengekommen war, stellte sie fest, „dass sie keine getreuen Abbilder waren, die Jesus in ihren Seelen widerspiegelten“ (A 48v). Als „schwache und zerbrechliche Menschen“ wie normale Sterbliche hatten sie *„das Gebet dringend nötig“*, um „ihrer erhabenen Würde“ gewachsen zu sein (A 56r).

„Da ich nie in enger Vertrautheit mit ihnen gelebt hatte, konnte ich das Hauptziel der Reform des Karmel nicht verstehen. Das Gebet für die Sünder riss mich mit, aber für die Seelen der Priester zu beten, die ich für reiner als Kristall hielt, schien mir befremdlich! ...Ah, in Italien habe ich meine Aufgabe verstanden. Das hieß, eine so nützliche Erkenntnis nicht von allzu weit herzuholen...“(A 56r).

Bei ihrer Rückkehr von Rom fand sie sich daher im Besitz einer am Ende vollständigen Kenntnis der spirituellen Werte des Karmel. Sie brauchte nur noch einzutreten, um sie selbst zu erfahren.

Alsdann erspürt man aus ihrem Bericht eine zunehmende Ungeduld, an ihr Ziel zu gelangen: „Mein kleines Schiff hat sehr viel Mühe, den Hafen zu erreichen! Seit langem nehme ich das Ufer wahr, und *ich finde mich stets weit davon entfernt*" (LT 43 A vom 10. – 12. März 1888; CGI, S.341).

Wir haben gesehen, dass die Kraft, die sie in ihrem Vorgehen bestärkte und unwiderstehlich nach vorne drängte, um alle Hindernisse zu überwinden, in dieser leidenschaftlichen Liebe zu Jesus bestand, die sie ganz und gar erfüllte.

Aber man muss auch ein anderes Motiv erwähnen, das nur die Kehrseite zu ihrer Hinwendung zur „Wüste" des Karmel war, nämlich ihre Sicht vom Leben in der Welt.

Es ist hier nicht der Ort darzustellen, welche Vorstellung sie sich davon gemacht hatte auf der Grundlage ihrer häuslichen Erziehung, ihrer eifrigen Lektüre der *Nachfolge Christi,* und ihrer eigenen „Erfahrungen mit dem Leben und dem Elend in der Welt" (A 53v). Sie war zu der Auffassung gelangt, dass die „Welt" im Sinne des Johannesevangeliums der Ort war, wo die Mächte des Bösen am Werke waren, in Feindseligkeit gegenüber Gott oder vielmehr gegenüber der Tugend. Ihrer Meinung nach sollten sich die Seelen, die der Herr zu Sich hinzog, von dort zurückziehen: „ Erheben wir uns über die Dinge, die geschehen. Lasst uns von der Erde Abstand halten. Weiter oben ist die Luft rein"(LT 57 an Céline vom 23. Juli 1888).

Dennoch war Therese weit davon entfernt, eine Schwärmerin oder eine Menschenfeindin zu sein, wie es bezeugt wird durch ihre Nächstenliebe, ihren Eifer für die Rettung der Seelen, die Aufopferung ihres Lebens für die Missionare, ihre Freude an den Schönheiten der Natur, ihre Klugheit und ihr seelisches Gleichgewicht.

In Wirklichkeit rührte ihr so strenges Urteil über „die Dinge dieser Welt" von ihrer sehr hohen Meinung her, die sie von den Forderungen des Evangeliums und der Heiligkeit hatte und die sie übrigens sehr häufig zu der Klage veranlasste, dass der Liebe Gott nicht genug geliebt werde, auch von den Priestern nicht, so wie Er es wünschte und verdiente.

Fügen wir zu alledem noch das undefinierbare Gefühl, eine Art von Vorahnung, hinzu, dass sie jung sterben würde und dass sie ihre Zeit auf Erden bis zum Äußersten darauf verwenden müsse zu lieben und sich für das Heil der Welt aufzuopfern.

„Seit meiner Kindheit hatte mir der Liebe Gott das tiefe Gefühl gegeben, dass ich jung sterben würde" (DE 13.7.13, S. 259). Im Prozess sagte ihre Schwester Geneviève aus: „Sie erhielt stets die Eingebung, dass sie jung sterben würde, was sie dazu veranlasste, die vergänglichen Dinge gering zu schätzen" (PA, S.274). Man muss zugeben, dass die aufeinander folgenden Prüfungen, die sie seit dem Tode ihrer Mutter erleiden musste, ihr sicher mehr als alle Überlegungen dazu verhalfen, sich innerlich von dieser „Erde der Verbannung" zu lösen (A 57v), wo die Realitäten der Welt trotz ihrer Reize enttäuschen, da sie *vergänglich* (A 48r, LT 85, 141, etc.) und *trügerisch* sind nicht nur, weil sie die tiefsten Erwartungen des menschlichen Herzens nicht erfüllen können, sondern auch und vor allem weil sie gefährlich sind, auf Grund der Tatsache, dass sie zum Bösen verführen und die Tugend nicht fördern.

Mit einer gewissen Selbstgefälligkeit erklärte sie: „Der Liebe Gott hat mir die Gnade gewährt, dass ich beim Eintritt in den Karmel KEINERLEI Illusionen hatte" (A 69v). Eine Erklärung, die bekräftigt wird durch die Schreibweise des Wortes „keinerlei" (AUCUNE), das dann noch zweimal unterstrichen ist.

Freilich mit einem Herzen wie dem ihrigen, aufgeschlossen für die Liebe, die Wahrheit, für alles Gute und empfänglich für das Schöne, strebte sie mit ihrem ganzen Sein nach einem dauerhaften und vollkommenen Glück, dass sie sich nur in der uneingeschränkten Liebe zu Gott und dem Nächsten vorstellen konnte. Dies glaubte sie ihrerseits nur im Kloster verwirklichen zu können. Bezeichnend hierfür ist ihre Bemerkung, als sie während ihrer Einkehrtage in der Abtei ein „unsägliches Glück empfand über die wenigen Tage, die sie mit dem Warten auf Jesus verbracht hatte... *Ich glaube nicht, dass man diese Freude anderswo als in Klostergemeinschaften erfahren kann*" (A 33v)!

In der Welt verbleiben, wie es ihr Herr Delatroëtte geraten hatte, konnte ihr Bedürfnis nach dem Absoluten in keinerlei Weise zufrieden stellen. Der familiäre Rahmen, den sie kennen gelernt hatte, und der immerhin von einer außergewöhnlichen, spirituellen und menschlichen Qualität war, brachte Notwendigkeiten und verschiedene gesellschaftliche Verpflichtungen mit sich, die sie nur von der wesentlichen und einzigartigen Beschäftigung, die sie anstrebte, ablenken konnten, umso mehr als sie auf grausame Art erfahren hatte, dass diese Bedingungen eines idealen Familienlebens nicht von Dauer waren.

Daher konnte sie später schreiben: „Ah! Ich habe es wohl gespürt. Die Freude liegt nicht in den Dingen, die uns umgeben. Sie befindet sich im Innersten der Seele. Man kann sie ebenso in einem Gefängnis wie in einem Palast erfahren. Der Beweis dafür ist, dass *ich selbst inmitten von inneren und äußeren Prüfungen, im Karmel glücklicher bin als in der Welt,* wo ich von den Bequemlichkeiten des Lebens und *insbesondere* von den Annehmlichkeiten des Elternhauses umgeben bin!"(A 65r).

Erwähnt man in diesem Zusammenhang ihre natürliche Ungeschicklichkeit in praktischen Dingen, die ihren Onkel, Herrn Guérin, zu der Bemerkung veranlasste, dass sie „untüchtig und ungeschickt" sei – sie selbst gibt hierfür ein Beispiel: „Die *unbeholfene* und ungeschickte Art, mit der ich meine *Arbeit* verrichtete, rechtfertigte die wenig vorteilhafte Meinung, die man von mir hatte" (A 37v) – so könnte man versucht sein, bei ihr eine gewisse „Angst vor dem Leben" in der Welt zu finden und „zum Beispiel ihren frühreifen Wunsch, der Erde zu entfliehen und den Himmel zu erreichen, für anormal halten; das Gleiche gilt für ihre Flucht aus der Welt in die quasi absolute Unerfahrenheit des Lebens."[1]

Aber ihre menschliche und geistliche Reife, ihr ausgeglichenes Urteilsvermögen, ihr Wirklichkeitssinn und alles, was wir über ihre tiefen Beweggründe wissen, genügen, um zu beweisen, dass sie eine starke Persönlichkeit hatte, die voll verantwortlich war für die Entscheidung, für Gott allein alles aufzugeben.

Übrigens erklärt sie selbst, welches ihre wahren Beweggründe waren: „Was ich im Karmel tun wollte, habe ich zu Füßen Jesu in der

1 E. RIDEAU, Thérèse de Lisieux, la nature et la grâce*, Fayard, 1973, S. 99-100.

Gestalt der Hostie bei der Prüfung vor meiner Profess erklärt: „Ich bin gekommen, um Seelen zu retten und insbesondere um für die Priester zu beten“ ((A 69v).

Und so wusste sie „ohne die geringste Illusion“, dass der Preis hierfür einzusetzen war. Daher hatte sie ihrer Schwester Agnes einen Monat *vor ihrem Eintritt* geschrieben: „Ich wünsche mir nur eines, wenn ich im Karmel bin, *immer für Jesus zu leiden*“ (LT 43 B vom 18. März 1888, CG I, S.343).

Jesus hatte ihr zu verstehen gegeben, „dass es das Kreuz war, durch das er [ihr] die Seelen geben wollte, und [ihre] Hinwendung zum Leiden wuchs in dem Maße, in dem das Leiden an Stärke zunahm“ (A 69v).

Und so konnte sie innerhalb eines Zeitraumes von neun Jahren „alle Erwartungen [ihrer] Seele erfüllen (A 54v) und auf Erden ihr „Glück zu einem geringen Preis“ finden (A 53v), während sie vom Himmel „das vollkommene Glück“ erwartete (LT 190, 4).

KAPITEL II

DAS GLÜCK THERESES IM KARMEL

Als Therese am 9. April 1888 im Alter von fünfzehn Jahren die Schwelle des Karmel von Lisieux überschritt, verspürte sie „eine tiefe Freude", während sie sich immer wieder sagte: „Es ist für immer, ich werde für immer hier sein!...(A 69v).

Während sie sieben Jahre später ihr erstes Manuskript verfasste, konnte sie schreiben: *„Dieses Glück* war nicht vergänglich. Es sollte nicht mit den Illusionen der ersten Tage schwinden. Der Liebe Gott hat mir die Gnade erwiesen, dass ich beim Eintritt in den Karmel KEINERLEI falsche Erwartungen hatte: *Ich habe das Klosterleben so vorgefunden, wie ich es mir vorgestellt hatte" (ibid.).*

Trotz der körperlichen und spirituellen Leiden, die sie noch zu ertragen haben würde, sollte sich dieses Gefühl auch während der restlichen zwei Jahre, die ihr zum Leben blieben, nicht ändern; denn auch drei Monate vor ihrem Tode wiederholte sie: „Als ich im Alter von fünfzehn Jahren *das Glück* hatte, in den Karmel einzutreten..." (C 20v).

Eine solche Erklärung, die im Wissen der Umstände gemacht wurde, kann nur verwundern, da man heute weiß, dass der Zustand der Kommunität, während der ganzen Zeit, die sie dort verbrachte, keineswegs idyllisch war! Zweifellos war es das, was ihr, der Vorsehung entsprechend, am meisten entgegenkam. So konnte der göttliche Plan an ihr verwirklicht werden in einem Lebensumfeld, wo Tugend vermittelt und praktiziert wurde, das gleichzeitig aber weder vollkommen war, noch offene Mängel aufwies.

Durch Mutter Geneviève de Sainte Thérèse aus dem Karmel von Poitiers 1838 gegründet, existierte das Kloster von Lisieux seit fünfzig Jahren, als Therese dort eintrat.[1]

Wir verfügen über verschiedene Dokumente, die uns mit dem Zustand der Klostergemeinschaft während der Zeit, in der Therese dort lebte, also zwischen1888 und 1897 vertraut machen. Die bedeutendsten von ihnen sind die beiden Prozesse (der „Bischöfliche" und der „Apostolische"), die die Zeugenaussagen der Personen enthalten, die die Heilige zu ihren Lebzeiten kannten.[2]

Später musste Mutter Agnes auf Anfrage der Prüfer in dieser Angelegenheit einen Bericht mit folgendem Titel verfassen: *In welcher geistigen Atmosphäre Schwester Therese vom Kinde Jesus im Karmel von Lisieux zur Heiligkeit gelangte.* (<Summarium> zur Vorbereitung des Prozesses, S. 164-165).

Zweifellos in der Absicht aufzuzeigen, dass Therese unter der Priorin Marie de Gonzague gelitten hatte, um „zur Heiligkeit zu gelangen", nahm Mutter Agnes vor allem Bezug auf die „schwerwiegenden" Ungerechtigkeiten (siehe PA , Einleitung, S. XVIII) insbesondere die krankhafte Eifersucht der Mutter, wobei sie ohne ein besonderes historisches Verständnis Ereignisse miteinander verglich, die sich über drei Jahrzehnte erstreckten, und dabei bemerkenswerte Eigenschaften dieser widerspruchsvollen Persönlichkeit unerwähnt ließ. Die Klostergemeinschaft, die die Priorin „gleichzeitig liebte und fürchtete" (PA, S. 147), ertrug sie, und von Therese wurde sie geachtet und geliebt.

Fünf Schwestern unterschrieben den Bericht und bestätigten damit die Wahrheit der dargestellten Fakten.

Unglücklicherweise wurden diese Seiten in einem Artikel und einem Buch von zwei Autoren (dem Kapuzinerpater Ubald im Jahre 1926 und Maxence van der Meersch im Jahre 1947) wahrhaft „ausgeschlachtet". Sie glaubten durch einseitige Vorwürfe gegen Mutter

1 Siehe La Fondation du carmel de Lisieux et sa fondatrice, la révérende mère Geneviève de Sainte Thérèse*, Paris, Librairie Saint-Paul, 1912 !

2 Ausgabe des Teresianum, Rom, 1973 und 1976.

Marie de Gonzague, die Heldenhaftigkeit der Heiligen hervorheben zu können, während andere Dokumente, wie z.B. die Briefe der Heiligen selbst, ein objektiveres und entsprechend differenzierteres Urteil nahe legten.

Da man auf dergleichen gefasst sein musste, waren die Reaktionen auf diese Schriften, wie zu erwarten, lebhaft und zahlreich von Seiten kompetenter Autoren, namentlich Mgr. Combes, um nur ihn zu erwähnen. Wir halten es nicht für sinnvoll, in diese Polemik einzusteigen. Wir wollen indessen auf die ausgezeichnete, sachkundige und ausgeglichene Klarstellung von Pater Valentino Macca, o.c.d. in der Einleitung zum *Apostolischen Prozess,* S. XVIII bis XXIII hinweisen.

Hinzu kommt ein anderes Dokument, dass unsere Kenntnis über die Mitglieder der Ordensgemeinschaft ergänzt. Es handelt sich um die *Anwesenheitsliste der Karmelitinnen von Lisieux* (siehe CG II, S. 1171-1179), die 1893 von Schwester Marie des Anges verfasst worden war. Hier wird jede Einzelne der sechsundzwanzig Schwestern vorgestellt und zwar von ihrer besten Seite, ohne dass irgendeine der Tatsachen, über die die Prozesse berichten, erwähnt worden wäre. Denn diese Seiten waren für die Schwestern von der Heimsuchung in Le Mans bestimmt. Hier war die von der Madre Teresa gewünschte Diskretion geboten. Außerdem existieren noch unveröffentlichte „Notizen“, die von Schwester Geneviève über jede einzelne Schwester der Klostergemeinschaft verfasst worden waren, so wie sie sie gekannt hatte, wobei sie dieses Mal auch nicht zögerte, ihre persönliche Einschätzung ohne Schminke und ohne Nachsicht wiederzugeben. Diese Notizen waren nämlich für Pater Piat bestimmt, der es nicht versäumte, sie sehr diskret in seinem Buch über *Sainte Thérèse de Lisieux à la découverte de la voie d'enfance* (Editions franciscaines, Paris 1964)* zu nutzen, ebenso wie viele andere Geständnisse, die er von Thereses Schwester persönlich erhielt.

In diesem Buch widmete Pater Stéphane Piat ein Kapitel dem „Karmel von Lisieux zur Zeit der heiligen Therese vom Kinde Jesus“. Es sind vorzüglich belegte und gleichzeitig objektive und differenzierte Aussagen, die für denjenigen, der zwischen den Zeilen lesen kann, von großem psychologischem Scharfsinn zeugen. Während wir den Leser auf das gesamte Kapitel verweisen, begnügen wir uns hier damit, einen Paragraphen zu zitieren, der, so scheint es uns, ungefähr die allgemeine Stimmung in der Klostergemeinschaft zusammenfasst: „Sieht man von zwei oder drei Fällen ab, bei denen eine karmelitanische Berufung offensichtlich fehlte, so erkannte man bei den meisten Schwestern eine sehr große Tugendhaftigkeit und eine aufrichtige, wenn auch nicht immer erleuchtete Frömmigkeit. Man hob auch einen empfindlichen Mangel an Kultur hervor und in den Reibereien des Gemeinschaftslebens eine Menge von Ungeschicklichkeiten. Strenge, eine etwas engstirnige Befolgung der Vorschriften, eine glaubwürdige Nächstenliebe, die von begrenztem Verständnis bestimmt wurde, ein gewisser Mangel an Atemluft und, in diesem abgeschotteten Milieu, das Einschreiten einer etwas leicht verletzlichen, wankelmütigen Oberin: Das reichte aus, um eines Tages Therese folgende Bemerkung zu entreißen, die von Mutter Agnes in ihrem Bericht für den Prozess eingefügt worden war: „Die Klostergemeinschaft scheint auf einem Seil zu wandeln. Es ist ein wahres Wunder, das der Liebe Gott in jedem Augenblick wirkt, indem er zulässt, dass sie das Gleichgewicht behält." Man sollte dennoch nicht verallgemeinern. Alles in allem unterschied sich der Karmel von Lisieux nicht von der klassischen Beschreibung jeglicher Form von religiöser Gemeinschaft: Einige heiligmäßige Seelen, einige leidenschaftliche, einige mittelmäßige, einige kranke und der gute Wille bei allen. Weder Himmel noch Hölle; ein Klima von Bemühung, Tugend, Freude, mit Unsicherheit vermischt, in dem man sich heiligt, ohne unglücklich zu sein. Hätte die Heilige eine größere Erfahrung mit dem Klosterleben gehabt, würde sie erkannt haben, dass die von ihr beobachtete Unausgeglichenheit in kleinen Gemeinschaften üblich ist, wo die geringste Unordnung sofort große Ausmaße annimmt" (S. 83).

Therese erklärt nun, in dieser Gemeinschaft das Glück gefunden zu haben. Wie wir sehen werden, wird sie, eine so feine Beobachterin der Menschen und der Dinge, die anderen gegenüber so aufmerksam war, einen wohlwollenden, wenngleich „illusionslosen" Blick auf ihre Klostergemeinschaft gerichtet haben, auf das, was sie sah und hörte.

Nach und nach, im Laufe der Tage, Wochen und Jahre konnte sie ihre Schwestern beobachten, indem sie an den festgesetzten Kommunitätsakten teilnahm: im Chor, im Refektorium, während der Rekreationen, wobei sie auch die verschiedenen Arbeiten verrichtete, mit denen sie betraut war: Als Refektorianerin, Gehilfin im Wäscheamt, Sakristanin, Assistentin der Novizenmeisterin lernte sie jede Einzelne der Schwestern kennen, aus denen sich die Gemeinschaft zusammensetzte. Doch versichert sie mit der ganzen Offenheit, die wir bei ihr kennen, dass sie vom ersten Tag an bis zu ihrem Tod stets das gleiche Gefühl von „Glück" in dieser Lebensform empfand. Sie ging so weit zu verkünden: „Wenn ich eines Tages meinen geliebten Karmel aufgeben müsste, ah, es geschähe nicht ohne Schmerz, *die köstliche Oase, wo mein Leben so glücklich ist,* wegen einer fremden Erde zu verlassen" (C 10r).

Wir erinnern uns, dass sie vor ihrem Eintritt in den Karmel allein auf Grund der Erklärungen, die Pauline ihr darüber gegeben hatte, „das Leben des Karmel [...] sehr schön fand" (A. 26r). Auch als sie mit der Wirklichkeit konfrontiert wurde, änderte sie ihre Meinung nicht, im Gegenteil. Ihre Liebe zu diesem Leben ließ keinerlei Zweifel zu, wie die Äußerungen bezeugen, denen sie in allen ihren Schriften immer neue hinzufügte. So spricht sie zunächst davon wie von einem „gesegneten Gestade", wo ihre „kleine Gondel", die die Unwetter eines aufgewühlten Meeres durchkreuzt, schließlich vor Anker gehen wird (LT 43 B). Einen Monat nach ihrem Eintritt ruft sie aus: „Es gibt Augenblicke, in denen ich mich frage, ob es wahr ist, dass ich im Karmel bin, manchmal kann ich nicht daran glauben. Ach! Wie habe ich es doch verdient, dass mich der Liebe Gott so sehr mit seinen Gnaden überhäuft?" (LT 47, 8. Mai 1888)! Die Trennung von ihrem Vater und Céline, „dem Echo ihres Herzens", die im Vergleich mit den Bequemlichkeiten von Les Buissonnets so strengen Lebensbedingungen, alles das scheint sie in keiner Weise berührt zu haben. Im Gegenteil heißt sie sich *„glücklich, für immer Gefangene im Karmel zu sein"* (LT 106, 10. Mai 1890). Sie bringt vermehrt Vergleiche, um das Glück darzustellen, das sie darüber empfindet, in ihrem „geliebten Karmel zu sein (A 28r und 30v), den sie mit einem „weichen Nest" vergleicht, wo sie sich „selig“ nennt (LT 68, 4). Er ist ein „fruchtbares Tal“ (LT 71, 28), eine wahre „Familie“ (PN 11, 2) oder auch eine „gesegnete Arche“ (PN 29, 5), ein „Königreich“ (A 62v, LT 72, 2), wo sie sich erneut darüber freut, „die Gefangene Jesu“ zu sein (LT 201, l. November 1896, CG II, S. 911), in Sicherheit vor der Welt, in einer „Festung“, die sie „mit der Spitze des Schwertes“ erobern musste *(ibid.)*.

Ein so beständiges, rückhaltloses Lob auf ihren „geliebten Karmel“ in allen ihren Schriften verleitet den Leser zu der Frage, ob die Heilige mit ihrer von Grund auf wohlwollenden Haltung nicht unwillkürlich das von ihr dargestellte Bild beschönigt habe, indem sie sich ihre Klostergemeinschaft in den schönsten Farben ausmalte.

Aber Therese war zu scharfsinnig in Bezug auf sich selbst und ihre Umgebung, um sie in übertriebenen Farben darzustellen. Zudem hatte sie einen „Abscheu gegenüber der *‚Heuchelei'*“ (DE 7.7.4, S. 242; siehe S. 257!), und es war ihr unmöglich, Gefühle vorzutäuschen, die sie nicht empfand: „Niemals ‚täusche ich etwas vor'. Ich bin nicht wie die Frau von Jéroboam“ (DE 11.8.6, S. 317). Sie versicherte: „Ich habe es nie gemacht wie Pilatus, der sich weigerte, die Wahrheit zu hören“ (DE 21.7. 4, S. 273).

Wenn sie folglich mit einem solchen Nachdruck erklärte, dass sie im *Kloster das Glück* gefunden habe, war sie aufrichtig und drückte eine Wirklichkeit aus, von der sie in Wahrheit lebte.

Man fragt sich schließlich, worin dieses Glück bestand?

Wenn man von der Häufigkeit aus (im Ganzen zweihundertsechsunddreißig mal), urteilt, mit der Therese in ihren Manuskripten, Briefen und ihren übrigen Schriften davon spricht, so stellt man in einem ersten Überblick mit Erstaunen fest, welch bedeutenden Stellenwert das Glück im Leben von Therese, in ihrem Denken, Sehnen und in ihrer Erfahrung hatte.

Zwar bezeichnet sie mit diesem Begriff sehr unterschiedliche Gegebenheiten, angefangen mit den einfachsten und gewöhnlichsten bis hin zu den höchsten und spirituellsten. Dazu gehört z.B. das Glück, „unvergleichlichen Eltern anzugehören“ (A 4r). Da gibt es kleine spürbare Freuden des Familienlebens, wie z. B. Paulines Rückkehr aus dem Pensionat (A 7v), Spaziergänge mit ihrem Vater (A 11v), usw. oder geistliche Freuden, wie die ihrer Ersten Heiligen Kommunion und den „Besuch des Heiligen Geistes“ (A 36r) oder die Kenntnis der „Geheimnisse des zukünftigen Lebens“ (A 47v), usw.

Diese vielfältigen Facetten des Glücks, die sie während ihrer Kindheit kennen gelernt hatte, genoss sie in Fülle und manchmal intensiv. Indessen scheint es, dass sie sich sehr früh, bereits im Alter von dreieinhalb Jahren, vage nach einem vollkommenen Glück sehnte, das durch den „Himmel“ versinnbildlicht wird. Die Vorstellung hiervon und die Sehnsucht danach wurden ihr innerhalb der Familie durch ihre Eltern vermittelt.

In diesem Milieu, geprägt von einem sehr hohen spirituellen und menschlichen Ideal, erfuhr sie das höchste und reinste menschliche Glück, das man hier unten finden kann, *„das ideale Glück“* (A 49v)!

Nun aber - sie war kaum viereinhalb Jahre alt - wurden ihre Kinderträume durch den folgenschweren Tod ihrer Mutter zerschlagen. Dieser Schock machte ihr plötzlich zum erstenmal deutlich, dass es hier unten kein vollkommenes, d.h. dauerhaftes und vollständiges Glück gab und auch nicht geben konnte, dass diese Erde nur ein „Ort der Verbannung“ war (A 14v, 17v, usw.), wo selbst die harmlosesten und berechtigtesten Freuden, einerlei ob sinnlich wahrnehmbar oder von geistiger Art, nur vergänglich und unbefriedigend waren. Diese Feststellung sollte sich in ihr verankern auch im Zusammenhang mit belanglosen Alltagsgeschehnissen. Sie erzählt z.B., dass das „schöne Marmeladenbrot“ , das für ihre Nachmittagsmahlzeit bereitet worden war, „sein Aussehen verändert hatte: anstelle seiner kräftigen Farbe, sah ich nur noch eine matte rosa Färbung, ganz alt und eingefallen ....da erschien mir die Welt noch trauriger, und ich begriff, dass die Freude nur im Himmel wolkenlos sein würde“ (A 14v). Eine andere ähnliche Begebenheit: Herr Martin hatte ihr kurz vor ihrem Eintritt in den Karmel ein Lamm geschenkt; es war einen Tag alt, aber „das hübsche kleine Tier starb am Nachmittag“ (LT 42 vom 21. Februar 1888). Daraus zog sie sogleich eine Lehre: „Du kannst dir nicht vorstellen, meine liebe Patin, wie sehr der Tod dieses kleinen Tieres mir zu denken gegeben hat, oh ja! Auf der Erde darf man sich an nichts binden, nicht einmal an die unschuldigsten Dinge, denn wir müssen sie gerade im unerwarteten Augenblick entbehren. Nur das, was ewig ist, kann uns zufrieden stellen“ *(ibid.)*.

Man könnte viele weitere Beispiele anführen: so die Furcht vor dem Tod ihres Vaters (A 21r) oder das „ungetrübte Glück“ des Sonntags, das mit der Komplet endete (A 17v), usw.

Man könnte versucht sein, diese Reaktionen für kindisch oder übertrieben zu halten, indessen rührten sie nicht von einer krankhaften Empfindsamkeit her, sondern vielmehr von der Feinfühligkeit eines Herzens, das das Leben und die Schönheit der Dinge zu schätzen wusste und von einem Geist, der den Sinn der Ewigkeit und der Vergänglichkeit erfasst hatte.

Es muss erwähnt werden, dass Therese im Alter von neun Jahren eine andere ebenso schmerzliche und tiefe Erfahrung machte wie die des Todes ihrer Mutter. Es handelte sich um den Abschied von Pauline, ihrer zweiten „geliebten Mutter“, die in den Karmel eintrat. Die Nachricht, die ihr schonungslos mitgeteilt wurde, ließ sie dieses Mal endgültig zu der Erkenntnis kommen, dass es kein irdisches Glück gibt, das nicht durch den Tod oder die Trennung von einem geliebten Wesen bedroht wäre: „In einem Augenblick begriff ich, was das Leben war, [...] ich sah, dass es *nur Leiden und fortwährende Trennung bedeutete*“ (A 25v). Wir haben dies bereits oben erwähnt.

Kaum noch etwas außer der Krankheit ihres Vaters wird sie grausamer treffen. Aber schließlich wird sie herausfinden, worin das „wahre Glück“ besteht (LT 226, 9), wie wir sehen werden. Sie wird noch zwei Jahre warten müssen bis zum Tag ihrer Ersten Kommunion am 8. Mai 1884 (sie ist elf Jahre alt), um das absolute, einzigartige, vollkommene Glück zu entdecken, das vor jeder drohenden Enttäuschung sicher ist. Sie erfährt es in der Gegenwart der Liebe Jesu in ihrer Seele: „Das war ein *Liebeskuss,* ich fühlte mich geliebt [...] Jesus und die arme kleine Therese hatten einander angesehen und verstanden... .An jenem Tag *war es kein Blick mehr, sondern eine Verschmelzung, sie waren nicht mehr zwei,* Therese war verschwunden wie der Wassertropfen, der sich im Schoße des Ozeans verliert“(A 35r). Dieser Himmel, von dem sie träumte, zu dem sie von jeher hinstrebte, war in ihr Herz gekommen *(ibid.)*.

Man hat vielleicht die Bedeutung dieser Erfahrung, die man dem Bereich der Mystik zuordnen kann, nicht richtig eingeschätzt. Sie beeinflusste den Rest des Lebens von Therese. Jedenfalls schuf dieses Ereignis für sie den grundlegenden spirituellen Bezugspunkt, auf den sie sich berief und durch den sie in ihren späteren Kämpfen Kraft und Mut schöpfte, besonders in ihren Nächten und Zeiten der inneren Dürre, die sie gern und gelassen annehmen wird, weil sie in der Tiefe ihres Herzens die glückliche und vertrauensvolle Gewissheit bewahrte, von einer starken und unvergänglichen Liebe geliebt zu werden.

Schließlich hatte sie das Glück gefunden, das sie mit ihrem ganzen Sein ersehnte. Es hing nicht mehr von äußeren Bedingungen ab. Sie brauchte nicht mehr zu fürchten, es zu verlieren, wie es ihr bereits dreimal hintereinander widerfahren war mit den aufeinander folgenden Trennungen von ihren drei Müttern: der Amme Rose, Frau Martin,und Pauline. Das waren Enttäuschungen, wie sie sie auch noch mit Marie erfuhr. Diesmal konnte niemand ihrer Freude über die Vereinigung mit „Dem, der sich ihr so liebevoll hingab," (A 35v) etwas anhaben. Zwar wurde sie hin und wieder in ihrem vollkommenen inneren Glück bestärkt, indem sie besondere Gnaden empfing, wie z.B. im Juli 1889 im Klostergarten in der Grotte, die der heiligen Magdalena geweiht ist. Danach lebte sie mehrere Tage in mystischer „Ruhe". (Siehe DE 11.7.2, S. 253!) Oder sechs Jahre später nach ihrer „Hingabe an die Barmherzige Liebe" erlebte sie jene „Liebesverwundung" wie ein Feuer, während sie den Kreuzweg betete (Siehe DE 7.7.2, S. 241!), ganz zu schweigen von anderen Zeichen oder „Beweisen" der göttlichen Liebe zu ihr wie die Erscheinung der „ehrwürdigen Mutter Anna von Jesus" (B 2r)... .

Diese erste tiefe Erfahrung der göttlichen Liebe, bei der „nur Jesus allein [sie] zufrieden stellen konnte" (A 36r), beruhte nicht auf einer vorübergehenden Schwärmerei; das zeigt sich in den darauf folgenden dauerhaften Auswirkungen, die so die Echtheit ihres göttlichen Ursprungs beweisen. Diese Ergebnisse zeigten sich fast unmittelbar danach im Einklang mit dem, was sie an Wertvollstem in sich trug und mit allem, was sie bis dahin gelebt hatte.

Wie oft in ihrem Leben entdeckte Therese durch ein Ereignis oder ein äußeres Zeichen den Willen Gottes. Marie, ihre ältere Schwester und Patin, hatte ihr bei der Vorbereitung auf ihre Erste Heilige Kommunion gesagt, dass sie wahrscheinlich nicht den „Weg" des „Leidens" gehen würde (A 36r), eine Vermutung, die sich als total falsch erweisen sollte, die jedoch den Vorzug hatte, in dieser gesegneten Stunde ihres Lebens ihre Aufmerksamkeit auf die Frage des Leidens zu lenken und prophetisch, allerdings unbewusst, eine Wahrheit zu verkünden, die den „Kleinen Weg" kennzeichnen wird, nämlich „dass der Liebe Gott [sie] immer wie ein Kind tragen würde" ! *(ibid.)*

Jedes Mal, wenn sich Therese nach der Kommunion an diese Worte von Marie über das Leid erinnerte, fühlte sie, *wie sich in [ihrem] Herzen eine große Sehnsucht nach dem Leiden entfachte"* (A 36r).

In den Auswirkungen ihrer „Liebesvereinigung" konnte es sich nur um eine weitere Gnade handeln, denn sie erhielt *„gleichzeitig* die innere Gewissheit, dass Jesus [für sie] viele Kreuze bereithielt" *(ibid.)*. Welchen Zusammenhang konnte es geben zwischen der Liebe Jesu zu ihr und den Leiden, die er für sie bestimmte?

Um etwas von der inneren Bewegung zu verstehen oder zumindest zu spüren, die auf den ersten Blick überrascht – sie brachte Therese dazu, ihre Liebe zu Jesus mit dem Leiden zu verbinden – muss man sich in die Jahre zurückversetzen, die ihrer Erstkommunion vorausgingen. Wenn sie „die verborgenen Schätze im Evangelium noch nicht gefunden" (A 47r) und auch noch nicht in den *Leitsätzen* des heiligen Johannes vom Kreuz gelesen hatte, dass die göttliche Liebe *„für den Geliebten großes Leid* beinhaltete"[1], so erhielt sie die unmittelbare Erkenntnis wie eine Offenbarung dieser biblischen und menschlichen Wahrheit durch eine besondere, eher vorzeitige Gnade!

Schon vor ihrer mysteriösen Krankheit hatte sie den Wunsch gehabt, „eine große Heilige zu werden"(A 32r), aber sie wusste noch nicht, dass man leiden, viel leiden musste, um das zu erreichen: Ich ahnte damals nicht, dass man *viel leiden müsse"*, um zur Heiligkeit zu

1 Saint JEAN DE LA CROIX, Oeuvres complètes*, DDB. 1959, Maxime N° 165.

gelangen *(ibid.)*. Daher hatte sie die Leiden, die sie durchzustehen hatte, nur mühsam erduldet: „In meiner Kindheit habe ich mit Traurigkeit gelitten“(C 4v).

Sie verstand den existentiellen Bezug zwischen Liebe und Leid erst richtig, als sie dessen Wirklichkeit erlebte durch die tiefste und grausamste Prüfung, die sie damals durchstehen musste: Es war die Enttäuschung in ihrer großen Zuneigung zu Pauline, weil die, welche sie als das „Ideal“ ihres Lebens ansah, sie verlassen würde, um in den Karmel zu gehen.

Sie hatte wohl vorher den Schmerz über den Tod ihrer Mutter erfahren. Aber davon hatte sie sich scheinbar ziemlich gut erholt, denn erneut hatte sie „das Ideal des Glückes“ auf der Erde erlebt (A 49v).

Aber in diesem Falle war die Erfahrung endgültig. Ihr Glück zu lieben und geliebt zu werden war plötzlich zunichte geworden durch eine Trennung, die umso mehr schmerzte, als ihre Anhänglichkeit an ihre „kleine Mutter“ tiefer und unersetzlich war. Darauf ist der Schock, der ihre Krankheit auslösen sollte, zurückzuführen. Auf diese Weise *begriff sie, dass Liebe Leid verursacht.* Durch Erfahrung erlebte sie die Wahrheit dieses universalen Gesetzes allen menschlichen Lebens, wonach keine wahre Liebe bestehen kann, die nicht auch Ausgangspunkt für Leid wäre.

Mit ihrem Temperament, das dem Absoluten des „alles oder nichts“ zugewandt war (siehe „Ich wähle alles“ [A 10r]), wie hätte sie sich da nicht danach gesehnt, vollkommen und ganz mit dieser reinen, einzigartigen Liebe von Jesus zu ihr übereinzustimmen, indem sie sich im Voraus den Leiden, die sie unvermeidlich begleiten sollten, öffnete? Woher rührte diese seltsame „Sehnsucht nach Leiden“(A 36r), ein „großes Verlangen“, das schließlich nur die realistische Antwort ihrer totalen Liebe auf die totale Liebe Jesu war? „Bis zu dem Augenblick hatte ich gelitten, ohne das Leid zu lieben, seit jenem Tag empfand ich eine wahrhafte Liebe dazu. Ich verspürte auch den Wunsch, nur den Lieben Gott zu lieben und nur in Ihm Freude zu finden“ (A 36r-36v).

Gleichzeitig mit der Offenbarung der persönlichen und absoluten Liebe Jesu zu ihr, die alle anderen Formen von Liebe und Zuneigung der Erde relativierte einschließlich der von Pauline, deren Abschied sie nicht mehr mit „Bitterkeit“ betrachtete (ibid.), fand in ihr eine wahre Revolution statt in ihrer Art, das Leid zu leben, das paradoxer Weise Quelle der Freude werden wird, weil es dazu dient, noch mehr zu lieben.

Sie gelangte zu der Einsicht, dass - *für Jesus zu leiden – das Gleiche war, wie Ihn zu lieben,* so dass sie in der Folge zu schreiben wagte: „Ja, *liebend leiden,* das ist das reinste Glück“ (PN 54, 16) und umgekehrt (an Céline): *leidend lieben,* selbst ohne zu fühlen, dass sie liebt“ (LT 157, März 1894).

Aber bevor sie diese Wahrheit voll leben konnte, musste sie noch einen längeren Weg zurücklegen.

In der Tat könnte man sich nach dieser „Liebesvereinigung“ mit Jesus zu Recht darüber wundern, dass sie trotz ihrer Bemühungen immer noch unfähig war, diese Übersensibilität in den Griff zu bekommen, die sie wegen Kleinigkeiten weinen ließ und sie schließlich „zum Weinen brachte, weil sie geweint hatte“ (A 44v), wenn man nicht wüsste, wie sehr die empfangenen Gnaden, selbst die höchsten, Zeit brauchen, um sich einen Weg in die innere Welt der Person zu bahnen, bevor sie sie ganz durchdringen.

Sie musste noch zwei Jahre warten bis zu der Weihnachtsnacht 1886, um die Kontrolle über sich selbst wiederzugewinnen, indem sie endgültig den „engen Kreis“ verließ, in dem sie sich „drehte“ (A 46v). Aber erst im folgenden Jahr, im Juli 1887, erhielt die Gnade der Vereinigung ihrer Ersten Kommunion eine Art Bestätigung und Ergänzung. Sie berichtet: „Eines Sonntags, während ich ein Bild unseres Herrn am Kreuz betrachtete, war ich betroffen von dem Blut, das von einer Seiner Göttlichen Hände strömte, *ich verspürte einen großen Schmerz* bei dem Gedanken, dass dieses Blut zur Erde strömte, ohne dass auch nur einer sich bemühte, es aufzufangen, und ich beschloss, im Geiste am Fuße des Kreuzes zu verweilen, um den Göttlichen Tau, der von dort fiel, aufzusammeln und begriff, dass ich ihn hernach über die Seelen ausgießen müsse...“ (A 45v).

Diese Gnade beeindruckte sie so tief, dass sie sich auf ihrem Sterbebett wieder daran erinnerte (Siehe DE 1.8.1, S. 295!) und ihre

Schwester Geneviève darüber ins Vertrauen zog, die genauere Angaben machte: „Eines Sonntags, während sie nach der Messe ihr Gebetbuch schloss, ragte ein Bild von Jesus am Kreuz ein wenig zwischen den Seiten hervor; darauf konnte sie nur eine Seiner durchbohrten und blutenden Hände sehen“ (PO, S. 282).

Dieser „große Schmerz“, den Therese verspürte, *während sie sich vorstellte,* wie aus einer der gekreuzigten Hände Jesu das Blut floss, war nichts anderes als der Ausdruck ihrer Liebe zu dem Geliebten, mit dem sie zu einer Einheit geworden war, wobei sie sogar das Leiden Jesu darüber erlitt, dass Er von denen nicht geliebt wurde, für die Er Sein Blut vergoss. So wurde das „große Verlangen nach Leid“ gestillt, das sie während ihrer Ersten Kommunion verspürte, indem es die ausdrückliche Erfüllung erhielt, die dem restlichen Leben Thereses endgültige Orientierung gab.

Wir berühren hier den fundamentalen gedanklichen Hintergrund der Heiligen, der ihre ganze Spiritualität prägte und sogar die wesentlichen Punkte ihrer Lehre bestimmte.

Hat sie nicht, ausgehend von dieser Wahrnehmung der gekreuzigten Liebe Jesu zu der Welt und zu ihr, beschlossen, keinen Trost mehr bei Ihm zu suchen? Hat sie es nicht bejaht oder gar gewünscht, ohne irgend einen Ausgleich in der Dürre, den Leiden und den Finsternissen der Seele zu verharren? Sie bemühte sich, Ihm in absolut selbstloser Weise zu dienen.

Wie eine leidenschaftlich liebende Gattin beharrte sie darauf, ihren leidenden Geliebten zu trösten. Hatte sie sich Ihm nicht hingegeben, um Ihn zu *„trösten“* (A 73v)? Diese Absicht kommt in ihren Briefen immer wieder zum Ausdruck: „Jesus trösten, dahin wirken, dass die Seelen Ihn *lieben“* (LT 109, 46; siehe 94, 44; 95, 31; 96, 43; 104, 3; 104, 54!): „Um Dich zu trösten über *die Gleichgültigkeit* so vieler Seelen...“(Pri 4, 12); über *die Undankbarkeit* der Bösen ...“ (Pri 6, 15); „über die *Vernachlässigung* durch die Bösen...“(Pri 12v).

Um „ Jesus zu trösten“, machte sie sich Gedanken darüber, wie sie Ihm ihre Liebe durch Taten beweisen könnte, wie sie Ihm auf alle möglichen Weisen *Freude machen* könnte durch die Treue zur *Regel*, die tausend Gefälligkeiten, die man den einen und den anderen zu erweisen hatte. Dabei setzte sie sich ein, ohne für sich eine Gegenleistung zu empfangen, wobei sie Nutzen zog aus diesen „Kleinigkeiten“ (B 4v), die das tägliche Leben ausmachen und die in den Augen Gottes von großem Wert sind, wie sie in genialer Weise entdecken konnte und die Jesus „mehr Freude bereiten als die Macht der Welt“ (LT 143, 45.46; siehe LT 176, 72!)

Aber weshalb wollte sie so unermüdlich und mit solchem Eifer „Jesus trösten“ und Ihm „Freude bereiten“?

Das wollte sie unaufhörlich und ausschließlich, um den Durst ihres Geliebten zu löschen, dessen Ausruf am Kreuz „fortwährend in [ihrem] Herzen widerhallte [...]“ (A 45v). „Ihn dürstete nach Liebe“(B 1v), die Ihm so viele verweigerten, für die Er Sein Leben hingegeben hatte. „Ich fühle, dass Jesus danach verlangt [...], *Seinen Durst* zu stillen, indem ich Ihm Seelen, insbesondere Seelen von *Priestern* gebe“(LT 96, 1v). Dies war der Grund, weshalb sie „für Jesus [...] eine große Zahl von Seelen gewinnen wollte“ (PN 25, 2), „ungezählte Seelen“ (RP 3, 12v) oder „Herzen“ (RP 7, 5v; 8, 6v) oder, weshalb sie auch „am Heil der Seelen arbeiten“ wollte (LT 189, 14;213, 48; 226, 119), „am Heil der Sünder“ (LT 224, 6), „der armen Ungläubigen“(LT 201, 42).

Sie fühlte sich von einem inneren Feuer „verschlungen“, dass sie verzehrte und ihr keine Ruhe ließ: „ Ich wollte meinem Geliebten zu trinken geben und *ich fühlte mich selbst von dem Durst nach Seelen verzehrt*“ (A 45v).

In Wahrheit war sie an einem Punkt angekommen, wo sie nicht mehr leben konnte, ohne zu leiden. Das war ihre Weise, Jesus beständig zu lieben: „Ich habe das Glück [...] auf der Erde gefunden, aber einzig und allein im Leiden“ (DE 31.7.13, S. 294). Sie beharrte auf diesem Paradoxon, indem sie erklärte: „Das wahre Glück ist Leiden“ (LT 226, 9; siehe LT 76, 39!).

Diese innere spirituelle Neigung zum Leiden und, einzig und allein „aus Liebe“ zu leiden (LT 188r) hatte sie einen Monat vor ihrem Eintritt in den Karmel dazu veranlasst, an ihre Schwester Agnes zu schreiben: „Wenn ich im Karmel bin, wünsche ich mir nur das Eine, nämlich *immer für Jesus zu leiden*“ (LT 43B vom 18. März 1888).

Dort fand sie in Fülle das, womit sie ihre Sehnsucht stillen konnte: „Ja, das Leiden hat mir den Arm gereicht, und ich habe mich *mit Liebe darauf gestürzt*“ (A 69v). Man beachte ihren kraftvollen Ausdruck „sich stürzen“, der die Begierde zum Ausdruck bringt, die sie anfeuerte und vergleichbar ist mit unbezwingbarem Hunger oder Durst.

Wir haben gesehen, wie sie dieses Verlangen nach Leiden aus Liebe während ihres ganzen Lebens im Karmel bis zu ihrem Tode aufrechterhielt, erweiterte und vertiefte.

Hier bleibt noch kurz zu erwähnen, welche Arten von Leid sie in ihrem Bestreben während der neun Jahre in ihrer Klostergemeinschaft erleben musste.

Sehen wir jetzt einmal von den geistlichen Prüfungen ab, die sie in ihrem persönlichen Verhältnis zu Gott erduldete und deren Höhepunkt in der schrecklichen „Glaubensprüfung“[1] erreicht wurde, so ist es möglich, aus dem, was sie in ihren Schriften und in den Geständnissen ihrer Schwester gegenüber enthüllt, zwei Arten von Leiden zu unterscheiden: Zunächst diejenigen, die ihrer Umgebung und ihrem Lebenskreis zuzuschreiben waren und sodann diejenigen, die von ihr selbst abhingen und denen sie sich bewusst zuwandte.

Leiden innerhalb des Gemeinschaftslebens

Es gibt zunächst die vielfältigen und unvermeidlichen Mühsale jeden Gemeinschaftslebens, die mangelndem Fingerspitzengefühl, unzureichender Erziehung und Bildung oder Charakterschwächen zuzuschreiben sind. Hinzu kommen kleine beabsichtigte Beleidigungen, auf die die Heilige anspielt, wenn sie von den „Dornen“ spricht, denen sie schon bei ihren ersten Schritten im Kloster begegnete (A 69v).

Ihr jugendliches Alter, ihre Unbeholfenheit und Ungeschicktheit in praktischen Dingen (A 37v), die ihrer Schüchternheit und ihrem Bemühen, alles besonders gut zu machen, zuzuschreiben sind, führten

1 Siehe Emmanuel RENAULT, L'Epreuve de la foi. Le combat de sainte Thérèse de Lisieux*, Ed. du Cerf-DDB, 1974.

dazu, dass sie als zu langsam galt und zumindest während der ersten Jahre von einigen mit Herablassung, Aggressivität und sogar Verachtung angesehen wurde. Ohne dabei zu verweilen oder die Bedeutung zu sehr zu bewerten, sind in diesem Zusammenhang die Vorurteile von mindestens einem Teil der Gemeinschaft gegen die „Martin-Sippe" zu erwähnen, zu der die Kusine Marie Guérin (Schwester Marie de l'Eucharistie) gezählt wurde. Diese Formen von Reserviertheit und Opposition haben Therese sicher auch betrübt. „Welches Glück, gedemütigt zu werden" (LT 82, 31).

Bei dem Prozess erklärte Céline, dass Therese „ungenügend versorgt wurde, dem Widerspruchsgeist von mehreren ausgeliefert war und grundlos ausgeschimpft wurde" (PO, S. 272).

Sie litt unter der Ernährung und besonders unter der feuchten Kälte der Region, was sie jedoch erst am Ende ihres Lebens gestand, indem sie die Oberen bat, bei den anderen darauf zu achten.

Außer diesen „Nadelstichen" und anderen Schikanen, denen sie ausgeliefert war, „wahrhaft glücklich zu leiden"(C 4v), sah sie sich vom Kapitel des Klosters ausgeschlossen, bei welchem sie nie an irgend einer Abstimmung teilnahm, wegen der Gegenwart zweier leiblicher Schwestern, eine Zahl, deren Überschreitung die teresianischen Konstitutionen nicht erlaubten. So behielt sie den Rang einer Novizin selbst dann noch als sie *offiziell* Novizenmeisterin wurde. Zwar bereitete diese Situation ihr keinen Kummer, sie sah im Gegenteil ihren Wunsch, „in Verborgenheit und Verachtung" zu leben, unverhofft bestätigt: „Welch ein Glück, so gut versteckt zu sein, dass niemand an dich denkt!..."(LT 106, 10).

Was die der *Ordensregel* eigenen Forderungen anbetrifft in Bezug auf Armut, Schweigen, Einsamkeit und Gehorsam, so erfüllte sie sie mit beispielhafter Genauigkeit und Vollkommenheit, auf die wir später noch im Einzelnen eingehen werden wegen ihrer fundamentalen Bedeutung für die Spiritualität und die Heiligkeit von Therese.

In diesem Zusammenhang muss man auf den besonderen inneren Schmerz aufmerksam machen, den sie empfand, wenn sie die Nachlässigkeiten und die Unzuverlässigkeit ihrer Schwestern gegenüber der Ordensregel bemerkte. (Siehe, DE 6. 8.5, S. 307 und 519!)

Bewusst gewählte Leiden

Was die freiwilligen Leiden anbetrifft, die sie sich auferlegte, so leiten sie sich alle von ihrem Wunsch oder vielmehr von ihrem unbeugsamen Willen ab, nicht nur eine „mittelmäßige" Heiligkeit, sondern die höchst mögliche für sich anzustreben: „es ist besser, eine sehr schöne Krone zu bekommen und ein wenig Leid als eine mittelmäßige ohne Leid" (LT 43B vom 18. März 1888, CG I, S.343). Eines Tages im Mai 1890 gesteht sie einem Prediger (Jesuitenpater Blino), der über ihre „kühnen Wünsche" überrascht war: „Mein Vater, ich will eine Heilige werden, ich will den Lieben Gott ebenso sehr lieben wie die heilige Teresa" (LT 107 an Céline, CGI, S. 532 und S. 533, Anmerkung h).

Hatte sie nicht nach ihrer Ersten Heiligen Kommunion den Herrn darum gebeten, alle Tröstungen der Welt „in *Bitterkeit*" zu verwandeln (A 36v)? Und es entsprach nicht ihrer Natur, einen Vorsatz aufzugeben oder ihn eher schlecht als recht zu halten! Daher hielt sie sich daran Tag für Tag, entschlossen und heldenhaft, ohne locker zu lassen, ohne in irgend einer Weise zu versagen.

Zweifellos brachte sie in diesem verborgenen Bereich, den Gott allein kannte, die härtesten Opfer: „Äußerlich gab es nichts, was mein Leiden sichtbar machte, das umso schmerzlicher war, als ich allein darum wusste. Ah, welche Überraschung wird es für uns am Ende der Welt geben, wenn wir die Geschichte der Seelen lesen!...wie viele Menschen werden staunen, wenn sie den Weg erkennen, auf dem die meinige geführt wurde!..." (A 70r). Sie wird niemand anderen zum Zeugen haben als Denjenigen Den sie „ganz allein trösten" wollte (LT 110, 54) und Dem sie nur „Freude machen" wollte, so wie wir gesehen haben.

Da wir die Zartheit des Gefühls und die Empfindsamkeit und Tiefe ihrer Zuneigung zu ihren leiblichen Schwestern kennen, können wir erraten, dass Therese gerade in diesem intimen Bereich die grausamsten Qualen erlitt, denn sie, die ständig Stunde um Stunde an ihrer Seite lebte, wollte in keiner Weise ihrer liebenden Natur nachgeben.

„Ich bin keineswegs in den Karmel eingetreten, um mit meinen Schwestern zusammen zu sein, sondern einzig und allein, um dem Anruf Jesu zu folgen; ah! ich ahnte wohl, dass es ein *Anlass zum unaufhörlichen Leiden* sein sollte, mit seinen Schwestern zusammen zu leben, wenn man in nichts der Natur nachgeben wollte“ (C 8v).

Menschlich gesprochen, kann man sagen, dass dies ihr größter Schwachpunkt war, wodurch sie am stärksten und beständigsten versucht wurde. Würde sie die so herzlichen und spontanen Beziehungen wieder aufnehmen aus der Zeit, in der Marie, Pauline und Céline zusammen in Les Buissonnets weilten? Das konnte und wollte sich Therese keinesfalls erlauben, denn dieser Versuchung auch nur ein wenig von sich aus nachzugeben ohne die Erlaubnis der Priorin, das hätte für sie bedeutet, Jesus Liebe zu entziehen „[ihr] einziger Friede, [ihr] einziges Glück, [ihre] einzige Liebe“ (PN 36,1)!

Hier findet man die Kompromisslosigkeit, das Verlangen nach Vollkommenheit der entschlossenen Heiligen, die mit noch größerer Unbeugsamkeit, als sie solche im Alter von drei Jahren besaß, willens war, der Liebe zu Gott nichts zu versagen.[1]

Die Ansprüche ihrer Berufung, ihr Wunsch, zur höchsten Vollkommenheit zu gelangen, ließen sie so ein wahrhaftiges „Martyrium des Herzens“ erleiden (LT 213, 37), immer wenn sie sich weigerte, mit ihren Schwestern die vertraulichen Gespräche und die Zeichen ihrer gegenseitigen Zuneigung auszutauschen, die stets lebendig war, denn die „kleine weiße Blume“, die in den Karmel verpflanzt worden war, hatte „alle ihre *Wurzeln*“ unversehrt bewahrt (A 50v, siehe C 21v). „Jesus und Jesus allein“, so lautete ihr *Leitmotiv.*

Schon beim Eintritt in den Karmel hielt sie sich streng an diesen Entschluss. Marie du Sacré-Coeur, ihre ältere Schwester, die damit beauftragt worden war, sie mit den Gepflogenheiten der Gemeinschaft vertraut zu machen, suchte diese Gelegenheit auszunutzen, um sie öfters zu treffen. Aber knapp drei Wochen nach ihrem Eintritt sagte ihr Therese: „Ich danke Ihnen ... Ich würde gerne mit Ihnen zusam-

1 Siehe Brief 32 von Schwester Marie de l' Eucharistie, vom 20. Juli 1897, DE, S. 717!

men bleiben, aber *ich muss darauf verzichten,* denn wir sind nicht mehr zu Hause.“[1] Als Céline ihr in den Karmel folgte, wird sich Therese, obwohl sie mit ihrer Ausbildung betraut sein wird, streng auf das beschränken, was mit ihrer Aufgabe zu tun hat, und sie wird sich jegliches vertrauliche Gespräch versagen, wie sie es einst mit ihr führte (Siehe PO, S. 296!).

Diese Leiden blieben vor den Augen ihrer Schwestern wie vor denen der Gemeinschaft verborgen (Siehe DE 29.7.2, S. 285!), insbesondere aber für Mutter Agnes, ihrer „geliebten Pauline“, der sie hinterher gestand: „Das Refektorium [...] wurde sofort nach meiner Einkleidung zu meiner Aufgabe [...], aber diese Nähe *[Mutter Agnes war damals ihre direkte Vorgesetzte]* war eine Ursache für Leid, ich fühlte mich nicht wie einst frei, Ihnen alles zu erzählen, *da war die Ordensregel, die beachtet werden musste,* ich konnte Ihnen mein Herz nicht öffnen. Schließlich war ich im Karmel und nicht mehr in Les Buissonnets unter dem väterlichen Dach!...“ (A 75r). Mutter Agnes, die denen, die Therese kritisierten, Glauben schenkte, tadelte sie eines Tages so sehr, dass Therese ihre Tränen nicht zurückhalten konnte. Auf ihrem Sterbebett gestand sie den Grund dafür: „Sie waren so weit gekommen, dass Sie mich nicht mehr kannten“ (DE 13.7.18, S. 260).

Insbesondere anlässlich der Pläne zunächst von Pauline und später von Céline, in die Mission aufzubrechen, empfand Therese von Neuem den herzzerreißenden, extremen Trennungsschmerz. Hier wiederholte sich für sie die Erfahrung, die sie bereits mit neun Jahren gemacht hatte und die in ihrem Herzen stets eine nie ganz verheilte Wunde blieb.

Wenn sie selbst die Möglichkeit eines Aufbruches zu einem ausländischen Kloster ins Auge gefasst und heldenhaft angenommen hatte, indem sie einer Aufforderung ihrer Vorgesetzten gehorchte, so war das nicht dasselbe, wie wenn es sich um einen Aufbruch ihrer Schwestern handelte. Denn als es zur Debatte stand, dass Mutter Agnes in die Mission geschickt werden sollte, empfand sie eine „gro-

1 Pater PIAT, Histoire d’une famille*, OCL, 1966, S. 115.

ße Traurigkeit" wie eine Art Tod: „Ah! ich hätte keinen Schritt tun wollen, um sie an der Abreise zu hindern; jedoch empfand ich eine große Traurigkeit in meinem Herzen..." und indem sie zum Herrn betet, sagt sie: „Wenn Du es verlangst, will ich gern leiden, bis ich vor *Kummer sterbe*" (C 9v)! Dieser Ausdruck scheint übertrieben zu sein, aber er gibt Aufschluss über die Tiefe ihrer natürlichen Zuneigung.[1]

Das Gleiche geschah, als es „einige Monate später" um die Abreise von Schwester Geneviève ging: „Das war dann eine andere Art von sehr tiefem, inneren Leid" *(ibid.)*.

Diese so großen spürbaren Leiden erscheinen jedoch geringfügig im Vergleich mit dem Kummer und dem überaus großen Schmerz, den sie am 12. Februar 1889 verspürte, als sie erfuhr, dass ihr Vater, der an einer Geisteskrankheit litt, in eine Nervenheilanstalt von Caen eingeliefert worden war.

Dieses Mal war sie zutiefst getroffen in dem, was sie als Liebstes auf der Welt besaß: ihre Zuneigung, ihre Verehrung für ihren „unvergleichlichen Vater" (A 50r; 52r; 69r; etc.), ihren „geliebten König" (A 29v; 45r; 55v; etc.), der für sie alles war auf dieser Welt!

Während sie bereit war, viel zu leiden und „die größten Heimsuchungen zu ertragen" (A 73r), musste sie zugeben: „Ah! an jenem Tag habe ich nicht behauptet, noch mehr leiden zu können!!!..." *(ibid.)!* Die „drei Jahre des Martyriums von Papa", von denen sie bis zu ihrem Tode spricht, wurden in Wirklichkeit die Jahre ihres eigenen Todeskampfes . Sie durchlebte sie als eine Opfergabe an die Liebe Dessen, Der sie der Welt und der väterlichen Liebe entrissen hatte, wobei sie diese Prüfungen ansah als „die liebenswürdigsten, die fruchtbarsten unseres ganzen Lebens, ich würde sie nicht hergeben für alle Extasen und Offenbarungen der Heiligen" (A 73r). Sie weigerte sich, sie

1 Als Therese indessen während der letzten Monate ihres Lebens auf der Krankenstation zu der „so hochgeschätzten und ersehnten Freiheit des Geistes, dem Merkmal der vollkommenen Wesen" gelangt war, die von TERESA VON AVILA in ihrem Buch der *Gründungen* (Kap. V, n° 7) erwähnt worden war, fand sie aus Liebe zu ihren Schwestern zu dem Ton ihrer Kindheit in Les Buissonnets zurück und öffnete sich zu einigen vertraulichen Mitteilungen, die die Derniers entretiens *(die Letzten Gespräche)* so ergreifend werden lassen.

zu beschreiben und begnügte sich damit, Mutter Agnes ins Gedächtnis zurückzurufen: „Diese Erinnerungen sind zu tief auf dem Grund unserer Herzen eingraviert, als dass es nötig wäre, sie niederzuschreiben " (A 72r).

In der Tat sind diese „Erinnerungen" im Denken und Leben von Therese selbst in der wahrnehmbaren Form ihrer Verehrung des Heiligen Antlitzes präsent geblieben. Tatsächlich entdeckte sie seit Beginn der Prüfung ihres Vaters „die im Heiligen Antlitz verborgenen Schätze" (A 71r).

Das Bild des gedemütigten Antlitzes Christi, mit gesenkten Augen, entstellt, dargestellt auf dem Schweißtuch der Veronika, erinnerte sie an das von der Krankheit entstellte Antlitz ihres Vaters. Einige Wochen vor ihrem Tod (am 5. August 1897), am Abend vor der Verklärung des Herrn erklärte sie: „Diese Worte des Jesaja: ‚Wer hat unserer Kunde geglaubt... Er hatte keine schöne und edle Gestalt usw.', bildeten die Grundlage für meine Verehrung des Heiligen Antlitzes oder, besser gesagt, für meine ganze Frömmigkeit. Auch ich wollte ohne Schönheit sein, die Kelter allein treten, unerkannt von aller Welt" (DE 5.8.9, S. 1079).

Man kann annehmen, dass es die Liebe zu ihrem Vater war, die es Therese ermöglichte, tiefer und menschlicher in das Geheimnis der Leiden Christi einzudringen.

In ihren *Conseils et souvenirs** gab Schwester Geneviève folgenden Kommentar: „Diese Hingabe wurde bei Schwester Therese vom Kinde Jesus zur Krönung und vollkommenen Entfaltung ihrer Liebe zur Heiligen Menschheit Jesu [...], man kann sagen, dass die Verehrung des Heiligen Antlitzes dem spirituellen Leben von Schwester Therese Orientierung gab [...].Während sie das gemarterte Antlitz Jesu betrachtete und über seine Erniedrigung meditierte, fand sie zu der Demut, der Liebe zum Leiden, dem Großmut im Opfer, der Loslösung von den Geschöpfen, schließlich zu allen aktiven, starken, mannhaften Tugenden, deren Ausübung wir bei ihr beobachtet haben" (CSG, S. 82-83).

Gewiss erreichten nicht alle Prüfungen, die sie zu ertragen hatte, jenen Grad von Intensität, abgesehen von einem anderen und letzten

Mal am Ende ihres Lebens in ihrer „Glaubensprüfung", bei der sie sie zu einem Höhepunkt des körperlichen und spirituellen Leidens bis zu den Grenzen des menschlich Erträglichen brachten.

In der Tat fand sie gewöhnlich ihr Glück darin, Jesus zu lieben in den Entsagungen des täglichen Lebens und der heldenhaften Ausübung von Geduld und Nächstenliebe. Um ein Bild davon zu vermitteln, wird es genügen, über eine kleine Begebenheit zu berichten, die sie selbst auf einer ergreifenden Seite von menschlicher Wahrheit, Poesie und spiritueller Größe erzählt und die in charakteristischer Weise ihren gewohnten Seelenzustand zum Ausdruck bringt.

Es handelte sich um einen Dienst, den sie einer kranken Schwester von besonders schwierigem Charakter erwies: „An einem Winterabend verrichtete ich wie gewöhnlich meine kleine Aufgabe, es war kalt und dunkel... plötzlich vernahm ich in der Ferne den harmonischen Klang eines Musikinstrumentes; da stellte ich mir einen hell erleuchteten, von Goldschmuck glänzenden Saal vor mit elegant gekleideten jungen Mädchen, die einander Komplimente machten und in der höheren Gesellschaftsschicht übliche Höflichkeitsfloskeln austauschten; danach wandte sich mein Blick der armen Kranken zu, die ich stützte: Anstelle einer Melodie hörte ich von Zeit zu Zeit ihr klagendes Stöhnen, statt des Goldschmuckes sah ich die Ziegelsteine unseres schmucklosen Klosters, schwach beleuchtet von einem matten Lichtschein. Ich kann nicht beschreiben, was in meiner Seele vorging. Ich weiß nur, dass der Herr sie mit den Lichtstrahlen der Wahrheit erhellte, die den düsteren Glanz der irdischen Feste so sehr übertrafen, dass ich *mein Glück nicht fassen* konnte...Ah! um tausend Jahre weltlicher Feste zu genießen, hätte ich nicht die zehn Minuten hergegeben, die ich darauf verwandt hatte, meinen bescheidenen Liebesdienst zu erweisen (C 29v-30r). Dies ist das *„Glück, das alle Arten von Glück der Erde übertrifft" (ibid.),* das sie endlich im Karmel gefunden hatte!

Drei Monate vor ihrem Tod schließlich setzte sie alles daran, für ihre leiblichen Schwestern Marie, Pauline und Céline Auszüge der Gedanken des seligen Théophane Vénard abzuschreiben, die ihre eigenen Ansichten so gut ausdrückten: „Ich finde nichts auf Erden, was mich glücklich machen könnte; mein Herz ist zu groß, nichts von dem, was man in dieser Welt Glück nennt, kann es zufrieden stellen [...]. Eines Tages werden wir uns im Paradies wiedersehen, und *wir werden das wahre Glück besitzen*" (LT 245v vom Juni 1897).

KAPITEL III

THERESE UND DIE OBSERVANZ IHRER ORDENSREGEL

Die Zeugen bei den Bischöflichen und Apostolischen Prozessen der Therese von Lisieux betonten einstimmig die vollkommene Treue oder „Gewissenhaftigkeit" der Heiligen bei der Beachtung der *Ordensregel* und der *Konstitutionen,* die zu dieser Zeit im französischen Karmel gültig waren. Zitieren wir u.a. ihre Schwester Geneviève: „Ihre Treue bei der Beachtung unserer heiligen *Ordensregeln* und der *Konstitutionen* war vollkommen" (P0, S. 297; siehe PA, S. 304!); das wurde durch die Novizin, Schwester Marie de la Trinité, mit Nachdruck bestätigt: „Schwester Therese vom Kinde Jesus befolgte nicht nur peinlich genau alle unsere *schriftlich festgelegten Regeln und Bräuche,* sie bewies insbesondere auch ihren heldenhaften Gehorsam in der beispielhaften Treue bei einer widerspruchslosen, buchstäblichen Beachtung der Vielzahl von kleinen Regelungen, die Mutter Marie de Gonzague je nach Laune aufstellte oder rückgängig machte. Das waren veränderliche Regelungen, denen die Gemeinschaft wenig Bedeutung beimaß" (PO, S. 465; PA, S. 486). Als Beispiel erinnerte sie an die von der Oberin erlassene Vorschrift, die Holzschuhe bei der Rückkehr aus dem Garten vor Betreten des Kreuzganges auszuziehen, (VT 99 (1985), S. 175)...eine Vorschrift, die Therese auch noch vier Jahre später einhielt, als sie von keiner Schwester mehr beachtet wurde.

Unter den „schriftlichen Regelungen" die Schwester Marie de la Trinité erwähnt, gab es zusätzlich zu den *Konstitutionen* und dem *«papier d'exaction»,* wie wir sehen werden, ein kleines Buch, das, entsprechend einer mündlichen Tradition, jede Kandidatin zu Beginn des Postulats erhielt und das den Titel trug: *Geistliche Anleitung zur heiligmäßigen Beschäftigung mit Gott zum Gebrauch für die Novizinnen des Ordens Unserer Lieben Frau vom Berge Karmel,* herausgegeben von Henri Oudin, Poitiers, 1869.

Dieser kleine zweigeteilte Band enthielt „Anleitungen zu den Übungen, die täglich auszuführen sind" und andere „für gelegentlich zu verrichtende Übungen" (!), insbesondere mit der Anleitung für das „innere Gebet" und mit geistlichen Ratschlägen der Heiligen des Karmel: der heiligen Teresa, des seligen Johannes vom Kreuz, des heiligen Andreas Corsini, usw.

Das « papier d'exaction»

Erst bei der Einkleidung erhielten die Novizinnen gleichzeitig die *Konstitutionen* und einen Band mit den Vorschriften, die das tägliche Leben in der Gemeinschaft regelten. Dieses Buch trug den Titel: Das *«papier d'exaction», mitgebracht von unseren spanischen Müttern, gefolgt von einigen Leitsätzen und Denksprüchen dieser ehrwürdigen Mütter.*

Die Archive des Karmel von Lisieux haben den Buchband aufbewahrt, der von Therese als Novizin und später als Novizenmeisterin bis zu ihrem Tod benutzt wurde. Es handelt sich um eine Ausgabe, die von J. Mersch 1889 in Paris veröffentlicht worden war.

Diese Ausgabe kann indessen nicht diejenige gewesen sein, die sie, dem Brauch entsprechend, am 10. Januar 1889, am Tage ihrer Einkleidung zusammen mit den Konstitutionen erhielt; denn die Karmelitinnen der rue d'Enfer in Paris, denen man diese Ausgabe verdankt, beendeten ihre Arbeit erst am 25. Januar 1889, und die Zulassung dieser Ausgabe trägt das Datum vom darauf folgenden 2. Februar; das geschah also fast einen Monat nach der Einkleidung Thereses!

Man kann vermuten, dass der Karmel von Lisieux sich beeilt hat, die neue Ausgabe zu beschaffen, weil sie den Vorteil hatte, nicht nur den vollständigen Text von Seite 493 bis Seite 523 der im *«Trésor du Carmel *»* (Mme, Tours, 1842) veröffentlichten Ausgabe wiederzugeben, sondern weil sie darüber hinaus ein Vorwort, eine Art Einführung enthielt, die der Rechtfertigung des Werkes diente sowie Kommentare der spanischen Mütter zu dem Text, den sie den französischen Novizinnen aus Spanien mitgebracht hatten. Folglich findet man dort in einem zweiten Teil, wie der Untertitel sagt, „Anleitungen der Ehrwürdigen Mutter Anna vom hl. Bartholomäus", die „ Ermahnungen der Mutter Isabella von den Engeln" und die „Vorschriften der Mutter Isabella vom heiligen Paulus", und im Anhang: „Heilige Rekreationen von Pater Hieronymus Gratian"; das sind einhundert und vier Seiten mehr als der eigentliche Text des *«papier d'exaction»* enthält, der nur vierzig Seiten zählt.

In der Einleitung oder dem Vorwort des Buches legten die Karmelitinnen von Paris Wert darauf, ihren Leserinnen zu versichern, dass sie sich darum bemüht hatten, die französische Übersetzung „in ihrer alten Form" neu herauszugeben. Zweifellos stammte sie von Herrn de Brétigny, und die spanische Originalhandschrift war verloren gegangen (Seite VI). Um diese Arbeit durchzuführen, stützten sich die Verfasserinnen auf die zwei besten vorhandenen Handschriften: die der Karmeliterklöster von Tours und Paris (Seite IV).

Darin wird noch bestätigt: „Es besteht kein Zweifel darüber, dass die in dieser Sammlung enthaltenen Bräuche und Ratschläge mit denen identisch sind, die unsere Heilige Mutter ihren Töchtern gab" (S. V).

Schließlich enthielt das Vorwort eine Erklärung, um jegliches Missverständnis im Zusammenhang mit dem Titel zu vermeiden, der leicht in die Irre führen konnte, wenn man sich an dem französischen Sinn des Wortes «exaction» orientierte:

„Diese Sammlung von täglich einzuhaltenden Vorschriften und geistlichen Richtlinien trägt eindeutig den Stempel ihrer Herkunft: selbst ihr Name ist aus dem Spanischen übernommen.

„In dieser Sprache hat der Begriff «exaction» zwei Bedeutungen: Steuer und Forderung; außerdem laut Definition des Wörterbuches der spanischen Akademie: *Sorgfalt, Durchführung, Eifer, Pünktlich-*

keit, etwas zu tun oder auszuführen.

„Das Wort «exaction» hat in der französischen Sprache lediglich die erstere Bedeutung, aber der alte Sprachgebrauch des Karmel übernahm sozusagen die zweite Bedeutung ins Französische, und man bezeichnet immer noch als «papier d'exaction» die Sammlung, in der uns so oft nahegelegt wird, die geringsten religiösen Vorschriften mit Sorgfalt und Pünktlichkeit zu beachten" (S. V).

Allerdings wurde die <Französisierung> dieses Begriffes nicht von allen Karmelklöstern übernommen, denn eine Ausgabe von 1885, herausgegeben vom Karmel von Poitiers und genehmigt von Mgr.Gay, übersetzt «exaction» durch «actions» und gibt dem Buch den Titel: *«Le papier des actions et régularités»* (Das Papier der Übungen und Vorschriften).

Aller Wahrscheinlichkeit nach hatte die Novizin Therese diese Ausgabe zuerst in Händen dank der Beziehungen zwischen dem Karmel von Lisieux und dem von Poitiers, der ersteren gegründet hatte.

Therese musste sich folglich dieses Textes bedienen; wie alle Karmelitinnen ihrer Zeit hatte sie sich danach zu richten. Als Gehilfin der Novizenmeisterin musste sie ihn sogar praktisch unterrichten und erklären während eines Zeitraumes von vier Jahren von März 1893 an, dem Zeitpunkt, zu dem sie diese Aufgabe von Mutter Agnes erhielt, bis zu ihrem Tode im Jahre 1897.

Man bemerkt sogleich den Vorteil, den das Studium dieser Seiten bringt, die Therese nicht nur wiederholt zu lesen hatte, sondern die sie anwenden oder vielmehr mit der ihr eigenen äußersten Genauigkeit leben musste. Auf diese Weise lernt man gleichzeitig ihr äußeres Verhalten inmitten ihrer Schwestern besser kennen sowie den Geist, in dem sie diese „Regeln und Bräuche" befolgte, und schließlich den Einfluss, den sie auf ihre Vorstellungen vom geistlichen Leben und zweifellos auch auf die Ausarbeitung ihrer Lehre ausübten.

Daher müssen wir den Inhalt und den Geist des *«papier d'exaction»* kurz untersuchen.

Autorität des «papier d'exaction»

Zunächst stellt sich die Frage, weshalb die Karmelklöster Frankreichs einem Dokument, das ihnen durch keine Approbation von Rom nahe gelegt worden war, so große Bedeutung beimaßen und das „in den Noviziaten unserer Klöster ständig gelehrt wurde, [...] und *sozusagen zu unseren Regelbüchern gestellt worden war,* deren Zahl es vervollständigte" (Einleitung, S. XVII).

Wie man sieht, wurde diese Sammlung von Vorschriften als gleichwertig angesehen mit den offiziellen Gesetzen, die von der Kirche anerkannt waren wie die *Regel* und die *Konstitutionen,* das *Zeremonienbuch* und das *Handbuch!*

Man fragt sich, weshalb die Gesetze, die in den übrigen Ordensgemeinschaften des Karmel in Kraft waren, den Karmelitinnen Frankreichs nicht genügten.

Die Verfasserin der Einleitung zu dem «papier d'exaction» bemüht sich, auf diese Frage einzugehen, indem sie erklärt: „Unsere Regel und unsere Konstitutionen sind wenig ausführlich und bedürfen in gewissen Punkten der Auslegung und der Erklärungen..."(Seite XIV) !

Aber dem könnte man entgegenhalten, dass das *Zeremoniale* und das *Handbuch* bereits diesem Bedürfnis entsprachen. Darauf antwortet unsere Autorin: „Die Regel und die Konstitutionen, das Zermonienbuch und das Handbuch sind vor allem unsere Bücher der *regulären Observanz;* aber wir wissen auch, welchen Wert die *Tradition* in einem Orden ebenso wie in der Kirche hat..." *(ibid.).* Das ist der Punkt!

Es handelte sich also darum, die dem *teresianischen Karmel eigene Tradition zu bewahren,* eine Tradition, die sich seit der Entstehung der ersten Klostergemeinschaften der teresianischen Karmelitinnen entwickelt hatte. Aus diesem Grunde wird in der Einleitung klar herausgestellt: „Man könnte dennoch nicht leicht alles als Tradition anerkennen, was mit mehr oder weniger Begründung getan oder niedergeschrieben worden ist: es ist notwendig, auf die *ursprüngliche Tradition* zurückzugreifen, diejenige, die als die Entwicklung und die Stütze der Regel gilt, von der sie beeinflusst wird [...]. In dieser Hinsicht stellt sich uns das «papier d'exaction» mit Eigenschaften vor, die ihm eine *unbestreitbare Autorität* garantieren" (Seite XVII).

Diese „Eigenschaften", in anderen Worten, diese Garantien sind nichts anderes als das Zeugnis und das Beispiel, die uns aus Spanien überliefert wurden durch „unsere spanischen Mütter", die Gründerinnen des französischen Karmel: die Mütter Anna von Jesus, Anna vom hl. Bartholomäus und Isabella von den Engeln, um nur die bedeutendsten Gestalten zu erwähnen. „Die unbestreitbare Autorität" die sie besaßen, rührte von der direkten Kenntnis und der Erfahrung des Gemeinschaftslebens her, das sie mit der heiligen Reformatorin geteilt hatten.

So wird z.B. über die selige Mutter Anna von Jesus, (die Therese im Traum wiedererkennen wird [B, 2r]), berichtet, dass sie den französischen Novizinnen „den Geist des Gebetes und der Abtötung" einflößte, „so wie ihn die heilige Teresa gelehrt hatte, und eine große Wertschätzung der Regel und der Konstitutionen vermittelte, die man mit großer Strenge und Genauigkeit befolgte, da sie die geeignetesten Mittel waren, um zur Heiligkeit zu gelangen; durch ihre Beispiele zeigte sie ihnen die guten und heiligen Sitten, die die heilige Teresa in ihrer Reform eingeführt hatte" (PE, S. 52). Um dieser Lehre Nachdruck zu verleihen, „pflegte sie ihnen zu sagen: ich habe unsere Mutter Teresa von Jesus oft in dieser oder jener Weise handeln sehen. Ich will euch nichts Neues beibringen, sondern nur bewahren, was sie eingeführt hat" (PE, S. 53).

Aus Ehrfurcht gegenüber dem teresianischen Ursprung dieser „frommen praktischen Vorschriften und geistlichen Ratschläge" erlaubte sich die Verfasserin der Einleitung „weder Ergänzungen noch Kürzungen oder Änderungen vorzunehmen. Alles, was wir dem Text hätten hinzufügen können, hätte nur dazu geführt, ihm *seine Autorität zu nehmen [...].* Übrigens könnte man weder unserer Observanz noch unseren geringfügigsten, ordnungsgemäß geregelten Bräuchen etwas hinzufügen oder wegnehmen, ohne sich dabei gegen die von unserer Heiligen Mutter mit höchstem Nachdruck geäußerten Absichten zu wenden" (Seite VII).

Zur Unterstützung ihrer Behauptung zitiert die Verfasserin weitgehend das Buch der *Gründungen* der *Madre* und ihre kleine Schrift: *„Visitationsverfahren in den Klöstern der Unbeschuhten Karmelitinnen“*.

Im Namen der heiligen Reformatorin wird auch für die Beachtung dieser „traditionellen“ Regeln nachdrücklich eine „unverbrüchliche Treue“ (Seite X) empfohlen: „Die heilige Teresa, die jegliche unnötige Überbelastung ablehnte, wünschte, dass alles geregelt würde, und sie *forderte eine vollkommene Unterwerfung unter die geringsten festgelegten Vorschriften*“ (S.XIII).

In der Tat wenn die heilige Teresa vor allem fürchtete, dass die Ordensoberen und die kanonischen Visitatoren ihren *Konstitutionen* aus eigener Initiative neue Regelungen, ihrer Meinung nach „unnötige Überbelastungen“, hinzufügten, so bangte sie nicht minder darum, dass ihre Töchter die eine oder andere Einzelheit ihrer Vorschriften vernachlässigen könnten, indem sie erklärten: *Dieses ist nicht besonders wichtig,* das ist von übertriebener Härte“ (F 29.32 zitiert auf S. XXVII). Von daher rührt ihr Beharren auf der Notwendigkeit einer vollkommenen Treue in den „geringsten Einzelheiten der Observanz“ (S. X), „bis zu den kleinsten Details“ (S. XI) oder „Detailpunkten“ (S. XVII), und sie bekräftigte die Bedeutung der „kleinen Dinge“ (S. XII und XXIV): „Um so die großen Dinge zu bewahren, *kommt unsere heilige Mutter immer wieder auf die kleinen zurück*“ (S. XXV).

Das heißt, dass alle Seiten des *«papier d'exaction»* von den Karmelitinnen als Ausdruck des Willens der Reformatorin und als Verlängerung ihrer *Konstitutionen* anzusehen waren. Schließlich repräsentierte dieses Buch „die Observanz der heiligen Teresa, so wie sie durch ihre berühmtesten Töchter nach Frankreich übermittelt wurde (S. XXVI). Daher empfiehlt die Einleitung: „Wir könnten also nicht genug Sorgfalt walten lassen beim gründlichen Studium der Regeln, die wir einhalten müssen; damit man sie in unseren Werken erkennt, *müssen sie in unseren Geist eingedrungen sein* und uns so vertraut sein wie der Weg, den wir täglich zurücklegen“ (S. XXII; siehe S. XXIII)!

Zweifellos las die „kleine Therese“, beseelt durch „die Liebe zu unserem heiligen Orden“ (S. XXIII), diese Texte mit dem Willen, sich dadurch in ihrem brennenden Wunsch nach Vollkommenheit inspirieren zu lassen, um so mehr als sie vom Siegel der Autorität ihrer heiligen Patronin gekennzeichnet waren. Sie konnte dort in der Tat lange wörtliche Zitate aus den Schriften der heiligen Teresa von Avila lesen, deren Name fast auf jeder Seite wiederholt wird: allein fünfundzwanzig mal in der Einleitung und zweiundfünfzig mal in dem übrigen Teil des Buches unter den Bezeichnungen wie „unsere Mutter Teresa von Jesus", „unsere heilige Gründerin" oder noch schlichter „unsere Heilige" oder „die Heilige"(als Antonomasie).

Diese Statistiken demonstrieren gleichzeitig die Autorität, deren sich diese Texte erfreuten und den Einfluss, den sie auf die Ausbildung der ersten französischen Karmelitinnen hatten. In welchem Maße dieser teresianische Geist Thereses Denken durchdrungen hat, werden wir nur herausfinden können, indem wir ihr Schritt für Schritt bei der Anwendung der Vorschriften des *«papier d'exaction»* folgen.

Thereses Treue zu den Vorschriften des «papier d'exaction»

Schwester Marie de la Trinité erinnert sich : „Was mich anbetrifft, wenn ich mir d*ie Texte unserer Regeln* ins Gedächtnis zurückrufen wollte, brauchte ich sie nur bei ihren Handlungen zu beobachten" (PA, S. 481).

Das heißt, dass Therese sich die verschiedenen „Regelungen" des Gemeinschaftslebens so gut angeeignet hatte, dass es schien, als hätten sie in ihrer Handlungsweise Gestalt angenommen.

Es gab wohl in der Klostergemeinschaft noch eine andere Schwester, die sich auch in ihrer Observanz „tadellos" zeigte. Es war Schwester Thérèse de Saint Augustin, die Therese als „Lilie im Topf" bezeichnete und für die sie eine natürliche Antipathie empfand, weil ihr Verhalten starr und reserviert war. Dagegen war laut Zeugenaussagen ihrer Gefährtinnen Thereses Art zu sein und zu handeln voller Einfachheit, Diskretion, Sanftheit und Liebenswürdigkeit (Siehe PA, S. 196 und 489!).

Wenn sie sich gegenüber den Novizinnen anspruchsvoll zeigte, sogar „streng“ wird eine von ihnen sagen (PA, S. 475; siehe C 23r!), so geschah es, weil sie keinen Kompromiss schließen wollte bezüglich dessen, was sie als Anspruch der Vollkommenheit erachtete (siehe Anmerkungen MS/NEC, S. 219 und 383!).

Obwohl wir bei dieser Studie nur die persönliche Treue der Heiligen gegenüber der Observanz der Klostergemeinschaft ins Auge gefasst haben, können wir es nicht unterlassen, das eine Mal zu vermerken, als sie gegenüber den Novizinnen ausdrücklich darauf Bezug nahm.

Am Ende ihres Lebens sagte sie eines Tages zu Schwester Marie de l'Eucharistie, die gekommen war, um sie in der Krankenstation zu besuchen: „Man darf sich nicht quer auf den Stuhl setzen, *so steht es geschrieben*“ (DE 19.8.6). In der Tat liest man im *«papier d'exaction»:* „Wenn sie in ihren Zellen oder in ihren Ämtern sitzen, selbst wenn niemand sie sieht, dürfen sie nicht liegen noch zu *schräg* oder mit ausgestreckten Beinen sitzen“ (PE, S. 8).

Wir wissen, dass sie sich selbst vor ihrem Eintritt in den Karmel in zahlreichen „Praktiken“ oder kleinen Tugendhandlungen und Entsagungen geübt hatte, wie z.B. den Rücken im Sitzen nicht anzulehnen; denn Marie, ihre ältere Schwester, hatte ihr „den Weg zur Heiligkeit durch Treue in kleinsten Dingen gelehrt“ (A 33r).

Man kann vermuten, dass sie sich innerlich freute, ihre Auffassung von Vollkommenheit bestätigt zu sehen, als sie bei ihrem Eintritt in den Karmel in einer „Anleitung“ zum Gehorsam las, was die ehrwürdige Anna vom hl. Bartholomäus sagte, die Krankenpflegerin und Sekretärin der *Santa Madre* gewesen war: „Wenn ich von den Konstitutionen und der Ordensregel zu euch spreche, spüre ich, wie sich der Wunsch in meinem Herzen verstärkt, bei einer jeden von euch zu sehen, wie sie jede mögliche Sorgfalt darauf verwendet, diese vollkommen zu bewahren und alles, was darin enthalten ist, hoch zu schätzen. In der Tat gibt es nichts, mag es auch noch so *geringfügig* sein, das nicht für unsere Vervollkommnung von großer Bedeutung wäre. Ohne nur bei der Wertschätzung zu bleiben, müssen wir daher zu den Werken kommen durch einen großzügigen Entschluss, *die heilige Ob-*

servanz treu einzuhalten" (nach einer Handschrift der Ehrwürdigen, PE, S. 61).

Übrigens findet man ein Echo dieser Empfehlungen in der Zeugenaussage von Schwester Geneviève, die erklärt: „Nie sah ich, dass Schwester Therese im Karmel gegen die Vorschriften verstieß, und *sie hatte für die geringsten Vorschriften eine hohe Wertschätzung;* daher konnte sie in diesem Punkt keine Kritik ertragen" (PA, S. 304; siehe CSG, S. 115-122!).

Die Heilige wird auch durch den besonderen Nachdruck beeindruckt worden sein, mit dem die „spanischen Mütter" wie ein Leitmotiv die Bedeutung der „kleinen Dinge" und der „kleinen Gelegenheiten" unterstrichen, die nicht vernachlässigt werden dürfen: „weil es nichts Geringfügiges in der Heiligen Religion gibt", sagte Mutter Isabella von den Engeln (PE, S. 110) oder auch: „ Wenn wir nicht den Mut haben, die Verachtung und das Leiden zu suchen wie die alten [Mütter], so lasst uns zumindest die *kleinen Gelegenheiten* wahrnehmen, die sich unter uns anbieten" (PE, S. 98; siehe S. 104, 106, 107, 116!). Denn, so versicherte Mutter Béatrix de la Conception: „Unsere Vollkommenheit besteht aus kleinen Dingen; wer nicht im Kleinen treu ist, wird es auch nicht in bedeutenden Dingen sein" (PE, S. 57; Zitat von Lk 16, 10).

Die Überlegung von Mutter Isabella, wonach man im Zusammenhang mit der Armut „in kleinen Dingen ihre Vollkommenheit zu lockern beginnt, und allmählich dazu gelangt, sie im Großen zu lockern" (PE, S. 112), wurde eindeutig von den Ideen der heiligen Teresa von Avila beeinflusst, die ihre Töchter zur Wachsamkeit gegenüber der Versuchung warnte, *„auf kleine Dinge wenig Wert zu legen,* was dazu führt, dass die großen Dinge auch an Bedeutung verlieren" *(Visitationsverfahren* n° 21; siehe auch *Gedanken über die Liebe Gottes*, siehe Kap. II, 2 !).

Der Entschluss Thereses, „kleine Dienstleistungen zu verrichten" (A 68v), „alle die kleinen Dienste, [die sie] vermochte" (A 74v), den die Ermahnungen der „spanischen Mütter" nur bestärkten, hatte nicht die Furcht eines möglichen Nachlassens ihrerseits als Motiv, sondern jenen tiefen Wunsch, eine Heilige zu werden, der sie seit ihrer Kindheit beseelte.

In seinen Anfängen wurde dieser Wunsch nur noch durch ihre Willenskraft aufrecht erhalten. Aus diesem Grunde fiel ihr die Ausführung dieser „kleinen Dinge“ schwer. Sie hatte in der *Geschichte der heiligen Teresa von Avila nach den Bollandisten* gelesen, dass ihre heilige Patronin heimlich die Mäntel ihrer Schwestern weggeräumt hatte, „sobald sie den Chor verließen“ *(Vie**, Kap. XXXI, 24). Da Therese ebenso wie sie heilig werden wollte, hatte sie sie nachgeahmt: „So liebte ich es, die von den Schwestern vergessenen Mäntel zu falten...“ und sie fügte hinzu: „Wegen meiner geringen Tugendhaftigkeit kosteten mich diese kleinen Übungen viel, und ich benötigte den Gedanken, dass beim Jüngsten Gericht alles enthüllt würde“ (A 74v).

Schließlich, während sie in der Ausübung dieser „kleinen Dinge“ durchhielt, und als sie es nicht mehr nötig hatte, sich mit dem Gedanken an die Belohnung mit himmlischem Glück zu ermutigen, handelte sie mühelos, einzig gedrängt von ihrer selbstlosen Liebe zu Jesus, wobei sie ihre Aufmerksamkeit darauf richtete, „sich kein kleines Opfer, keinen Blick, kein Wort entgehen zu lassen, um aus all den *kleinsten Dingen Nutzen zu ziehen und sie aus Liebe zu verrichten*“ (B 4r-4v).

Das war die grundlegende innere Einstellung Thereses in ihrer vollkommenen Treue gegenüber den Verordnungen des *«papier d'exaction»*.

Wenn man dieses Vorhaben kennt, dass durch eine leidenschaftliche, gleichermaßen feinfühlige und starke Liebe zu „Jesus allein“ bestimmt war, wird man sich nicht wundern, wenn man sieht, wie sie sich streng den geringsten Einzelheiten der in ihrer Klostergemeinschaft gebräuchlichen Regelungen anpasst.

Die Prozesse liefern zahlreiche Zeugnisse insbesondere bezüglich der Rubriken, die die Heilige mit so großer Vollkommenheit beachtete, dass ihre Gefährtinnen davon beeindruckt waren. Es sind: ihre Pünktlichkeit beim gemeinsamen Stundengebet, ihr Verhalten im Refektorium, ihre Beachtung des Stillschweigens, ihre Kasteiungen und ihr Benehmen während der Rekreationen.

Die Pünktlichkeit

Die Promptheit, mit der Therese sofort auf das Glockenzeichen reagierte, hatte etwas Erstaunliches, um nicht zu sagen Übertriebenes.

Schwester Geneviève vermerkt: „Sie brach immer beim *ersten Klang der Glocke auf.* Als sie Glöcknerin war, sah ich, wie sie sich bemühte, buchstabengetreu die Vorschrift zu befolgen, die besagte: ‚Wenn die Glocke zum Stundengebet läutet, müssen sich alle Schwestern unverzüglich dorthin begeben'"(PE, S. 13). So erklärt sich, dass sie, als sie einen Monat nach ihrem Eintritt ins Kloster einen kleinen Brief an Schwester Marie du Sacré- Coeur schrieb, ein Wort unterbrach, das sie im Augenblick des Glockenzeichens begonnen hatte: „Die Glocke wird läuten; sie läu...", ein verstümmeltes Wort, das sie danach vergisst zu vervollständigen ! (LT 49 vom 12. bis 20. Mai 1888).

Aus diesem Grunde sagte sie später zu Marie du Sacré-Coeur, „die eines ihrer Worte zu Ende schrieb, als die Glocke geläutet hatte", „es wäre weitaus besser, dass es verloren ginge und man stattdessen die Pünktlichkeit üben würde, wenn man wüsste, was Pünktlichkeit ist" (PO, S. 253; siehe DE/MSC 13. 7. 4, und VT 75 [1979], S. 224).

Vielleicht wollte sie das Beispiel (zitiert von Mutter Isabella von den Engeln) eines Ordensmannes nachahmen, der, „wenn er ein O schrieb und markierte, es nur zur Hälfte tat, um pünktlich dorthin zu gehen, wohin ihn der heilige Gehorsam rief" (PE, S. 115).

Zwar hatte sie nicht darauf gewartet, bis sie im Karmel war, um sich diese Regel der Selbstverleugnung aufzuerlegen, denn Céline erinnerte sich, dass sie bereits als Kind die Gewohnheit angenommen hatte, sich die kleinen Gelegenheiten zur Selbstverleugnung nicht entgehen zu lassen; zum Beispiel unterbrach sie ihre Lektüren sogar an der spannendsten Stelle, *sobald* die Zeit zum Aufhören gekommen war" (PO, S. 295 und 252). In Wirklichkeit sagte Therese nicht, dass sie ihre Lektüre „sogleich" unterbrach, wenn sie selbst von dieser Kindergewohnheit sprach. Während sie zu Beginn ihres Noviziates diese Regel mit einer skrupelhaften oder leidenschaftlichen Genauigkeit anwandte, sehen wir übrigens, dass sie in der Folge von einer größeren Freiheit Gebrauch machte. Zum Beispiel überraschen wir sie dabei, wie sie ihrer Schwester Céline noch sieben Zeilen schreibt, als die Glocke bereits läutete (siehe LT 85; CG II, S. 485).

Ebenso richtete sie es, wenn sie pünktlich sein wollte, so ein, dass sie weder die Erste noch die Letzte beim Stundengebet war, um nicht aufzufallen.

Sie wird jedenfalls keinerlei Schwierigkeit gehabt haben, den Rat der ehrwürdigen Mutter Anna vom hl. Bartholomäus zu befolgen, die sagte: „Lasst uns also beim Klang der Glocke pünktlich sein, *als ob ihr die Stimme Gottes hörtet*" (PE. S. 69).

Das lag daran, dass die „Gründerinnen" die Pünktlichkeit bei den Diensten (Chor, Refektorium und Rekreationen) als fundamentale Übungen im Leben der Ordensgemeinschaft betrachteten.

Daher rühren die vielfältigen und genauen Vorschriften die sich auf das Chorgebet beziehen; zum Beispiel: „Während des Stundengebetes muss man sehr eingezogen und gesammelt sein und darauf achten, die Augen nicht zu erheben und weder den Kopf zu drehen noch sein Gesicht oder seine Ordenstracht zu berühren" (PE, S. 14). Die Beachtung dieser Vorschrift beim Göttlichen Offizium durch Anna vom hl. Bartholomäus (PE, S. 49), ebenso wie durch Anna von Jesus (PE, S. 16 und 49) wurde ausführlich als Beispiel zitiert.

Zweifellos zeigte sich Therese so aufmerksam und respektvoll während des Chorgebetes, weil sie diese Lektion im Gedächtnis behalten hatte. Schwester Marie de la Trinité erzählt: „Die Dienerin Gottes hatte eine große Andacht beim Göttlichen Offizium. Sie war dort so gesammelt, dass sie mir sagte, sie meditiere dort oft müheloser als während der Betrachtungszeit. Ihre Haltung war untadelig [...]. So sagte sie mir: ‚Wenn man wegen der göttlichen Gegenwart darauf verzichtet, sich zu bewegen, das Gesicht oder die Kleidung zu berühren, macht man dem Lieben Gott große Freude, weil Er sieht, dass man großen Wert auf Ihn legt und dass man Ihn liebt'"(PA S. 470).

Ihrerseits fasst Schwester Geneviève zusammen: „Die Kirchenfeste schienen ihr von strahlender Schönheit; in gleicher Weise gereichte ihr das Rezitieren des Göttlichen Offiziums zur Freude im Karmel;

sie freute sich darüber, in den liturgischen Zeremonien einige Zurechtweisungen zu erhalten. Durch ihre Bescheidenheit erbaute sie uns und empfahl uns, ihren Novizinnen, wegen der Würde des Ortes auf unser äußeres Verhalten besonders sorgfältig zu achten“ (PO, S. 290).

Auf ihrem Sterbebett gab sich Therese selbst dieses Zeugnis: „Ich glaube nicht, dass es möglich ist, mehr, als ich es getan habe, zu wünschen, das Offizium gut zu rezitieren und dabei keine Fehler zu machen“ (CSG, S. 76; siehe DE 6.8.4).

Im Refektorium

Ihre Haltung im Refektorium war nicht weniger erbaulich, umso mehr als diese Mahlzeiten, die in Gemeinschaft eingenommen wurden, für sie Gelegenheit für vielerlei Abtötung waren, von deren Zahl und Art ihre Schwestern niemals etwas ahnten.

Man muss zunächst wissen, dass Therese nie begriffen hat, dass es für jeden Menschen notwendig ist, sich täglich zu ernähren, um leben und gesund bleiben zu können... Für sie schien in der Tat Essen eine „beschämende Tätigkeit“ zu sein, mit der sie sich nicht abfand. Das *«papier d'exaction»* teilte ihr Empfinden, denn dort las sie: „Jesus Christus, unser Herr, hatte sich dazu herabgelassen, diese gleichen Handlungen auszuführen“ (PE, S. 22), was ihr half, ihre Abneigung zu überwinden: „'Wenn der Liebe Gott und die Heilige Jungfrau nicht selbst bereit gewesen wären, an Festen teilzunehmen, hätte ich den Brauch, zu diesen Anlässen, Freunde einzuladen, nicht verstanden. Ich hätte verstanden, dass man einander einlud, um zu reden, über Reisen zu berichten, sich über Wissenschaft zu unterhalten usw., aber es schien mir, dass man sich, um zu essen, hätte verbergen oder zumindest unter sich bleiben müssen: Ich empfand diese Tätigkeit als beschämend [...].' Im Karmel pflegte sie zu sagen, dass sie zum Refektorium wie zu einer Marter ging“ (PO, S. 169; PA, S. 295; DE 8.8.4; CSG, S. 128). Diese Abneigung hatte als Hauptursache eine vollständige Appetitlosigkeit. Das waren Nachwehen ihrer Darmentzündung aus frühester Kindheit.

Daher wunderte sie sich und fühlte sich dadurch „gedemütigt" (CSG, S. 129), als sie auf ihrem Krankenbett, gerade einen Monat vor ihrem Tod, plötzlich ein dringendes Verlangen verspürte zu essen und gute Sachen zu essen: „Das ist unerhört, jetzt, da ich nicht mehr essen kann, gelüstet es mich nach allerlei guten Sachen wie Hähnchen, Koteletts, Reis mit Sonntagssauerampfer, Thunfisch!"(DE 12.8.5). Daraufhin wird sie sich der Genusssucht anklagen! (DE 26.8.4).

Das *«papier d'exaction»* schlug außerdem vor, „sich von etwas, das am meisten nach ihrem Geschmack [war], zu enthalten und lieber das zu wählen, was ihm weniger [entsprach] in Erinnerung an die Galle und den Essig, womit derselbe Sohn Gottes am Kreuz getränkt wurde" (PE, S. 23). Rat der Mutter Anna von Jesus, den zu befolgen Therese sich befleißigte, und Schwester Geneviève vertraute sie die wenigen „kleinen kindlichen Riten an"(CSG, S. 130), die sie anwandte, um die verschiedenen Nahrungsmittel, die ihr vorgesetzt wurden, aufzunehmen (CDG, S. 130). Sie sollte erst am Ende ihres Lebens verraten, wie viel es sie gekostet hatte, die trockenen Omeletts hinunterzuschlucken, die keine Schwester mochte (DE 24.7.2). Das *«papier d'exaction»* riet: „von allem essen, ohne irgendeinen Widerwillen erkennen zu lassen jeden Tag in gleicher Weise" (PE, S. 48), oder, „ohne seinen Widerwillen oder seinen Ekel zu zeigen" (PE, S. 57; siehe PE, S. 55!).

Im Refektorium gab es auch die Vorschrift: „Sie sollen die Augen immer gesenkt halten und vor sich ruhen lassen, ohne den Kopf zu wenden und ohne die anderen oder das, was man ihnen serviert, anzuschauen" (PE, S. 23). Schwester Geneviève musste bestätigen: Sie erfüllte treu die Vorschrift unserer Regel, die Bescheidenheit der Augen zu wahren, jedoch immer ohne Zwang" (PA, S. 294).

In diesem Zusammenhang wollen wir *ausführlich* aus der Erinnerung von Schwester Marie de l'Eucharistie, (ihrer Kusine und Novizin Marie Guérin,) berichten, die im Refektorium neben ihr saß:

„Sie veranlasste mich stets, den Entschluss zu fassen, ‚meine Augen nicht zu erheben'. Und da ich mich fast immer neben ihr befand, war ich sicher, jedes Mal durch einen geschickten und sachten kleinen Stups zur Ordnung zurückgerufen zu werden, wenn sie sah, dass ich ringsumher blickte. Sie schaute nie auf, selbst dann nicht, wenn unsere Mutter von interessanten Dingen sprach oder wenn mitten im Refektorium einer Schwester irgendein Missgeschick widerfuhr; oder wenn es ihr im ersten Moment passierte, dass sie ihre Augen erhob, dann war es nur für einen Augenblick, um sie sogleich wieder zu senken.

„Ich nutzte solche Gelegenheiten, um zu sehen, was geschah; aber dieser kleine angemessene Stups kam, und ich erhielt ihn wiederholt, bis ich die Augen gesenkt hatte. War ich zu störrisch, dann richtete meine kleine Schwester ihre Augen zum Himmel und gab Seufzer und Ahs von sich, die mich veranlassten, mich wieder zu sammeln" (VT 99 [1985], S. 144; siehe CG II, S. 712, Anmerkung j !).

Die Enthaltsamkeit des Blickes von Therese zielte nicht nur darauf ab, durch das Vermeiden von Zerstreuung, die innere Sammlung aufrecht zu erhalten. Sie bezog ihre Kraft vor allem aus der Absicht, Jesus zu lieben: Sein Beispiel gegenüber Herodes wollte sie nachahmen. Aus diesem Geist heraus verfasste sie ein Gebet für die Novizinnen, das den Titel trug: *Liebesblicke auf Jesus:* „Jesus, Deine kleinen Bräute fassen den Beschluss, während der Mahlzeit die Augen gesenkt zu halten, um Dein Beispiel zu würdigen und nachzuahmen, das Du ihnen bei Herodes gegeben hast. (Pri 3)."

Diese Regel der Bescheidenheit der Augen, die die Karmelitinnen gesenkt halten sollten, lag den spanischen Gesetzgeberinnen am Herzen, da davon nicht nur im Chor und im Refektorium die Rede war, wie wir gesehen haben, sondern auch im Sprechzimmer (PE, S.30). Denn diese Bescheidenheit der Augen bildete einen Teil „ ihres äußeren Erscheinungsbildes", wozu „unsere spanischen Mütter" das Beispiel gegeben hatten: „Man sah darin gleichzeitig die Würde und die Bescheidenheit, die Ungezwungenheit und die Abtötung, ebenso wie den Ausdruck der tiefsten Sammlung" (PE, S. 47).

Man muss sagen, dass Therese selbst keinerlei Anstrengung zu machen brauchte, um diese Mütter nachzuahmen, denn, so sollte Mutter Agnes sagen, schon „bei ihrem Eintritt in den Karmel wurden die

Schwestern, die größtenteils darauf gefasst waren, nur ein ganz normales Kind zu sehen, in ihrer Gegenwart von Respekt erfüllt. Es gab in ihrer ganzen Person etwas so Würdevolles, so Entschlossenes, so Bescheidenes, dass ich selbst davon überrascht wurde“ (PO, S. 142; siehe Marie des Anges, PA, S. 359).

Das Stillschweigen

Während die Schwestern, die bisweilen das Gebot des Schweigens dort vergaßen, wo es von der Regel vorgeschrieben war, sich gelegentlich im Kreuzgang versammelten, um die Mitteilungen der Priorin anzuhören, „ging“ Therese „vorbei, ohne stehen zu bleiben, wobei sie stets mit gesenkten Augen und jener frommen Haltung einherschritt, durch die sie sich auszeichnete“ (PA, S. 335-336).

So war der Gärtner des Klosters in der Lage, sie allein an ihrem Gang zu erkennen, obwohl der große Schleier ihr Gesicht verbarg.

Die Beachtung des Schweigens war eine der wichtigsten Verpflichtungen im Leben der Karmelitinnen, denn sie ist in Form einer Vorschrift in der *ursprünglichen Regel* (Nr. 18) enthalten, und die heilige Teresa von Avila hat sie in ihre *Konstitutionen* (Nr. 7) aufgenommen und in ihren Schriften kommentiert. Daher besteht das *«papier d'exaction»* seinerseits von den ersten Seiten an darauf: „Diejenigen, die unsere Lebensweise wählen, müssen sehr wohl begreifen, dass eine ihrer vorrangigen Verpflichtungen darin besteht, in den eremitischen Geist einzutauchen, [...] wobei das Schweigen eine der ersten und wichtigsten ist“ (PE, S. 2). Daher rührt das Sprechverbot, „in allen Gängen sowie auf der Schwelle zu den Zellen. Und wenn man etwas zu sagen hat, muss man sich an einen Ort zurückziehen, wo man nicht gesehen wird *und so leise sprechen,* dass man von keiner anderen Stelle des Hauses aus gehört werden kann“ (PE, S. 4 und 30). Das wurde von Therese treu beachtet: „Ich habe bemerkt, schreibt Schwester Marie de Jésus, dass sie, wenn sie genötigt war, einige Worte zu sagen, leise sprach, wie es unsere Regeln fordern, um die Ruhe des Klosters nicht zu stören“ (VT 99 [1985], S. 176). Daher gab es vermehrte Warnungen vor dem Reiz der Neuigkeiten, den Versuchungen, die in einem Leben in der Klausur nicht fehlen können. In den Sprechzimmern „dürfen sie keine Neugier auf Nachrichten aus der Welt erkennen lassen, die sie um Gottes willen verlassen haben“ (PE, S. 31).

Ein Echo dieser Empfehlung finden wir in einem Theaterstück für die Rekreation, *Die Sendung der Jeanne d'Arc,* wo sie in der Rolle von Jeanne erklärt: „Ich verlange nicht danach zu erfahren, was in Orleans oder anderswo geschieht [...]. Ich weiß, dass ich unserem armen Vaterland durch Bescheidenheit und im Verborgenen mehr nützen kann als durch den Versuch, Dinge zu erfahren, die mich nicht betreffen“(RP 1, 4r). Und in ihrem Brief an Schwester Anne du Sacré-Coeur vom Karmel in Saïgon, wo sie sich dafür entschuldigt, dass sie nichts Interessantes gesagt habe, fügt sie hinzu: „glücklicherweise sind die Briefe unserer Mütter dazu da, Ihnen alle Neuigkeiten unseres Karmel mitzuteilen“ (LT 225 vom 2. Mai 1897; CG II, S. 981).

Man kennt die Empfehlungen der Reformatorin für ihre Töchter in Bezug auf die Zurückhaltung, die sie zu wahren hatten bei den Begegnungen mit ihren Verwandten im Sprechzimmer (PE, S. 31; siehe Ch 9, 2 und 3). Therese ließ sich davon inspirieren, wenn ihre Familie sie besuchen kam. Léonie erzählt, dass „sie unerbittlich entschwand“, wenn die erlaubte Zeit von einer halben Stunde vorüber war (siehe PE, S. 31 !), was in der Sanduhr durch „das letzte Sandkorn“ angezeigt wurde (siehe PO, S. 348 !).

Wie man weiß, fiel es ihr am schwersten, mit ihren eigenen Schwestern im Kloster Stillschweigen zu bewahren, insbesondere mit ihrer „kleinen Mutter“ Agnes, der sie schließlich gestand: „Ich fühlte mich nicht *wie einst* frei, Ihnen alles zu sagen. Da war die Regel zu beachten“ (A 75r). Tatsächlich ging es nicht nur um die strenge Observanz, die ihr Verhalten bestimmte, sondern um ihr tiefes Bedürfnis nach innerer Sammlung: „Im Schweigen wird die Seele weise, vorausgesetzt, sie vermag, in der Stille dem Herrn zuzuhören“ (PE, S. 82 und 106). Schwester Geneviève sollte Thereses Sammlung im Schweigen mit der Unserer Lieben Frau vergleichen (PA, S. 287).

Schließlich lag die Ursache für ihre außergewöhnliche Treue gegenüber der Vorschrift des Schweigens in der Tiefe ihrer Intimität mit Gott. Sie gestand, dass nie mehr als drei Minuten vergingen, ohne dass sie an Ihn dachte (CSG, S. 77). Daher hatte sie sich jene Passage des *«papier d'exaction»* zu Eigen gemacht, die da lautete: „Sie sollen nicht danach trachten zu erfahren, was geschieht nicht nur außerhalb, sondern sogar innerhalb des Hauses, damit sie sich nur mit dem einzig Notwendigen beschäftigen" (PE, S. 11).

Unglücklicherweise, so berichtet Mutter Agnes, „als sie in den Karmel eintrat, muss ich sagen, gab es eine wachsende Tendenz zur Nachlässigkeit. Mehrere Schwestern waren zweifellos sehr treu, aber es gab andere und in ziemlich großer Zahl, die sich zu Missbräuchen hinreißen ließen. Die Dienerin Gottes widmete sich ihrer Aufgabe, ohne sich darum zu kümmern, was die anderen taten; ich habe niemals gesehen, dass sie bei Gruppen verweilte, die sich beim Verlassen des Sprechzimmers um die Mutter Oberin bildeten, um Neuigkeiten zu erfahren oder von Lieblosigkeiten zu hören" (PO, S. 150).

Schwester Geneviève ihrerseits sagte: „Ich habe beobachtet, dass sie niemals nach Neuigkeiten fragte; wenn sie irgendwo eine Gruppe sah und die Mutter Oberin dort etwas Interessantes zu erzählen schien, hütete sie sich sehr wohl, dort hinzugehen. Was die Sprechzimmer anbetraf, so handelte sie in gleicher Weise und fand immer Wege, um sich zu entziehen, wenn sie voraussah, dass es ihr Vergnügen bereiten könnte" (PA, S. 295-296).

Laut Schwester Marie de l'Eucharistie empfahl sie den Novizinnen, was vorgeschrieben war, das heißt „ im Kreuzgang, an den üblichen Orten nicht zu sprechen und insbesondere an den erlaubten Orten nie das erste Wort zu sagen, bevor die Tür nicht geschlossen [war]" (PE, S. 4;VT 99 [1985] S.144).

Diese Haltung der Zurückgezogenheit und der Beobachtung des Schweigens erschien Therese für die Wahrheit ihres Lebens der inneren Sammlung, der Vereinigung mit Gott, so wichtig, dass sie am Ende ihres Lebens nicht zögerte, ihre eigenen Schwestern, darauf hinzuweisen: „Achtet sorgsam auf die Vorschrift. Bleibt nach einer Sprechstunde nicht stehen, um miteinander zu reden; denn dann ist es wie *zu Hause, man verzichtet auf nichts...* wenn ich nicht mehr da bin, achtet sorgsam darauf, dass ihr unter euch nicht ein Familienleben führt“ (Mutter Agnes, PA, S. 182; vgl. DE 3.8.6!).

Abtötung und Selbstverleugnung

Die Reformatorin des Karmel hatte es nicht unterlassen, in ihren Konstitutionen Übungen der Abtötung vorzuschreiben, wie es in allen Richtlinien geistlichen Lebens jener Epoche vorgesehen war. Unter diesem Oberbegriff wollte man zunächst körperliche Züchtigungen benennen, wie z. B. die Disziplin, die man im Karmel dreimal wöchentlich übte und die beständige Enthaltsamkeit von Fleisch gemäß der ursprünglichen Regel, ohne die kirchliche Fastenzeit mitzurechnen sowie das vom Orden vorgeschriebene Fasten, das am 14. September begann und in nur einer Mahlzeit am Tag bestand.

Die Bußübungen umfassten auch innere Entbehrungen und Formen des Verzichts im Bereich der Sinne, der Gefühle und der Psyche. Ihnen gab die heilige Teresa von Avila den Vorzug und versicherte, dass die beste Methode der Abtötung darin bestehe, mit höchst möglicher Sorgfalt die Regel und die Konstitutionen zu beachten, und die vielfältigen Widerwärtigkeiten des Gemeinschaftslebens zu ertragen. Sie schrieb an Pater Ambrosius Mariano: „Verstehen Sie mich recht, mein Vater, ich wünsche, dass man in Bezug auf die Tugenden sehr anspruchsvoll ist, aber nicht um der Strenge willen, [...] wie man es in unseren Häusern sehen kann. Das liegt zweifellos daran, dass ich nicht sehr bußfertig bin.[1]“

Es wird Therese umso leichter gefallen sein, sich von ihrer heiligen Patronin inspirieren zu lassen, als sie selbst „keinerlei Neigung“ zur körperlichen Kasteiung verspürte. So gestand sie: „Bußübungen, ach! ich habe nie eine gemacht“ (A 68v).

Dagegen beschreibt sie das, was sie bereits vor ihrem Eintritt in den Karmel weitgehend praktizierte, wie folgt: Meine Kasteiungen

1 Brief 148 vom 12. Dezember 1576; TERESA VON AVILA. Correspondance*, DDB, 1959, S. 302.

bestanden darin, meinen Willen zu brechen, der immer bereit war, sich durchzusetzen, ein Widerwort zurückzuhalten, kleine Gefälligkeiten zu erweisen, ohne sie herauszustellen, den Rücken nicht anzulehnen, wenn ich saß, usw." *(ibid.)*.

Die letztere Übung, ihre einzige Bußübung, wird ihr später verboten „wegen meiner Neigung zu einer gebeugten Haltung" (A 74v).

In Wirklichkeit bagatellisierte Therese einfach die auferlegten körperlichen Kasteiungen, die ihr mit Genehmigung der Oberin erlaubt worden waren, wie z.B. das Tragen eines Bußgürtels auf der Haut.

So wird Mutter Agnes bezeugen können: „Mit Großherzigkeit widmete sie sich den Praktiken der durch die Regel festgelegten körperlichen Kasteiungen. Sie hätte ihre Zahl vergrößern wollen und bat mehrmals um Erlaubnis hierzu; aber dies schlug man ihr ab wegen ihrer schwachen körperlichen Verfassung [...]. Eines Tages, nachdem sie zu lange ein kleines mit Spitzen versehenes Kreuz getragen hatte, führte dies zu einer Verletzung, die sich verschlimmerte und sie schließlich zwang, sich behandeln zu lassen" (PO, S. 168; siehe DE 27. 7. 16).

Wie gewöhnlich lernte Therese aus dieser Erfahrung: „Während der Ruhepause, die sie danach einlegen musste, gab ihr der Liebe Gott zu verstehen, dass, wenn sie wegen einer solchen Kleinigkeit krank würde, es ein Zeichen dafür sei, dass dies nicht ihr Weg sei und auch nicht der „der kleinen Seelen", die ihr auf dem gleichen Pfad des Kindseins folgen sollten, wo nichts aus dem Rahmen falle" (CSG, S. 144).

Es war nämlich auf Anregung von Mutter Agnes geschehen, dass sie seit 1896 versucht hatte, ihr nachzueifern. Daher wird sie ihrer „kleinen Mutter" am Ende ihres Lebens die größte Zurückhaltung gegenüber Kasteiungen mit Hilfe von Bußinstrumenten empfehlen, indem sie ihr sagt: „Man muss in diesem Punkt sehr gemäßigt sein, denn dort spielt häufig mehr Natur als irgend etwas anderes mit" (DE 3.8.5).

Rekreationen

Zu den Gemeinschaftsübungen, die den Lebensstil ihrer Töchter kennzeichneten, sollten nach dem Willen Teresas von Avila täglich auch zweimal gemeinsame *Rekreationen* gehören. *(Konst.,* Kapitel IV, 3): „in maßvollem Verhalten, einzig und allein, um uns zu ermöglichen, unsere Fehler kennen zu lernen und uns etwas zu entspannen und die Härten der Regel besser zu ertragen" (F 13, 5; siehe *Vie** 131 !).

In ihren „Instruktionen" hielt Mutter Anna vom hl. Bartholomäus diesen Punkt der *Konstitutionen* für sehr wichtig, weil er „von unserer Heiligen aufgrund göttlicher Inspiration festgesetzt worden war" (PE, S. 83)! Sie kommentierte ihn, wie folgt: „Unsere Heilige Mutter pflegte uns zu sagen, dass wir während der Rekreation lernten, einander zu lieben und zu achten und durch das heilige Gespräch unserer Schwestern erführen, wie sehr sie uns an Vollkommenheit überlegen sind" (PE, S. 84 !).

Daher liest man dort auch: „Man muss sich ebenso pünktlich zur Rekreation begeben wie zu einer anderen Gemeinschaftsübung [...], man soll darauf achten, dass man nicht zu laut spricht und *keinesfalls zu laut lacht"* (PE, S. 28 !).

Diese Weisungen waren ausdrücklich auf Teresa von Avila zurückzuführen, die ihren Töchtern empfahl: „Bemüht euch darum, so freundlich zu sein wie möglich, ohne Gott zu beleidigen" *(Der Weg der Vollkommenheit,* Kap. XLI, 7) oder auch: „ Wenn du heiter bist, hüte dich vor übermäßigem Lachen, möge deine Heiterkeit schlicht, bescheiden, freundlich, erbaulich sein" (Avis* 24).

Es ist auffallend, dass man die gleichen Ratschläge, fast mit den gleichen Worten in Thereses Mund findet, wenn sie zum Beispiel Schwester Marie de l'Eucharistie zurechtweist, die die Schwestern während der Rekreationen durch ihre Überspanntheit belustigte: „Es ist gut, während der Rekreation fröhlich zu sein, aber es gibt einen gewissen religiösen Stil, fröhlich zu sein, die anderen zu unterhalten. Sie sind manchmal von einer ausgelassenen Fröhlichkeit, glauben Sie, dass das den Schwestern gefällt?...*Sie lachen zwar über Ihre Ausgelassenheit, aber das erbaut sie nicht"* (VT 99 [1985], S. 147 !).

Im selben Geist der Mäßigung und Erbauung sagt sie zweifellos im Vertrauen zu Schwester Marie de la Trinité: „Nichts macht das Gemeinschaftsleben trauriger als die *Unausgeglichenheit der Stimmung*" (PO, S. 463; PA, S. 483; VT 73 [1979], S. 56). Sie hatte diese Bemerkung bei Mutter Anna von Jesus gelesen, die „eine gleichmäßige Beständigkeit bewahrte, alles mutig zu ertragen [...] und [seitens der Schwestern] *keinerlei Unausgeglichenheit der Stimmung* duldete" (PE. S. 54). Es handelte sich um ihre Novizin, Schwester Marie de la Trinité. Vielleicht war es auch eine diskrete Anspielung auf das Verhalten von Mutter Marie de Gonzague, deren sprunghafte Launen die Gemeinschaft verunsicherten?

Es gibt viele andere kleine Vorschriften des *«papier d'exaction»,* die Therese nicht aus reinem Formalismus oder aus Skrupelhaftigkeit beachtete, sondern, so versichert Schwester Geneviève, aus dem Verlangen nach einem „perfekten Gehorsam gegenüber den kleinsten Punkten der Regel. So ist es verboten, Bücher oder Nachrichten zu lesen, die nicht zu unserer besonderen Verwendung bestimmt sind, selbst wenn es sich nur um drei Worte handelte. „Im Verlauf von Konventexerzitien sagte sie mir, dass sie sich angeklagt habe, weil sie ein Blatt aus einem Modejournal angeschaut habe" (PO, S. 252). Nun war ihr das passiert, nachdem sie sich einen Monat zuvor (Oktober 1896) vorgenommen hatte, „nicht das geringste kleine Opfer, nicht einen einzigen Blick zu versäumen" (B 4r).

Dieser Zug zeigt uns nebenbei, dass die Heilige nichts von ihrer Weiblichkeit verloren hatte, denn schöner weiblicher Schmuck wirkte immer noch anziehend auf sie wie zu der Zeit, als sie noch als kleines Mädchen glücklich war, schöne Kleider zu tragen! (A 42r).

Aber diese kleine, offenbar unbedeutende Tatsache macht auch deutlich, zu welchem Maß von Feinfühligkeit ihre Liebe zu Jesus gelangt war, von dem sie keinen ihrer Gedanken oder keines ihrer Gefühle ablenken wollte. Man ist versucht, die Erklärungen der Diener Gottes für übertrieben zu halten, die sich als große Sünder betrachten und die sich wegen Vergehen anklagen, die für normale Sterbliche nur Bagatellen sind. Teresa von Avila ist auch dem allgemeinen Gesetz im geistlichen Leben der Heiligen nicht entkommen, welches bewirkt, dass sie die kleinste Unvollkommenheit als einen schwerwiegenden Verstoß gegen Denjenigen betrachten, zu Dem sie in Liebe entflammt sind. So wie der heilige Johannes vom Kreuz es erklärte: Der Sonnenstrahl, der eine anscheinend von jedem Flecken reine Glasscheibe durchdringt, verwandelt sie in Licht, lässt aber das kleinste Staubkorn, das dort verborgen war, zum Vorschein kommen[1].

Freiheit des Geistes

Die uneingeschränkte Treue Thereses gegenüber den Regeln ihrer Gemeinschaft könnte den Gedanken nahe legen, dass sie sie alle ausnahmslos buchstabengetreu anwandte, wenn man sich an die Erklärung von Schwester Marie de la Trinité hält, die wir erwähnt haben.

Zwar hatten die Vorschriften des *«papier d'exaction»* ebenso wenig wie die teresianischen *Konstitutionen* Absolutheitscharakter, da ein gewisser Spielraum für andere besondere Handlungsweisen offen gelassen war. Tatsächlich las man im Vorwort: „Wenn die Bücher der Observanz für uns, sei es als Vorschrift oder ursprüngliche Tradition, das beinhalten, was jedem anderen Brauch vorzuziehen ist, so schließen sie dennoch *gewisse lokale Traditionen,* die hinzukommen, ohne ihnen in irgend einer Weise zu widersprechen, nicht aus"(S. XVIII). So konnte Mutter Agnes, zu jener Zeit Priorin, die Regel des Schweigens selbst nach der Matutin brechen, wie wir in der Folge sehen werden.

Erlaubte eine lokale Tradition des Karmel von Lisieux eine formale Anordnung der teresianischen *Konstitutionen* von Alcalà zu missachten, wonach „keine Schwester eine andere umarmen, noch sie im Gesicht oder an den Händen berühren wird" (Konst. Kap. IV, n°6)? Immer wieder geschieht es, dass Therese, obwohl „sehr zurückhaltend mit den wahrnehmbaren Zeichen ihrer Zuneigung"(nach Mutter Agnes, PO, S. 559 und PA, S. 209), nicht zögerte, diese Vorschrift bei mehreren Gelegenheiten unbeachtet zu lassen.

1 .Siehe La Montée du mont Carmel*, L. Kapitel II, 5 !

Da sie - zwar noch Postulantin - eines Tages erneut, ohne zu wissen weshalb, von der Priorin, Mutter Marie de Gonzague, barsch angefahren worden und völlig am Ende war, hatte sie sich in die Arme ihrer Novizenmeisterin, Schwester Marie des Anges, gestürzt.

Mutter Agnes erzählt einen anderen Fall, aus der Zeit des Noviziates von Therese, als: „Sie den ganzen Tag mit ihrer Novizenmeisterin in der Wäscherei arbeiten musste. Das war eine heiligmäßige Nonne, die aber nicht das Feingefühl besaß zu verstehen, dass sie ihre Novizin äußerst ermüdete, indem sie zu ihr sprach und sie verpflichtete, vom Morgen bis zum Abend über den Lieben Gott zu reden. Schwester Therese vom Kinde Jesus erzählte mir, dass sie eines Tages, als sie nicht mehr konnte und nahe daran war, die Geduld zu verlieren, sich plötzlich entschloss, ihr *um den Hals zu fallen, um sie zu umarmen...*" (DE, S. 472).

Ihrerseits weigerte sie sich nicht, Schwester Geneviève liebevoll zu trösten: „Einmal, als ich nicht mehr konnte [weil ich ständig ohne Grund von einer Kranken gestört wurde], kam ich, in Tränen aufgelöst, zu Schwester Therese, die mich zärtlich empfing, mich tröstete und ermutigte. Ich sehe sie noch auf einer Truhe neben mir sitzen und *mich in ihre Arme schließen*" (CSG, S. 101[1]).

Die Familie Guérin selbst wusste, dass es den Karmelitinnen verboten war, einander zu umarmen, denn Frau Guérin, die an ihre Tochter Marie de l'Eucharistie schrieb, bat sie.... an ihrer Stelle Mutter Agnes und alle ihre anderen Nichten zu umarmen, und sie fügte hinzu: *„wenn du kannst"!* (August 1895, CG II, S. 1153).

Aus den *Letzten Gesprächen* weiß man, dass sich die Heilige nicht nur gern von ihren Schwestern umarmen ließ, sondern dass sie sogar danach verlangte (siehe DE 11.9.2, 29.8.4, 23.8.5, etc.). Ihr Zustand einer Schwerkranken und sogar einer Sterbenden erlaubte ihr das. Aber besonders die innere Freiheit, zu der sie gelangt war, schützte sie vor jeder unnützen Gefühlsbindung oder Eitelkeit. Diese Umstände erklären die Ausnahme, die sie von ihrer gewohnten Zurückhal-

1 Siehe auch den „Liebesbeweis" (le témoignage d'amour), den sie insbesondere Mutter Agnes geben wollte (DE 16.7.5 und S. 478)!

tung gegenüber den Novizinnen machte, indem sie Schwester Marie de la Trinité gestand: „Seien sie versichert, dass ich auch unter meinem Unvermögen leide und dass ich nie so sehr empfunden habe, dass Sie einen *unermesslichen Raum* in meinem *Herzen* einnehmen" (PA, S. 491; LT 242, 6. Juni 1897).

Es gibt ein anderes Beispiel für einen „Sonderbrauch" im Karmel von Lisieux, der eindeutig gegen eine Vorschrift des *«papier d'exaction»* verstieß, die besagte: „Wenn man im Rekreationsraum ein Feuer macht, soll man daran denken, dass *es nicht erlaubt ist zu sprechen, während man sich aufwärmt"* (PE, S. 29).

Nun wissen wir, dass Therese von Mutter Agnes, der damaligen Priorin, nach einem Gespräch mit ihren Schwestern in dem sogenannten „chauffoir"(,dem Raum, in dem man sich aufwärmte,) während der Zeit des Stillschweigens den Auftrag erhielt, ihre Kindheitserinnerungen niederzuschreiben! Schwester Marie du Sacré-Coeur erzählt: „An einem Winterabend nach der Matutin wärmten wir uns auf zusammen mit Schwester Therese, Schwester Geneviève und unserer ehrwürdigen Mutter [Agnes]. Schwester Therese erzählte uns zwei oder drei Begebenheiten aus ihrer Kindheit." Von dem erzählerischen Talent Thereses begeistert, bat daraufhin eine von ihnen Mutter Agnes, Therese den Auftrag zu geben, ihre „Kindheitserinnerungen" niederzuschreiben (PO, S. 237).

Drei erstaunliche Dinge in diesem Verhalten Thereses. Zunächst dass die drei *„nach der Matutin"* reden, das heißt nach der *Regel* während der Zeit des „großen Stillschweigens". Dann, dass sie zugestimmt hatte, sich mit ihren Schwestern zu treffen im Gegensatz zu der Richtschnur ihres gewohnten Verhaltens, die sie veranlasste, im Kloster jegliche Wiederaufnahme familiärer Beziehungen, die sie in Les Buissonnets mit ihnen gehabt hatte, zu vermeiden: „Sie zwang sich dazu, die Gesellschaft ihrer drei Schwestern nicht zu suchen trotz ihrer so großen Zuneigung.[1]" Nach ihrem Tod fragte eines Tages eine Schwester Schwester Marie du Sacré-Coeur, weshalb sie, „die sie ei-

1 VT 75 [1979], S. 231; VT 99 [1985], S. 176¸PO, S. 37; PA, S. 1187; CG II, S. 648.

ne so außerordentlich heiligmäßige Schwester hatte, nie ihre Gesellschaft gesucht habe und sie vielmehr den Anschein erweckte, sie zu vernachlässigen. Gewiss, antwortete diese, aber wie konnte ich mich in ihre Nähe begeben? Verspürte ich doch große Lust dazu! Doch aus Treue zur Regel wollte sie mich nicht sprechen“ (PA, S. 482).

S i e schließlich, die stets danach trachtete vergessen zu werden und „nichts zu gelten“ (A 71v), weshalb sie sich nie in den Vordergrund schob, sie beginnt nun, von sich zu erzählen!

Allein diese Tatsache zeigt uns eine entspannte, natürliche heilige Therese, die allen anderen Karmelitinnen ähnlich ist und in keiner Weise in einer Haltung von strenger Observanz der *Regel* erstarrt. Es kam zum Beispiel vor, als sie „die Erlaubnis erhalten hatte, pro Woche zwei Bußübungen durchzuführen“ (PE, S. 26), dass sie *„mehr als einmal* vergaß, sie zu halten“! (DE 2.9.3).

Übrigens beklagte sie sich nicht darüber, dass ihre Chornachbarin sie nicht aufgerüttelt hatte, wenn sie sie beim Gebet regelmäßig schlafen sah, so wie es jedoch niedergeschrieben war: „Wenn jemand eingeschlafen wäre, müsste diejenige, die sich hinter oder neben ihr befände, sie anstoßen. So war es zu allen Zeiten befohlen“ (PE, S. 8).

Erwähnen wir noch einen Zug an ihr, der sie uns so zeigt, wie sie war, den gewöhnlich Sterblichen menschlich so ähnlich.

Zum Namenstag von Mutter Marie de Gonzague, die nicht mehr Priorin war (21. Juni 1893), hatte Mutter Agnes bei Céline, die noch nicht im Kloster war, ein Bild der Geburt Christi bestellt. Als es im Karmel abgeliefert wurde, musste es wohl ziemlich spät am Abend gewesen sein, denn Therese hatte sich schon hingelegt. Mutter Agnes veranlasste sie aufzustehen, um es ihr zu zeigen, ohne bis zum darauffolgenden Morgen zu warten, weil Therese *„vor Ungeduld, das Bild zu sehen, mit den Füßen auf ihre Strohmatratze trampelte“* (CG II, S. 1148)! Sie war damals immerhin bereits seit fünf Jahren im Kloster. „Die Ruhe und die Ausgeglichenheit“, die ihr gewöhnlich eigen waren (PA, S. 489) hielten also in bestimmten Situationen ihrer „sehr lebhaften“ Natur nicht stand. (PO, S. 293). Ihre gewohnte Selbstbeherrschung hat mehr als eine getäuscht, so z.B . Schwester Saint-Raphael, die sie für „phlegmatisch“ hielt (VT 99, S. 171).Trotzdem ist der Ausdruck „trampelte“ übertrieben und enspricht wohl dem Stil von Mutter Agnes!

In Wirklichkeit war Thereses Persönlichkeit voller Gegensätze, wie sie es selbst erkannte (DE 30.6.2).

Zweifellos hat Schwester Marie des Anges ihren Charakter am besten geschildert, wenn sie schreibt: „Kleine heilige Rührmichnichtan, der man ohne vorherige Beichte den Lieben Heiland reichen würde, aber mit einem Sinn voller Neckerei für den, der so etwas mag. Mystikerin, Komikerin, alles passt zu ihr... sie wird einen vor Frömmigkeit zu Tränen rühren können und ebenso während der Rekreation dazu bringen, sich totzulachen“ (CG II, S. 1176).

Geist der Teresa von Avila

Im Laufe dieser Studie konnten wir feststellen, dass das *«papier d'exaction»* für Therese nicht nur eine Sammlung von Vorschriften war, „die die *Regel* und die *Konstitutionen* ergänzte“, sondern dass es gleichzeitig ein Zeugnis des *Geistes* der Reformatorin des Karmel darstellte, dessen Übermittlung ihre ersten Töchter, die „spanischen Mütter“ bei der Gründung des französischen Karmel für wichtig erachteten.

Wir haben z. B. gesehen, wie sie sich in ihrem Entschluss hatte bestärkt und ermutigt fühlen müssen, alle die „kleinen Dinge“ aus Liebe zu Gott in vollkommener Weise zu verrichten. Denn dies wurde von den spanischen Gründerinnen in der Absicht, der *Santa Madre* nachzueifern, dringend empfohlen.

Am überraschendsten ist es, dass bei der Beschreibung „des Zweckes, wozu unsere Mutter, die heilige Teresa, unsere Reform eingeführt hat“ (PE, S. 2), die Rede von dem Gebet ist und „den guten Werken, die der Kirche Jesu Christi und ihren Bedürfnissen dienen sollen“, es geht darum, „für ihr eigenes Kloster und für alle anderen Gemeinschaften des Ordens zu beten“, „nicht nur darum, Klosterfrauen zu sein, sondern auch Eremitinnen...“, aber es ist erstaunlich, dass die Hauptabsicht der heiligen Reformatorin, die ihr am meisten am Herzen lag, nicht ausdrücklich erwähnt wird, nämlich: „für die Priester zu beten und sich für sie zu opfern“ (Ch. III)! Zwar wurde diese ursprüngliche Intention der Reformatorin möglicherweise in anderen Worten, in einer verbindlicheren Form wieder in Erinnerung gebracht, wie in diesen Ausführungen von Mutter Isabella von den Engeln: „Je vollkommener wir sein werden, desto mehr werden wir zur Rettung der Seelen beitragen. Denn wir müssen *mit den Predigern predigen, mit den Lehrern lehren, mit den Bekennern bekennen und so sein, dass unsere Gebete allen helfen können*“ (PE, S. 121).

Therese wird aus vielen anderen Überlegungen ihren Nutzen gezogen haben, wie z.B. aus der von Mutter Isabella von den Engeln: „Es ist gefährlich über die Handlungen eines anderen zu urteilen, und man täuscht sich sehr oft dabei und glaubt, dass *Tugend Laster, und Unvollkommenheit Tugend sei*“ (PE, S. 100). Die Heilige wird sich daran erinnert haben, als sie eines Tages das Opfer gebracht hatte, eine Schwester an ihrer Stelle zur Pforte gehen zu lassen und darauf hin missgünstig beurteilt worden war. Sie zog daraus die Schlussfolgerung: „Da man meine kleinen Tugendübungen für Mängel hält, kann man sich ebenso gut täuschen, indem man *für Tugend hält, was nur Unvollkommenheit ist*“ (C 13r-13v).

Ebenso war folgende Ermahnung: „dass man nicht schnell die kleinen Beschwerden erkennen lassen soll, die von der Seele ertragen werden können mit der Hilfe Gottes“ (PE, S. 130), nur eine fast wörtliche Übertragung eines Abschnittes aus *„Der Weg der Vollkommenheit“*, der lautete: „Vergesst es, euch über gewisse Schwächen und weibliches Unwohlsein zu beklagen; oft ist es der Dämon, der sie in der Phantasie hervorruft“ (Ch. XI, 2).

Mutter Anna von Jesus hatte diesen Text für ihre Novizinnen kommentiert: „Sie pflegte zu sagen, es sei erbärmlich, über seine Krankheiten zu reden außer bei denen, die uns führen und denen gegenüber wir verpflichtet sind, darüber zu sprechen, wenn man Abhilfe schaffen muss“ (PE, S. 54).

Hier werden wir die Ursache für die Gewohnheit Thereses entdecken, sich nie im Karmel zu beklagen. „In allem folgte sie dieser Verhaltensmaßregel. Sie hätte niemals gesagt, dass sie litt, wenn man sie nicht dazu zwang. Nichts fiel ihr schwerer als zu sehen, dass man sich um sie kümmerte“, sagte Schwester Marie de la Trinité[1].

So lässt sich erklären, dass sie unter der feuchten Kälte der normannischen Winter schrecklich litt, ohne sich zu beklagen, und dass sie sich damit begnügte, Mutter Marie de Gonzague über ihren ersten Auswurf von Blut zu unterrichten, ohne sich weitere Gedanken darüber zu machen, ob sie gepflegt werde oder nicht.

Wenn Therese heldenhaft war, so war sie jedoch keine Stoikerin. Zunächst menschlich. Sie hatte auch in dem *«papier d'exaction»* gelesen: „Sie sollen sich nie über kleine Unannehmlichkeiten beklagen, die ihnen zustoßen *wie Hitze, Kälte,* Müdigkeit, Gebrechen...“(PE, S. 8). Dennoch gestand sie Mutter Agnes, eines Tages von großer Hitze geplagt worden zu sein und : „dass sie ihr Gesicht einmal mehr abwischte als nötig, damit Schwester Marie du Sacré Coeur bemerken solle, dass sie sehr stark schwitzte“ (DE 19.7.3). Im Gedanken an den Gärtner, der sie und ihre Schwestern wegen der starken Sommerhitze bemitleidet hatte, pflegte sie zu sagen: „Ah! Im Himmel wird der Liebe Gott es uns vergelten, dass wir aus Liebe zu Ihm auf Erden dicke Kleidung getragen haben“ (DE 5.8.1).

Aber als sie während langer Wochen und Monate anderen körperlichen Leiden ausgeliefert war, konnte sie es nicht vermeiden zu stöhnen und sich zu beklagen (DE 22.8.1o, 23.8.10, 25.8.5), und sie akzeptierte sogar, dass man sie bedauerte (DE 24.8.4).

Die „ursprünglichen teresianischen Konstitutionen“ forderten ausdrücklich: „Sie sollen sich große Mühe geben, sich nicht zu rechtfertigen“ (n° 29), eine Vorschrift, die die *Madre* wieder aufgenommen hat in *Der Weg der Vollkommenheit,* wo sie ihren Töchtern empfiehlt, sich beschuldigen zu lassen, ohne sich zu rechtfertigen, selbst wenn ihrerseits kein Fehlverhalten vorliegt: “sehen, wie man ohne Grund verurteilt wird und schweigen, das ist die wahre Nachfolge Christi, der sich mit unserer Schuld beladen hat“ (Ch. XV, 1).

Therese hatte sich schon, als sie noch ganz klein war, bemüht, das zu praktizieren: „Wenn sie zu Unrecht beschuldigt wurde, zog sie es

1 PO, S. 455. Siehe VT 74 (1979), S. 150

vor, zu schweigen und sich nicht zu rechtfertigen"(A 11v). Sie wird daher erfreut gewesen sein, als sie in dem kleinen Band, der ihr zur Verfügung stand, las: „Man möge sich nicht rechtfertigen, selbst wenn man keine Schuld bei sich findet" (PE, S. 106). Daher sehen wir, wie sie eines Tages nicht ohne Schwierigkeit diesen Rat befolgte, als ihre Novizenmeisterin ihr zu Unrecht vorwarf, eine kleine Vase zerbrochen zu haben (A 74v).

Diese fundamentale Forderung ist typisch für den spirituellen Realismus der Teresa von Avila, der ihre Tochter von Lisieux nachkam, nämlich dem grundlegenden Bedürfnis, sich nicht mit schönen Gedanken, schönen Gefühlen, großen Sehnsüchten zufrieden zu geben und dabei zu glauben, so dem Herrn zu dienen, wo es andererseits erforderlich ist, zur Tat zu schreiten: „Der Herr will Werke" (D 5.3.11), wiederholte Therese unermüdlich, denn die Liebe „ist nie müßig" (D 5.4.10) dort, wo sie ist.

„Diese Liebe, meine Töchter, darf nicht in unserer Phantasie bestehen, sondern muss sich in Taten erweisen"(D 3.1.7).

„Dies ist der Zweck des Gebetes, meine Töchter; das ist es, wozu diese geistliche Vermählung dient: immer wieder Werke aufzuweisen haben" (D 7.4.6).

Ihre Töchter, die „spanischen Mütter", Gründerinnen des französischen Karmel, konnten nicht umhin, ihre französischen Novizinnen an diesen wichtigen Punkt der teresianischen Lehre zu erinnern. So sagt Mutter Isabella von den Engeln: „Es genügt nicht zu sagen, ich bin Karmelitin, Gott wird mir Barmherzigkeit erweisen; nein, meine Töchter, *Gott will Werke* und vor allem Barmherzigkeit" (PE, S. 108). Oder auch: „der glühende Wunsch, das Kreuz zu umarmen und dem Sohn Gottes nachzufolgen. Bittet Seine Majestät darum und dass es nicht nur ein Wunsch bleibt, sondern dass *wir Werke aufzuweisen haben*" (PE, S. 116).

Es ist nicht verwunderlich, dass Therese, die diese Empfehlung in die Praxis umsetzte, den teresianischen Geist, der alle diese Seiten erfüllte, fast in den gleichen Worten zum Ausdruck brachte, indem sie erklärte, dass „sich die Liebe in den Werken bewähre" (B 4r), oder dass „die schönsten Gedanken ohne die Werke nichts [seien]" (C 19v) oder auch, dass „ die Liebe nicht aus Gefühlen, sondern aus Taten bestehen solle“ (C 13v; Siehe C 25r, PO, S. 280 !).

Andererseits ist es beeindruckend zu sehen, dass die typische Bezeichnung der *Madre Teresa* für Christus als „Seine Majestät“, die etwa zwanzig mal von den Gründermüttern übernommen wurde, *nie* unter der Feder Thereses auftaucht. Sie zog es vor, sich Jesus als ihrem Geliebten zu nähern und sich ungezwungen an Ihn zu wenden, indem sie Ihn sogar duzte (CSG, S. 82).

Wie ihre große Patronin beherrschte Therese die Kunst, sich die Kerngedanken der Texte, die sie las, einzuverleiben und zu den ihrigen zu machen. So wird sie (vielleicht?) mehr oder weniger entfernt angeregt worden sein von den Gedanken der Mutter Isabella von den Engeln, die unbestreitbare Ähnlichkeiten mit der Lehre des „kleinen Weges“ enthalten. Tatsächlich lesen wir in den „Ermahnungen“ dieser Mutter: „Wenn mich alle Geschöpfe im Stich ließen und wenn ich mich für bejammernswerter hielte als die Verdammten (falls das möglich wäre), würde ich meine Zuflucht zu Gott nehmen“(PE, S. 102). Dieser Satz erinnert an den berühmten Schlusssatz des Manuskriptes C, wo Therese ihr absolutes Vertrauen in die Barmherzigkeit Gottes zum Ausdruck bringt (C 36v). Auch sie machte sich die Verdienste Christi zu Eigen wie Mutter Isabella von den Engeln, aber ohne die Spur einer Furcht vor der göttlichen Gerechtigkeit.

Noch erstaunlicher ist jener andere Abschnitt, wo sich fast alle Elemente des „kleinen Weges“ vereinigt finden: „Nur *der Arm Gottes allein* ist stark genug, um sie zu halten *[die Seele],* daher ist sie umso mehr zur *vollkommenen Hingabe ihrer selbst* in seine göttlichen Hände verpflichtet. Sie muss Zuflucht nehmen zu den Verdiensten Unseres Herrn Jesus Christus, *indem sie sich seiner großen Güte und Barmherzigkeit anvertraut,* die unsere Leiden überwindet und *uns* von der Sünde zur Gnade *erhebt“* (PE, S. 101).

Was der Einfluss dieser Lektüre auf Therese auch immer bedeutet haben mag, es ist jedenfalls wahrscheinlich, dass sie beeindruckt war von der Eindringlichkeit mit der die Gründermütter den Wunsch der Teresa von Avila in Erinnerung brachten, dass alle Karmelitinnen die höchste Vollkommenheit anstreben sollten: „Wir erfüllen unsere

Pflicht als Karmelitinnen nicht, indem wir *gewöhnliche oder mittelmäßige Taten* vollbringen" (PE, S. 109), denn „Gott fordert von uns eine andere Vollkommenheit als die, die er anderen abverlangt" (PE, S. 125) oder auch: „Es gibt mehrere Dinge, die für andere Ordensgemeinschaften gut sind, die in der unsrigen aber Ursache für große Übel wären und allmählich ihre Vollkommenheit beeinträchtigen würden" (PE, S. 122).

Die Mütter waren überzeugt, dass der Karmel verkörperte, „was zu dieser Stunde in seiner Kirche von größter und erhabenster Vollkommenheit [war]" (PE, S. 62). Daraus ergab sich die Verpflichtung, die höchste Stufe der Heiligkeit anzustreben: „Sie sind verpflichtet, in der Vollkommenheit vorwärts zu kommen" (F 28, 5). Eine Forderung, die Mutter Isabella von den Engeln wieder aufgriff, indem sie sagte: „die größte Vollkommenheit, meine Töchter, die wir unaufhörlich anstreben *müssen*" (PE, S. 115).

Wenn sich die heilige Reformatorin der Tatsache bewusst war, dass sie mit der Gründung der Klöster ein großes Werk in der Kirche vollbracht hatte: „Oh, meine Schwestern! begreift um der Liebe Gottes willen die große Gnade, die der Herr denen gewährt hat, die Er hierhin geführt hat, und möge eine jede von euch für sich darüber nachdenken" (Ch. VIII, 2; siehe F 29, 33), so war sie doch zu bescheiden, um den Anspruch zu erheben, den vollkommensten Orden, der innerhalb der Kirche existierte, geschaffen zu haben, wie ihr Biograph Ribera schrieb: „kaum könnte man irgend einen Frauenorden finden, weder eine größere Vollkommenheit noch eine erhabenere Berufung."[1]

Dagegen ist es wahr, dass sie bei der Durchführung ihrer Reform danach getrachtet hatte, „zum Gipfel der Vollkommenheit zu gelangen" *(Vie** 11.4), indem sie von ihren Töchtern forderte", auf das zuzugehen, was es an Vollkommenstem gibt" (Ch. v,3) oder auch: „Sucht immerfort nach dem, was es an Vollkommenstem gibt" (Ch. III, 6), oder: „Was ist, meine Töchter, eurer Meinung nach der Wille Christi? Dass wir *absolut vollkommen seien*" (D 5.3.7).

1 Vie de sainte Thérèse*, Übersetzer, P. Bouix, Lecoffre, 1868, S. 96

Daher fühlten sie sich verpflichtet, *„so zu sein,* damit unsere Gebete würdig sind, die Diener Gottes zu unterstützen“ (Ch. III, 2). Das wird in dem *«papier d'exaction»* unentwegt wiederholt: „bemühen wir uns, so zu sein, wie sie [unsere Mutter, die heilige Teresa] sich uns vorstellte“ (PE, S. 98, 103, 121).

Wie hätten alle diese Aufforderungen, Ermahnungen, Empfehlungen, die ihrem eigenen Verlangen entsprachen, Therese nicht begeistern können, die schon sehr früh von dem Verlangen nach Heiligkeit erfasst worden war? Sie schrieb an Pater Roulland: „Unser Herr, der meinen ersten Blick allein für sich haben wollte, hatte die Güte, schon von der Wiege an nach meinem Herzen zu verlangen, wenn ich mich so ausdrücken kann“ (LT 201).

„Ich habe *stets* danach verlangt, eine Heilige zu sein“ (C 2v); (siehe LT 45 vom 27. März 1888 !), ein Wunsch, der in ihrem Herzen nur gewachsen war und zwar so sehr, dass sie noch vor ihrem Eintritt in den Karmel bei der Lektüre von „den Berichten über die patriotischen Taten der französischen Heldinnen“ gewünscht hatte, eine „große Heilige“ (A 32r) zu werden ... und der *„ehrwürdigen JEANNE D'ARC“* nachzueifern *(ibid.)* und wie sie, die Heiligkeit „mit der Spitze des Schwertes“ zu erobern (LT 89, 26.April 1889).

Erst zwei Jahre später, im Mai 1890, zweifellos bei der Lektüre der Ermahnungen der spanischen Mütter, die durch die heilige Reformatorin inspiriert worden waren, wollte sie „den Lieben Gott *ebenso sehr* lieben *wie die heilige Teresa“,* d. h. immer eine hohe Heiligkeit anstreben, aber diesmal, wenn man so will „sogar eine höhere Heiligkeit als die der heiligen Teresa[1].

Man könnte in Thereses Schriften viele andere Spuren von Ratschlägen finden, die sich reichlich lang und breit auf den Seiten des *«papier d'exaction»* befinden, bei denen der teresianische Einfluss nicht zu leugnen ist, und aus dem die Heilige Nutzen ziehen konnte. Ratschläge, die ihre eigene Erfahrung nur bestätigten oder sie beein-

1 CG S. 533, Anmerkung h . In ihrer Zelle hatte Therese ständig ein Bild vor ihren Augen, das ihre heilige Patronin mit folgendem Bildtext darstellte: „Es gibt, Herr, einige, die Ihnen besser dienen als ich. Aber sollte es einige geben, die Sie mehr lieben und leidenschaftlicher nach Ihrem Ruhm verlangen, so werde ich das nicht ertragen.

flussten oder ihr zu ihrer Kenntnis des religiösen Lebens in der Gemeinschaft verhalfen, das sie, die aus einem bevorzugten Milieu stammte, als kleine Jugendliche von fünfzehn Jahren erst entdecken konnte. Zitieren wir einige Beispiele für Thereses persönliche Verarbeitung dieser geistlichen Ratschläge.

Da wäre zum Beispiel die Überzeugung, vielleicht müsste man sagen, *die annähernde Gewissheit des Glaubens,* die sie erlangen sollte, wonach die Oberen Stellvertreter Gottes sind: sie „stehen an Seiner Stelle"(C 11r), oder: „Der Liebe Gott lässt sich vertreten durch wen Er will, aber es ist nicht von Bedeutung, wer das ist" (DE 20.7.2; A 70v; usw.). Sie konnte in ihrem Handbuch der Vorschriften lesen: „Im heiligen Gehorsam, meine geliebten Töchter, achtet sorgfältig darauf, *Gott in denen* zu sehen, *die euch gebieten,* wer es auch immer sei, der für euch Seinen Platz einnimmt" (PE, S. 111; siehe PE, S. 107-122; usw.), ein Grundsatz, der direkt durch die *Madre Teresa* angeregt wurde, die ihre Töchter zu „einem großen Gehorsam [aufforderte], der niemals über die Anordnung eines Vorgesetzten diskutiert; ihr wisst wirklich, dass es eine *Anordnung Gottes ist, denn er ist sein Stellvertreter.* "[1]

Außerdem erfuhr sie beim Lesen derselben Verhaltensmaßregeln, dass sich der Wille Gottes in den Verpflichtungen der *Regel* und der *Konstitutionen,* entsprechend der Lehre der Reformatorin, ausdrückte, die zu sagen pflegte: „Mögen wir begreifen, meine Töchter, dass die wahre Vollkommenheit in der Liebe zu Gott und dem Nächsten besteht; je mehr wir diese beiden Gebote beachten, desto vollkommener werden wir sein. *Unsere ganze Regel und unsere Konstitutionen zielen auf nichts anderes ab"* (D I.1.17), oder in einer verbindlicheren Weise: „Gott will, dass das Ordensmitglied Seine Wünsche respektiert" (Ch. XXXIII, 1). Mit anderen Worten: da die Vollkommenheit darin besteht, den Willen Gottes zu erfüllen und sich dieser den Ordensleuten durch ihre Regel und ihre Konstitutionen dartut, wird man die Vollkommenheit erlangen durch *die Treue, mit der man sie so vollkommen wie möglich befolgt.*

1 Ch. XVIII, 7. Siehe Pensées sur l'Amour de Dieu *2.2 ; F, Prol. 1 ; D, concl. 2!

Das ist die gleiche Lehre, die man in den Äußerungen der Gründerin des Karmel in Frankreich vorfindet: „Mutter Anna von Jesus wiederholte immer wieder gern, dass sie in einem so heiligen und vollkommenen Orden seien, dass, wenn sie dessen Regeln und Konstitutionen treu beachteten, sie *direkt von ihrem Totenbett aus in den Himmel kämen*“ (PE, S. 59).

Ganz zu schweigen von der Möglichkeit, das Fegefeuer zu umgehen, ein Gedanke, der Therese am Herzen lag, konnte die Vorstellung von der Heiligkeit des Karmel und die damit verbundene Übereinstimmung seiner Gesetzgebung mit der Vollkommenheit des Evangeliums sie nur erfreuen, entsprach dies doch voll ihrem Verlangen nach der höchstmöglichen Stufe der Heiligkeit.

Es gibt viele andere Punkte des *«papier d'exaction»,* die sie wahrscheinlich berührten oder mehr oder weniger tief beeinflussten und die wir hervorheben könnten. Wir werden uns darauf beschränken, den Punkt zu erwähnen, der besonders ihr eigenes Schicksal betraf, nämlich *die Kürze des Lebens,* die die Heilige von Avila gern bald mit einer Nacht, bald mit einem einzigen Tag oder sogar mit Stunden verglich: „Wir haben zwei Stunden zu leben[1].“ In einem kleinen Brief, adressiert an ihre Schwester, Marie du Sacré-Coeur, zitierte sie die berühmten Worte ihrer heiligen Patronin: „Das Leben ist eine Nacht, die in einer schlechten Gaststätte verbracht wird[2].“

Sie ist also sehr empfänglich für die zahlreichen Aussagen dieses Handbuches von Vorschriften, das wiederholt zum Ausdruck brachte: „ Die Zeit ist kurz, beeilen wir uns“ (PE, S. 107), „dieses Leben ist so kurz“ (PE, S. 109), „wie kurz das Leben ist“ (PE, S. 107), ein Gedanke, der oft in Bezug zu der glückseligen Ewigkeit gesetzt wurde: „Kürze der Arbeit und Ewigkeit der Ruhe: so wünscht sie sich in diesem Leben nichts davon, weil es von so kurzer Dauer ist, und das hilft ihr, sich zu beeilen und keine Gelegenheit zu irgend einer Arbeit zu verlieren, mag sie auch noch so schwierig sein[3]“

Daher die Notwendigkeit „aus allem Nutzen zu ziehen“ (PE, S.

1 Ch. II, 7. Siehe Relations spirituelles* 1,7; F 29, 33; etc. !

2 LT 49 vom 12.-20. Mai 1888; Zitat von Ch. XLIX, 9.

3 PE, S. 110. Siehe PE, S. 58, und bei THERESE: LIT 213 vom 26. Dezember 1896

94), „alles, was in der Macht eines jeden steht, aus Liebe zu tun (PE, S. 77), ein anderes Echo der Behauptung von Teresa von Avila: „alle Seelen haben die Gabe zu lieben" (F 5.2). Eine Spur davon finden wir in den Selbstbiographischen Schriften: „L'AMOUR (LIEBE) [...] vermag *aus allem Nutzen zu ziehen*" (A 83r). Therese konnte alle diese Gedanken nur teilen, sie, die in ihrem Herzen die Vorahnung trug, dass ihr Leben auf Erden kurz sein würde: „Sie hatte stets die Ahnung, dass sie jung sterben würde, was sie dazu veranlasste, die unerfreulichen Dinge geringzuschätzen" (PA, S. 274) und sich darum zu bemühen, keine Zeit zu verlieren, um Seelen für Gott zu gewinnen[1].

Erwähnen wir noch kurz den Gedanken der *Undankbarkeit der Geschöpfe* gegenüber Gott: (PE, S. 73), und greifen wir dazu auf das „Leben der hl. Teresa" (27.11) und ihr *Buch der Inneren Burg* zurück (VI 1.3), die sich mit den Empfindungen der Heiligen treffen (A 76v und B 1v).

Das Thema des *Leidens* und der *Geringschätzung* (PE, S. 58, 98, 100, 108, usw.), das so oft auftaucht, hat sie gewiss nicht gleichgültig gelassen, sie, die „nur eines [...] im Karmel ersehnte, immer für Jesus zu leiden" (LT 43 B vom 18. März 1888).

Schlussfolgerung

Am Ende dieser Studie über die Treue Thereses gegenüber den in dem Band oder Handbuch des *«papier d'exaction»* vorgeschriebenen Bräuche fragt man sich zu Recht, in welchem Maße diese Texte die Heilige beeinflussen und folglich Teil ihrer geistlichen Lehre werden konnten.

Aus zwei Gründen scheint es, dass man die Bedeutung dieser Texte für die geistliche Entwicklung der Kleinen Therese nicht unterschätzen kann.

Erstens diente dieses kleine Buch als Nachschlagewerk für den Ablauf des Gemeinschaftslebens in Ergänzung, wie wir gesehen haben,

1 Siehe LT 258 an Abbé Bellière, DE 13.7.13 und 27.7.14

zu der *Regel* und den *Konstitutionen.* Jede Karmelitin musste es von ihrer Einkleidung an kennen und bis zu ihrem Tode beachten. Es stellte eine wahre Bettlektüre dar, die eine jede stets zu Rate ziehen, wenn nicht gar auswendig kennen musste. Therese fühlte sich daher verpflichtet, sich seiner zu bedienen nicht nur um ihrer selbst willen, sondern auch um die Novizinnen von dem Augenblick an, wo sie sie zu betreuen hatte, zu lehren und von ihnen praktisch anwenden zu lassen.

Zweiter Grund für die Stelle und die bedeutende Rolle, die dieses Buch im Denken und Leben der Heiligen einnahm: „War sie vor ihrem Eintritt in den Karmel eine passionierte Leserin (A 31v), so hatte ihr Interesse für die Lektüre, selbst für die geistlichen Autoren allmählich nachgelassen in dem Maße, in dem sich ihr inneres Leben so sehr intensiviert und vereinfacht hatte, dass sie sich als geistige Nahrung nur noch das Evangelium und die *Nachfolge Christi* wünschen konnte. Zum Lesen hatte sie keine Zeit und auch keine Lust mehr. Indessen las sie auf Anregung von Pater Roulland das Leben des Théophane Vénard und auch *La Fille de sainte Thérèse à l'école de sa mère (Die Tochter der hl. Teresa in der Schule ihrer Mutter),* ebenso wie die Werke des Heiligen Johannes vom Kreuz.

Das heißt, dass sich ihre Aufmerksamkeit notwendigerweise mit einer gewissen Beharrlichkeit auf die geistlichen Ratgeber richtete: *Ermahnungen* und *Unterweisungen* der spanischen Mütter, die den französischen Karmel gegründet hatten und den Geist der heiligen Teresa von Avila darlegten.

Wir haben gesehen, dass diese Seiten wirklich zum großen Teil von der Lehre der Heiligen von Avila inspiriert worden waren, deren Name im Ganzen siebenundsiebzig mal zitiert wurde, aber deren Denken in gewisser Weise inhaltlich wiedergegeben wurde, als ob es wichtiger wäre, eher ihren Geist als ihre eigenen Worte zu übermitteln.

Man wird feststellen, dass dem Gedankengut des heiligen Johannes vom Kreuz in diesem Buch nur ein begrenzter Platz eingeräumt wurde. Nach einer ersten Überprüfung wurde er auch nur indirekt viermal erwähnt (S. 23, 98, 102, 117). Damit wird bestätigt, dass der Einfluss, den die Reformatorin in dieser Zeit jedenfalls in den Karmelitinnenklöstern Frankreichs hatte, überwog und fast allein bestimmend war.

Die Verehrung der *Santa Madre* war in der Tat in allen Karmelitinnenklöstern Frankreichs dominierend. Dort las man immer wieder ihre Schriften, insbesondere *„Der Weg der Vollkommenheit"*. Man ließ sich von den geringsten Einzelheiten ihres Lebens beeinflussen so sehr, dass die Karmelitinnen, wenn sie sie erwähnten, von ihr sprachen wie von einer Person, die in ihrer Mitte lebte, so dass ein Fremder nicht überrascht gewesen wäre, wenn die Heilige erschienen wäre und in einer Versammlung der Kommunität Platz genommen hätte.

Das war dagegen mit dem heiligen Johannes vom Kreuz anders. Obwohl auch er sehr geliebt und verehrt wurde, hielt man ihn doch wegen der Strenge und der Erhabenheit seiner Gedanken eher für bewundernswürdig als für nachahmbar.

Therese teilte diese Meinung ihrer Schwestern nicht und las mit leidenschaftlichem Interesse die Werke des Heiligen, die allen zur Verfügung standen (PA, S. 263 und 269). Kaum ein Jahr nach ihrem Eintritt in den Karmel (LT 85 vom 12. März 1889) zitiert sie schon *Le Cantique spirituel (Der geistliche Gesang)* (Str. IX und XI). Ihre Hinwendung zu der Lehre des Heiligen verstärkt sich so sehr, dass sie nicht umhin konnte, in der klösterlichen Gemeinschaft davon zu sprechen: „Eines Tages", erzählt Mutter Agnes, „während ihres Noviziates sprach Schwester Therese vom Kinde Jesus während der Rekreation von der Lehre des heiligen Johannes vom Kreuz mit einer ehemaligen Mutter, die im Karmel von Coutances Priorin gewesen war. Daraufhin sagte mir diese mit Erstaunen: ‚Ist es möglich, dass ein Kind von siebzehn Jahren diese Dinge versteht und in dieser Weise darüber spricht! Es ist wunderbar, ich kann es nicht fassen.'" Das gleiche Staunen von Seiten ihrer Novizenmeisterin, Schwester Marie des Anges (PA, S. 350) in den Augenblicken der geistlichen Führung[1].

1 Siehe CG I, S. 543, Anmerkung r und 550, Anmerkung b. Siehe Emmanuel RENAULT, «Présence de saint Jean de la Croix dans la vie et les écrits de sainte Thérèse de l'Enfant-Jésus»*, VT 121 (1991) Seite 29-52 !

KAPITEL IV

THERESE ANGESICHTS DER REGELTREUE IHRER MITSCHWESTERN

Am Morgen eines jeden Tages gab Therese ihrer Novizin, Schwester Marie de la Trinité, eine vertrauliche Beschreibung ihrer seelischen Verfassung :

„Einst in der Welt, wenn ich morgens wach wurde, dachte ich an das, was mir an Glücklichem oder Ärgerlichem während des Tages widerfahren könnte: und wenn ich nur Schwierigkeiten voraussah, stand ich traurig auf.

Jetzt ist es das ganze Gegenteil. Ich denke sofort an die Schmerzen und die Leiden, die mich erwarten, und ich erhebe mich umso fröhlicher und voller Mut in dem Gedanken an die schönen Gelegenheiten, die ich vor mir habe, um Jesus meine Liebe zu beweisen und den Lebensunterhalt meiner Kinder zu verdienen, denn ich bin ja Mutter der Seelen[1]“

So äußerte sich Therese im Jahre 1893, also fünf Jahre nachdem sie die Welt hinter sich gelassen hatte. Wir können annehmen, dass sie

1 VT 73 (1979), S. 57; VT 74 (1979) , S. 152-153; PA, S. 484. Die Herkunft dieser Ausdrucksweise, „den Lebensunterhalt seiner Kinder verdienen“, könnte ihr eingegeben worden sein durch die Lektüre eines Buches, das einer Karmelitin von Tours gewidmet war, der Schwester Saint Pierre, der der Herr gesagt hätte: „Sie haben Kinder zu ernähren, ich habe es Ihnen gesagt: man muss Brot für sie verdienen; Sie benötigen Ihren ganzen Arbeitstag“ (Vie de la soeur Saint-Pierre, carmélite de Tours*, von Abbé Janvier, Tours, 1881, S. 286).

nicht mühelos zu dieser Gelassenheit gelangte, selbst wenn sie sich beim Eintritt in den Karmel darauf eingestellt hatte, viel zu leiden ohne sich „irgendeiner" Illusion hinzugeben (A 69v), so wie sie es Mutter Agnes geschrieben hatte. Als Beweis dafür, dass sie um die Erlangung dieser Selbstbeherrschung kämpfen musste, haben wir ihre ersten Reaktionen auf die neuen Lebensbedingungen, denen sie während ihres Noviziats ausgeliefert war.

Einen Monat nach ihrem Eintritt verbirgt sie zum Beispiel in einem kleinen Brief an Schwester Marie du Sacré Coeur (ihre Patin) nicht ihren ersten Eindruck: „Das Leben ist zwar voller Opfer! aber welch ein Glück! ist es nicht besser, wenn wir unser Leben, das wie eine Nacht in einem schlechten Gasthof ist, in einem *ganz schlechten Gasthaus* verbringen als in einem nur halb schlechten..."(LT 49, Mai 1888). Zwei Monate später gesteht sie ihrer Vertrauten, Céline: „Das Leben ist oft sehr schwer" (LT 57 vom 23 Juli 1888).

Im darauf folgenden Jahr scheint es ihr nicht geglückt zu sein, diese deprimierenden Eindrücke zu überwinden, denn sie schreibt noch: „Hier unten ermüdet mich alles, alles ist mir eine Last" (LT 85 vom 12. März 1889).

Es stimmt, dass sie den Abgrund der Verzweiflung spürte, als ihr Vater in eine psychiatrische Anstalt in Caen eingewiesen und als Verwalter seines Besitzes entmündigt wurde. Vor Céline stößt sie einen wahren Verzweiflungsschrei aus: „Oh! wie schwer ist es, auf dieser Erde der Bitterkeit und Angst zu leben und zu bleiben" (LT 94 vom 14. Juli 1889).

Wir begreifen, dass es ihr nicht so leicht fiel wie es scheint zu dieser „frohen und mutigen Einstellung" zu gelangen, die typisch ist für das Beispiel, das sie ihren Novizinnen geben konnte.

Nach und nach musste sie jede der Schwestern näher kennen lernen, die die Gemeinschaft bildeten, in der sie im Laufe der neun Jahre ihres Klosterlebens alle üblichen Dienstleistungen verrichtete. So „erfüllte sie nacheinander die im Kloster üblichen Verpflichtungen: die einer Sakristanin, Windnerin, Betreuerin des Speisesaals wie auch der Wäschekammer - kurz, fast aller „Ämter" im Hause mit Ausnahme der Aufgabe einer Krankenwärterin, die sie sich jedoch sehr wünschte. Sie zeigte sich gleichmütig bei der Verteilung der Aufgaben und bemühte sich, diese sehr sorgfältig zu verrichten, da sie ihr jeden Augenblick Ausdruck des göttlichen Willens waren." (PO, S. 145).

Weit davon entfernt, sich in einem Jenseits von Träumen zu halten, die die Wirklichkeit nur flüchtig berühren, versäumte Therese es nicht, mit Realismus und Scharfsinn sehr rasch die Schwierigkeiten zu erkennen, die den guten Fortschritt ihrer Kommunität behinderten. Sie begnügte sich mit der Bemerkung: „Die Kommunität scheint auf einem Seil zu wandeln. In jedem Augenblick wirkt der Liebe Gott ein wahres Wunder, indem er ihr ermöglicht, das Gleichgewicht zu halten" (PA, S. 147).

Traf sie in einer so heiklen Situation die Wahl, sich im Abseits zu halten, indem sie es vermied, sich darin einzulassen oder indem sie sich über alles erhaben fühlte? Das entsprach nicht ihrer Wesensart, sie, die die Wahrheit über alles liebte. „Ich kann mich nur von der Wahrheit ernähren" (DE 5.8.4). Zwei Monate vor ihrem Tod konnte sie versichern: „Ich habe nie gehandelt wie Pilatus, der sich weigerte, die Wahrheit zu hören" (DE 21.7.4; siehe B 4v und oben S. 40!).

Nicht nur mangelte es ihr nicht an einem klaren Blick für die „Ausschreitungen" (PA, S. 288), die ihre Kommunität in Mitleidenschaft zogen, sondern ihr aufrichtiger, außergewöhnlich starker Charakter erlaubte es ihr auch nicht, Winkelzüge zu machen oder zu schweigen. Sie handelte mit Klarheit und Umsicht, wenn die Tatsachen oder die Umstände sie dazu zwangen, ihre Meinung nach bestem Wissen und Gewissen darzutun.

Hierfür gab sie Beweise. Zum Beispiel nahm sie das keineswegs ungewisse Risiko auf sich, getadelt oder eventuell sogar aus dem Kloster entlassen zu werden, als sie es wagte Schwester Marthe, ihrer Mit-Novizin, zu sagen, dass ihre übertriebene Zuneigung zu der Priorin, Mutter Marie de Gonzague, nicht vereinbar sei mit ihrer Hingabe an Jesus und dass sie sich davon lösen müsse (C 21r/v).

Ein anderes Mal bekundete sie die Unabhängigkeit ihres Urteils anlässlich einer Anordnung bezüglich der Eucharistie, die besagte: „Die Schwestern werden sich dem Tisch des Herrn nur mit *der Er-*

laubnis der Mutter Priorin nähern, so wie es unsere heiligen Konstitutionen vorschreiben. Die Novizinnen haben sich an ihre Meisterin zu wenden."

In der Tat befand sich diese Vorschrift nicht in den eigentlichen *Konstitutionen,* sondern in einer 1886 in Rennes veröffentlichten *Sammlung von Regeln und Zeremonien, die in den Klöstern der Unbeschuhten Karmelitinnen gebräuchlich waren* (S.3). Eine solche Regelung, die der Priorin eine beliebige Macht in einem Bereich gab, für den das „Innerste" zuständig war, konnte Therese nur schockieren, die sich glühend danach sehnte, jeden Tag zu kommunizieren. Als daher am 17. Dezember 1890 Papst Leo XIII die tägliche Kommunion der Gläubigen mittels der Erlaubnis des Beichtvaters genehmigte, zögerte sie nicht, ihre Befriedigung deutlich zum Ausdruck zu bringen: „Zur Zeit der Verfügungen von 1891 hoffte sie, dass schließlich der Beichtvater die Freiheit haben würde, die tägliche Kommunion zu geben, wem er wollte, da das ja der Wunsch des Papstes war, und sie empfand darüber eine unaussprechliche Freude: ‚Nein, die Regelung der Kommunion darf nicht Sache der Mutter Priorin sein; *darüber war ich stets erstaunt'"* (PO, S. 152 und 304). Sie, die die Vorschriften so sehr respektierte, hatte also bis dahin nichts sagen wollen. Aber danach, als Mutter Marie de Gonzague beschloss, diese Verordnung nicht zu berücksichtigen, schwieg Therese, wenngleich sehr enttäuscht, aus Respekt vor der Autorität. Doch am Ende ihres Lebens sagte sie voraus, dass sich dies sofort nach ihrem Tod ändern würde - was tatsächlich mit Abbé Hodierne, dem Nachfolger von Abbé Youf, eintrat (CSG, S. 84).

Das einzige Mal, wo sie es wagte, offen gegen das Verhalten von Mutter Marie de Gonzague zu protestieren, die übrigens noch nicht das Amt der Priorin innehatte, war im Januar 1896, als diese Mutter die Ordensprofess von Schwester Geneviève aus dem einfachen Grunde aufschieben wollte, weil ihr diese Verzögerung erlaubt hätte, die Zeremonie als Priorin zu leiten; sie hoffte dies bei den Wahlen drei Monate später d. h. im März 1896 zu werden.

Therese reagierte auf das, was sie als eine für Schwester Geneviève ungerechtfertigte Prüfung hielt. Der Zwischenfall ereignete sich in der Waschküche. Einer Schwester (Aimée de Jésus), die der Novizenmeisterin - zu der Zeit war es Mutter Marie de Gonzague - das Recht zugestand, Schwester Geneviève durch die Aufschiebung ihrer Profess auf die Probe zu stellen, konnte Therese nicht umhin zu antworten: „Es handelt sich um eine Art von Prüfung, die man nicht auferlegen darf[1]."

Weshalb war sie bereit, ihre vertraute Regel des Schweigens zu brechen in einer Gemeinschaft, in der es nicht an Gelegenheit zur Kritik mangelte, sie, die in jeder Situation Selbstbeherrschung übte?

Vergessen wir nicht, dass sie nach dem Tod ihrer Mutter und nach ihrer unerklärlichen Krankheit sehr feinfühlig geblieben war. Sie konnte daher durch das „Durcheinander" (PO, S. 452; PA, S. 467) ebenso wie durch die Klagen gewisser Schwestern nur zutiefst berührt werden, und sie litt auch unter deren Untreue gegenüber der *Regel.*

Wir haben gesehen, wie sie bei ihrem Eintritt über das Kloster dachte, das sie als ein sehr „schlechtes Gasthaus" bezeichnete.

Jedoch schrieb sie einige Monate später: „Welch eine Gnade, wenn wir uns morgens vollkommen mutlos fühlen, ohne Kraft zur Tugendhaftigkeit! Das ist dann der Augenblick, um die Axt an die Wurzel des Baumes anzusetzen [...]. Man ist *versucht, alles auf sich beruhen zu lassen,* aber in einem *nicht* einmal *gefühlten* Liebesakt wird alles wieder hergestellt und erhöht" (LT 65 vom 20. Oktober 1888; CG I, S. 402).

Von Seiten gewisser Schwestern der Erprobung von *„Nadelstichen"* ausgesetzt, gestand sie auch einige Monate später: „Diejenigen, die mich umgeben, sind recht gut, aber es gibt *ein gewisses Etwas, das mich abstößt"* (LT 74 vom 6. Januar 1889; CG I, S. 428).

In der Tat begriff sie sehr schnell, dass sie ihren Weg zur vollkommenen Heiligkeit, die sie anstrebte, nicht „trotz" dieser Schwierigkeiten, sondern quer durch sie hindurch und sogar *dank* derselben machen musste. Ergreifend ist das Geständnis, dass sie Schwester Geneviève machte: „Ich würde nicht eine Minute unter Zwang hier blei-

1 Siehe «Note sur Mère Marie de Gonzague et la profession de Sœur Geneviève*», CG II, S. 1183 !

ben; wenn man mich nötigte, ein solches Leben zu führen, könnte ich es nicht ...aber *ich selbst will es ja* ... ich will all das, was mir widersteht. Ja, ich will alles, was meinem Willen entgegensteht, da ich ja am Tag meiner Profess laut verkündet habe, dass ich mit meinem vollen Einverständnis und freiem Willen wünsche, Karmelitin zu werden'"(CSG, S. 137-138).

Das liegt daran, dass sie lange vor ihrem Eintritt in den Karmel und bereits im Alter von neun Jahren die *Notwendigkeit des Leidens* zur Erlangung der Heiligkeit begriffen hatte (A 32r). Danach mit zehn Jahren, dass sie *viel leiden* müsse (A 84-85), um heilig zu werden, und mit elf Jahren am Tag ihrer ersten heiligen Kommunion empfing sie die Gnade, *das Leiden zu lieben* (A 36r-36v).

Und so waren schließlich die verschiedenen Leiden ihres Lebens im Karmel keine Hindernisse für ihren Willen zur totalen Hingabe an den Herrn, sondern im Gegenteil so viele Mittel, wahre kleine Sprungbretter, von Gott aufgestellt, um sie im Glauben und in der Liebe wachsen zu lassen. Indem sie den Psalm 92, 5 zitierte, ging sie so weit zu sagen: „Herr, DU machst mich *überglücklich* durch *alles,* was DU tust" (C 7r; DE 13.7.16).

Eine ihrer Gefährtinnen bemerkte: „Die Dienerin Gottes hatte bereits bei ihrem Eintritt in den Karmel eine außerordentliche Intuition von der Heiligkeit des Ordenslebens und der Opfer, die es fordert" (Schwester Marie des Anges, PO, S. 410).

Manche andere Nonnen wären in einer so schwierigen, durch die Gemeinschaft bedingten Situation, versucht gewesen, sich entweder im Hinblick auf die Umgebung zurückzuhalten oder im Gegenteil, sich zu einem Sich Gehen lassen mitreißen zu lassen. Therese gab keiner dieser Versuchungen nach. Einerseits untersagte sie es sich, sich gegenüber ihrer Umwelt abzukapseln: *„Sich in sich selbst zu verschließen macht die Seele unfruchtbar,* man muss schnell zu den Werken der Nächstenliebe eilen" (PO, S. 281; siehe C 32v !); sie wollte damit sagen, dass es notwendig sei, aus sich herauszugehen und sich zu selbstlosen Diensten in einer ständigen Verfügbarkeit für andere anzubieten. Andererseits weigerte sie sich, sich auf das Spiel der Kritiken und Widersprüche von Personen einzulassen: „Wie Maria liebte sie es, alles in ihrem Herzen zu bewahren, ihre Freuden und ihre Schmerzen: Diese *Zurückhaltung* wurde zu ihrer Stärke und zum Ausgangspunkt ihrer Vervollkommnung; sie prägte Thereses äußeres Verhalten, worin sie sich durch ihre große Ausgeglichenheit von der Allgemeinheit unterschied (PA, S. 287).

Es muss noch einmal gesagt werden, dass sie nicht auf Anhieb und ohne innere Kämpfe zu dieser Ausgeglichenheit, dieser Selbstbeherrschung und diesem hohen Niveau von Ansichten gelangte. Sie sollte Mutter Marie de Gonzague gestehen: „ Wenn ich früher eine Schwester sah, die etwas tat, was mir missfiel und unkorrekt erschien, pflegte ich, mir zu sagen: Ah! wenn ich ihr sagen könnte, was ich denke, ihr zeigen, dass sie im Unrecht ist, *wie würde mir das gut tun!*" (C 27v). Aber sie fügt hinzu, dass ihre Erfahrung als Gehilfin der Novizenmeisterin sie gelehrt hatte, „ihre Ansicht zu ändern" und sich zu freuen, dass sie keinerlei Gewissensverpflichtung hatte, bei den Schwestern der Kommunität einzuschreiten, wenn sie sah, dass sie Fehler machten *(ibid.)*.

Versehen mit einer besonders scharfsinnigen Beobachtungsgabe, die Frau Martin schon sehr früh entdeckt hatte, konnte sie nicht umhin, die Unvollkommenheiten und Ordnungswidrigkeiten ihrer Mitschwestern zu bemerken. Darüber hinaus konnte sie es nicht vermeiden, ihre Klagen und Kritiken an der Führung der Priorin anzuhören. Dafür gibt sie uns einen Beweis in der aufschlussreichen Anspielung, die sie gegenüber Mutter Marie de Gonzague macht im Bestreben, diese zu trösten wegen der Wahl zur Priorin, die erst nach der siebten Runde erreicht wurde. In der Tat gibt sie zu, die Proteste einiger „ihrer geliebten Schafe gehört" zu haben : „Ich kenne Schafe, die in ihrer niedrigen Denkart meiner Hirtin *viel Böses* tun" (LT 190 vom 29 Juni 1896; CG II, S. 860).

Scharfsinnige Zeugin der Fehler ihrer Schwestern und ausgestattet mit Wirklichkeitsnähe und übernatürlichem Geist, wunderte sie sich nicht über die Maßen, „denn die größten Heiligen werden erst im Himmel vollkommen sein" (C 28r).

Mit dem Weitblick ihres Geistes und ihres Herzens rechnete sie zu diesen Unvollkommenheiten die „chronischen [...] moralischen

Schwächen", bei denen es keine „Hoffnung auf Heilung" gibt, wie „das Fehlen von Urteilsvermögen, Erziehung, [...] die Überempfindlichkeit gewisser Charaktere, alles Dinge, die das Leben nicht sehr angenehm machen" (C 28r). Sie hatte diesen schönen Gedanken: „Es gibt *überall Arme,* schwache, kranke, unterdrückte Seelen ... Nun! Nehmt ihre Bürde weg. Schickt sie befreit weg, das heißt, wenn man vor euch von einem gewissen Fehler eurer Schwestern spricht, *fügt niemals etwas hinzu"*(CSG, S. 94 !).

Was uns bei dieser Untersuchung interessiert, ist, festzustellen, wie Therese persönlich der „allgemeinen Verwirrung" der Kommunität begegnet (PA, S. 288), insbesondere der „Verunsicherung" der Schwestern, die zu ihr kamen, um ein wenig Frieden und Trost zu finden. Als Verhaltensmaßregel hatte sie für sich selbst die Wahl getroffen, *sich nie über jemanden zu beklagen, wer es auch immer sein mochte:* „Ich wüsste nicht", sagte Schwester Marie des Anges, ihre Novizenmeisterin, „jemals von ihr ein Wort, gegen wen es auch immer sei, gehört zu haben, noch ein Murren, wenn unsere Mutter unnachsichtig mit ihr war" (PO, S. 414). Das aufschlussreichste Zeugnis über ihr Verhalten in diesen schwierigen durch die Gemeinschaft bedingten Gesamtumständen wurde in einigen Worten von zwei ihrer Gefährtinnen gut zusammengefasst: „In den schwierigen Verhältnissen unter der Leitung von Mutter Marie de Gonzague bewies die Dienerin Gottes große Umsicht, um alles zu vermeiden, was die ohnehin schon so schwierige Situation hätte verschlimmern können. Sie versuchte, die *Dinge in Einklang miteinander zu bringen, die aufgebrachten Gemüter zu besänftigen,* damit der Friede zurückkehre und die Seelen das so oft getrübte innere Leben wieder aufnehmen könnten" (Schwester Thérèse de Saint Augustin, PA, S. 334 und Schwester Marie de la Trinité, PA, S. 478). Fügen wir einen unveröffentlichten Text hinzu; es handelt sich um ein Geständnis, das sie Mutter Agnes machte und das zeigt, dass sie selbst während der ersten Zeit ihres Noviziates die gleiche innere Unruhe kennen gelernt hatte, bevor sie am Ende ihres Lebens die Heiterkeit des Geistes und des Herzens erlangte: „Sie sagte mir noch *im Vertrauen:*,Wenn Sie wüssten, was ich einst nach den Ermahnungen von Mutter Marie de Gonzague im Kapitel gelitten habe! Alles, was sie uns mit solcher Eindringlichkeit auftrug zu beachten, missachtete sie als Erste am Ende der Versammlung. Das war etwas, woran die Schwachen Anstoß nehmen konnten.[1]"

Thereses „Taktik", wenn man das so sagen kann, variierte, entsprechend der Persönlichkeit derjenigen, die sie aufsuchten und dem Grund ihrer Erregung, und dies ließ sich auf einige einfache Prinzipien zurückführen: verzeihen, und nicht urteilen.

Wenn Ihr stets Euren Schwestern verzeiht,
Wird Euch die Gunst Jesu, des Königs der Engel, zuteil.[2]

Und daher „muss man darauf achten, dass man innerlich nicht gereizt ist und seine Seele durch barmherzige Gedanken besänftigen; danach übt man Geduld wie von selbst[3]."

Weit davon entfernt, gegenüber den Berichten, die man ihr machte, gleichgültig zu bleiben, achtete sie selbst darauf, sich nicht mitreißen zu lassen: „ Wenn man mir über Streitereien zwischen den Schwestern berichtet, versuche ich *meinerseits, mich nicht gegen diese oder jene zu ereifern*" (DE 18.4.1). Wertvolles Geständnis, das zeigt, dass sie bisweilen tatsächlich Grund gehabt hätte, sich zu erregen.

Sie machte Schwester Geneviève darauf aufmerksam: „Wenn Sie sich so leicht aus der Fassung bringen lassen, so liegt das daran, dass *Sie Ihr Herz nicht im Voraus milde stimmen;* sind Sie gegen jemanden aufgebracht, ist das beste Mittel, den Frieden zu finden, wenn Sie für diese Person beten"(PO, S. 284) oder auch: „Wenn Sie über einen Streit berichten selbst bei unserer Mutter, tun Sie es nie mit dem Ziel, dass die Schwester, die ihn verursacht, zurechtgewiesen werde oder, dass die Sache, über die Sie sich beklagen, ein Ende finden möge, sondern sprechen Sie mit *unvoreingenommenen Herzen!* Wenn Sie diese Unvoreingenommenheit nicht empfinden und wenn es auch nur

1 Mutter AGNES, NPPA, Rubrik „Justice"*, par. 4, 1915.

2 Le Divin Petit Mendiant de Noël demandant l'aumône aux Carmélites*, RP 5, str. 22 S. 198.

3 PO, S. 458; PA, S. 477; VT 74 (1979) , S. 154.

noch einen Funken von Aufregung in Ihrem Herzen gibt, ist *es vollkommener zu schweigen und zu warten,* bis sich Ihre Seele beruhigt hat, weil oft das Gespräch darüber die Dinge nur verschlimmert" (PO, S. 294).

Allerdings genügt es nicht immer, nur zu verzeihen und kein Motiv zur Antipathie in sich zu nähren. Daher ist es gewöhnlich nötig, eine „dauerhafte Freundlichkeit allen gegenüber" zu pflegen (PA, S. 357), wobei man sich bemühen möge, die offenbar schuldige Schwester zu rechtfertigen: „Ich sage mir, dass, wenn ich sie einmal habe fallen sehen, sie sehr wohl eine große Zahl von Siegen errungen haben mag, die sie aus Bescheidenheit verschweigt"(C 12v-13r).

Das beinhaltet nicht nur, dass man kein ungünstiges Urteil bildet, sondern auch noch, dass man vom anderen „Gutes denkt". „Eine erschöpfte Person, die Migräne hat und in ihrer Seele leidet, leistet mehr, indem sie die Hälfte ihrer Aufgabe erfüllt, als eine körperlich und seelisch gesunde, die ihre Aufgabe ganz erfüllt. Daher muss unser Urteil bei jeder Gelegenheit dem Nächsten gewogen sein. *Man muss immer das Gute denken, immer verzeihen.* Und wenn kein Grund annehmbar zu sein scheint, gäbe es immer noch das Mittel, sich zu sagen: „Diese Person hat offenbar Unrecht, aber sie ist sich darüber nicht im Klaren, und wenn ich mich eines besseren Urteilsvermögens erfreue, so ist das ein weiterer Grund, Mitleid mit ihr zu haben und, weil ich streng gegen sie war, mich zu demütigen" (CSG, S. 107).

Was muss man bei diesem offenbar so einfachen Rat mehr bewundern: Die Vertrautheit mit den Seligpreisungen der Demut des Herzens und der Barmherzigkeit oder wohl mit dem Gebot, über seinen Nächsten „nicht zu richten" und ihm wohl zu wollen? Zu diesem Aufschwung des Geistes und des Herzens, zu dieser menschlichen und spirituellen Reife war sie schließlich nicht ohne Kämpfe gelangt, wie die Beispiele zeigen, die sie beschrieb im Zusammenhang mit der Nachttischlampe, die sie eines Abends für die Familie von Mutter Marie de Gonzague herzurichten hatte (DE 12.7.1) oder auch die Episode der „Schlüssel zum Kommuniongitter", die sie der Priorin aushändigen musste (C 14v).

Indessen gibt es ein Thema, zu dem sie keinerlei Kritik duldete:

Dies war gegeben, wenn es sich um die Oberen handelte, weil diese für sie die „Stellvertreter Gottes" waren (DE 20.7.2). Ihre Novizin, Marie de la Trinité, erzählte : „Ich bewunderte ihr Vertrauen in ihre Vorgesetzten.Wie sie auch immer waren, sie ging mit ihnen um wie mit Gott selbst und sprach stets mit großer Hochachtung von ihnen. Als Mutter Marie de Gonzague Priorin war, wies sie mich zurecht, wenn es geschah, dass ich ihr Verhalten kritisierte oder sie „den Wolf" nannte, ein Spitzname, den wir ihr unter uns Novizinnen gegeben hatten [und sie sagte]: das war in Ordnung, als sie nicht Priorin war, nun aber, da sie mit Autorität versehen ist, müssen wir sie respektieren; wenn wir ihr gegenüber im Glaubensgeist handeln, wird der Liebe Gott niemals zulassen, dass wir getäuscht werden; selbst ohne sich dessen bewusst zu sein, wird sie uns immer die göttliche Antwort geben[1]".

Dieselbe Novizin hielt in einem anderen Text folgenden Ausdruck Thereses im Zusammenhang mit Vorgesetzten fest: *„Sakrament der*

1 PA, S. 467 und PO, S. 453. l. – Es stellt sich allerdings eine Frage bezüglich der Aussage von Therese: „Es war in Ordnung, als sie nicht Priorin war." Sollte das bedeuten, dass die Heilige zuließ, dass sich die Schwestern Spitznamen geben konnten, in dem Augenblick, wo es sich nicht um eine Person handelte, die „mit Autorität versehen war", so wie es die Pennäler untereinander tun? Wenn dem so wäre, könnte man nicht umhin zu denken, dass sie ihrer gewohnten Haltung von Respekt gegenüber Personen oder den guten religiösen Sitten, die im »Papier d'exaction« herausgestrichen wurden, untreu gewesen wäre, sie, die die Novizinnen zurechtwies, wenn sie einander Spitznamen gaben, da sie dies für unpassend hielt: „sich mit all den Namen rufen, ist nicht gottesfürchtig" (DE 22.9.4). Aber in diesem Fall widersprach sich Therese nicht und ließ auch keine Ausnahme zu, wenn sie sagte: „Das war in Ordnung, als sie nicht Priorin war." Tatsächlich war der schelmischen Schwester Marie de la Trinité das Wort : „le loup", dass ihr spontan entschlüpft war, durch den Titel eines kleinen Theaterstückes eingegeben worden: Le Loup de Gubbio, das die Visitandinnen von Le Mans dem Karmel von Lisieux zur Verfügung gestellt hatten. Dann, an jenem 28. Dezember 1895, war Therese gerade dabei, dieses Stück mit den Novizinnen für das Fest der unschuldigen Kinder einzuüben, als Mutter Marie de Gonzague, die Novizenmeisterin war, auftauchte, um zu sehen, was los sei. Daher der Ausspruch der Novizin: „Da ist der Wolf", der zu dem Zeitpunkt nur eine Improvisation im passenden Moment war, die jedoch Gefahr lief, fortzubestehen. Daher rührte die Aussage der Heiligen: „ Das war in Ordnung, als sie nicht Priorin war!"

Autorität" (PA, S. 467). Eine andere ältere Schwester bemerkte ihrerseits: „Die Dienerin Gottes beachtete genau die Regeln der Gerechtigkeit in ihrem Verhalten gegenüber den Vorgesetzten, indem sie ihnen den *Respekt und die Ergebenheit bezeugte,* die deren Autorität erfordert. Es ist bemerkenswert, dass sie ihre Haltung auch nicht einer Oberin gegenüber änderte, deren Schwächen auf der Hand lagen und deren Vorgehensweisen oft abstoßend waren[1] ."

Auf ihrem Sterbebett erklärte sie: „Der Liebe Gott lässt sich vertreten, von wem Er will, allein *das ist nicht von Bedeutung ..."* (DE 20.7.2). Aus diesem Grunde schätzte sie sich glücklich, in den Armen von Mutter Marie de Gonzague zu sterben, weil sie als Priorin „Stellvertreterin für den Lieben Gott war", während sie gefühlsmäßig lieber gehabt hätte, wenn es Mutter Agnes gewesen wäre *(ibid.).*

Hans Urs von Balthasar konnte zu Recht schreiben: „Die Autorität im Kloster nimmt für Therese eine *absolut sakramentale Bedeutung* an, denn sie ermöglicht die direkte Verbindung mit dem göttlichen Willen. Therese duldet keinerlei Kritik gegen die Oberin[2]."

Diese Haltung von respektvoller Gläubigkeit bezog sich selbstverständlich auch auf die Priester: „Im Karmel zeigte sie große *Hochachtung gegenüber den kirchlichen Würdenträgern.* Sie ordnete sich ihrer Führung unter, ohne sich darüber ein Urteil zu erlauben. ‚So berichtet Mutter Agnes, ich habe nie gehört, dass sie ein bitteres Wort an Herrn Abbé Delatroëtte, unseren Vorgesetzten, gerichtet hätte, der sich ihrem Eintritt so sehr widersetzt hatte'" (PA, S. 154). Jeder Priester besaß für sie die gleiche Autorität, weil sie „eine hohe Meinung von der Würde und den Aufgaben der Priester" hatte (ibid.). Daher übte sie nicht die geringste Kritik an Predigten, die sie hörte, waren sie auch noch so mittelmäßig" (ibid.). Das heißt nicht, dass sie sie alle gleichermaßen schätzte: „Zweifellos war sie nicht der Meinung, dass alle Priester gleich gut sprächen, aber sie duldete nicht, dass man sich über die Schwächen ihrer Predigt unterhielt"(PO, S. 151 und 399).

Mutter Agnes und Schwester Thérèse de Saint-Augustin, denen wir

1 Schwester Thérèse de Saint-Augustin, PA, S. 335 und Schwester Geneviève, PA, S. 297.

2 Thérèse de Lisieux, histoire d'une mission*, Editions paulines, 1972, S. 207.

diese Beobachtung verdanken, kannten sehr wohl die Meinung der Heiligen von den Übertreibungen gewisser Prediger, die die „Vorzüge" der heiligen Jungfrau so sehr rühmten (DE 21.8.3), dass ihr Glanz den aller anderen Heiligen in den Schatten stellte. Wenn Therese sich in Wirklichkeit der Kritik über diesen oder jenen Prediger im Einzelnen enthielt, so erlaubte sie sich, ihre Meinungsverschiedenheit mit Schriften von Autoren kundzutun, deren Lektüre sie dennoch ihren Novizinnen empfahl, wie zum Beispiel die *Conférences théologiques et spirituelles sur les grandeurs de la Très Sainte Vierge Marie*[1] von Pater L.-F. d'Argentan (zitiert in DE, S. 575).

Ihre „vom Glaubensgeist eingeflößte Ehrfurcht vor allen rechtmäßigen Trägern der Autorität" (PO, S. 166) dehnte sie auch auf deren Anordnungen und Weisungen aus, und „sie sagte, dass der *Gehorsam ein untrüglicher Kompass sei* und dass man sich von den Wegen der Gnade weit entferne, wenn man sich den Weisungen der Autorität entziehe" (PO, S. 169, 419).

Diese Vorstellung von Autorität und Gehorsam als bevorzugtes, gewissermaßen „sakramentales" Mittel, den Willen Gottes zu erfüllen, zeigt uns, dass ihre heroische Treue bei der Befolgung aller Regeln des Gemeinschaftslebens nicht von einem skrupelhaften, gesetzeshörigen Gewissen stammte, auch nicht von einem Wunsch zu gefallen oder die Achtung der anderen oder die Gunst der Vorgesetzten zu gewinnen, sondern von einem glühenden und zwingenden Verlangen, Gott ihre Liebe anschaulich zu beweisen, koste es sie, was es wolle.

Sie hätte sich nie zufrieden geben können mit einer routinemäßig beachteten Observanz oder mit der Halbheit eines gewissen Sichgehenlassens. Sie konnte sich nur ganz in der Nachfolge Jesu einbringen, indem sie die Verantwortung für eine jede ihrer Handlungen spontan und gewissenhaft auf sich nahm. So sagte sie zum Beispiel: „Würden alle die Regel missachten, so wäre das kein Grund zu unserer Rechtfertigung; eine jede sollte so handeln, als ob die Regeltreue und die Vollkommenheit des Ordens nur von ihrem persönlichen Ver-

1 Theologische und geistliche Vorträge über die Würde der überaus heiligen Jungfrau Maria

halten abhingen (PA, S. 467). (Was sich den Ermahnungen der *Santa Madre* angleicht; siehe *Leben* 36, 29; F 29, 32.)

Sie bemühte sich, ihre Novizinnen zu dieser Bewusstwerdung ihrer persönlichen Verantwortung zu führen. Sie lehrte sie auch, dass „eine jede in der Gemeinschaft *versuchen müsse, auf eigenen Füßen zu stehen* und keine unnötigen Dienstleistungen zu erbitten," (PA, S. 290).

Daher lehrte sie, dass „man sich keine *Vergünstigungen verschaffen möge,* die das Martyrium des Klosterlebens mildern [könnten], denn dann wäre es ein natürliches Leben ohne Verdienst" (PO, S. 253; PA, S. 305), „Außer im Falle einer großen Notlage, *bittet nie um die Erlaubnis,* den Übungen der Kommunität wegen irgend einer Arbeit[1] fernzubleiben!" Es sei denn im Krankheitsfall ... und selbst dann! Man sollte diesen nicht als einen entscheidenden Grund geltend machen, dem sich die Priorin nur zu fügen hätte: „Wenn ihr krank seid, sagt es ganz einfach der Mutter Priorin, dann überlasst euch ohne Sorge dem Lieben Gott, sei es, dass man euch pflegt, sei es, dass man euch nicht pflegt. Ihr habt eure Pflicht getan, dadurch, dass ihr es gesagt habt, das genügt. Der Rest geht euch nichts mehr an, es ist Sache des Lieben Gottes"! (VT 74 [1979], S. 150).

So verhielt sie sich bei ihrem ersten Blutspeien. Sie begnügte sich damit, Mutter Marie de Gonzague darauf hinzuweisen, und sie nahm weiter unvermindert an den Gemeinschaftsübungen teil und weigerte sich, jegliche Art von Dispens zu erbitten, sie verbarg sich sogar vor ihrer „kleinen Mutter" Agnes, die davon zutiefst berührt sein wird, wenn sie es später erfährt.

Wenn wir die Beharrlichkeit betrachten, mit der sie diesen Rat wiederholte, so verstehen wir schließlich, was die nahen Zeugen in diesem beispielhaften Klosterleben während der neunjährigen Anwesenheit Thereses im Karmel am meisten beeindruckte. Das ist nicht nur ihre gewissenhafte Treue in der Befolgung aller Vorschriften der *Regel* und der *Konstitutionen*, sondern auch *die unbeugsame Vorschriftsmäßigkeit ohne irgendein Nachlassen* in ihrer Observanz. Eine Novizin, Marie de la Trinité, bemerkte: „Bei den besten Ordensfrauen bemerkt man unvermeidlich Augenblicke des Vergessens, des Hervor-

1 PO, S. 460; PA, S. 479; VT 75 (1979), S. 217.

tretens der Natur, ein Nachlassen im Eifer. Bei Schwester Therese nichts dergleichen. Obwohl ich in ständiger Nähe zu ihr lebte, konnte ich nie das geringste Nachgeben in ihrer Treue und im Edelmut ihres Verhaltens erkennen"(PA, S. 488-489; PO, S. 478).

Eine andere bestätigte: „Niemals diente ihr das Amt, das sie ausübte, als Vorwand, um sich die geringste Untreue gegenüber der Regel zu erlauben. In der Verantwortung für ihre Schwestern *bleibt sie vor allem Karmelitin"* (Schwester Marie-Madeleine, *Summarium,* par. 2213, S. 728).

Es ist nicht verwunderlich, dass das Beispiel der vollkommenen Treue gegenüber den Regeln des Klosters, ob klein oder groß, von Seiten der anderen Schwestern Reaktionen auslöste.

Durch ihr Beispiel fühlten sich die einen, wenn nicht verurteilt, so zumindest ermahnt, während sich andere daran erbauten: „Im Karmel erschien ihre außergewöhnliche Zuverlässigkeit einigen Schwestern als ein *stummer Vorwurf,* und sie äußerten sich manchmal darüber mit Verdruss und Eifersucht. Eine viel größere Zahl anderer hingegen ließen ihrem Eifer Gerechtigkeit widerfahren" (PO, S. 256).

Zum Beispiel „warfen ihr einige Kälte und Stolz vor" (PO, S. 403) auf Grund der Tatsache, dass sie bei Verstößen gegenüber dem Stillschweigen eine reservierte Haltung bewahrte.

Eine ihrer Novizinnen, Schwester Marie-Madeleine, hätte sich Therese in Bezug auf die Anforderungen des Klosterlebens „nachsichtiger", weniger „streng" gewünscht. Daher fürchtete sie sie so sehr, dass sie sich auf dem Speicher versteckte: „Ich fühlte mich nie deutlich zu ihr hingezogen", gestand sie später. „Ich ging ihr sogar aus dem Wege. Das geschah nicht aus mangelnder Wertschätzung, im Gegenteil, ich fand sie *zu vollkommen;* wenn sie es weniger gewesen wäre, hätte sie mich ermutigt[1]"!

1 PO, S. 479. – Tatsächlich litt diese Schwester unter einer Zwangsvorstellung, einem Trauma, das in ihrer Jugend von einem Bauernjungen ausgelöst worden war, der versucht hatte, sie zu vergewaltigen. Das wagte sie weder Therese zu gestehen noch Mutter Agnes trotz deren Rücksichtnahme. So blieb sie blockiert, bis sie sehr viel später ihr Geheimnis dem Domherrn Faucon anvertraute, der ausrief: „Unglückliches Kind , um einer solchen Kleinigkeit willen, sein Leben vergiftet zu haben" (Anmerkung von Schwester Geneviève).

Jedoch hatte Therese ein „sanftes und liebenswürdiges Äußeres“ (PA, S. 186), das die anderen Novizinnen schätzten, insbesondere ihr gewohntes Lächeln, das die Liebe widerspiegelte, von der sie beseelt, man müsste sagen, innerlich entflammt war und das oft genügte, um sie zu beschwichtigen. So stellte Schwester Marie de la Trinité fest: „Ich empfand für die Dienerin Gottes eine sehr lebhafte, jedoch gänzlich übernatürliche Zuneigung. Mit Erstaunen stellte ich fest, dass, je mehr ich sie liebte, desto mehr liebte ich auch den Lieben Gott, und wenn meine Liebe zu ihr abkühlte, war ich genötigt zu erkennen, dass ich mich in einer schlechten Verfassung befand. Mein Eifer hatte nachgelassen“ (VT 74 [1979], S. 145). Dieses Zeugnis bestätigt die Bemerkungen der heiligen Teresa von Avila über die „übernatürliche Liebe“ der Schwestern untereinander im Gegensatz zu den „privaten Freundschaften“ (siehe Ch. VI und VII !).

“Von den anderen Schwestern”, so berichtet dieselbe Marie-Madeleine, „sagte ungefähr die Hälfte, dass Therese eine gute, kleine, sehr sanfte Ordensfrau sei, die aber nichts zu erleiden habe und deren Leben eher unbedeutend sei. Die übrigen Mitglieder der Gemeinschaft, die die Feindseligkeiten, von denen ich gesprochen habe, teilten, zeigten sich sehr missgünstig und sagten, ohne übrigens einen präzisen Vorwurf zu äußern“ (PO, S. 481), dass sie *von ihren Schwestern verwöhnt* werde.

Aber Thérèse de Saint Augustin spricht offener von der „Missgunst und der Eifersucht einiger, die ihre Tugend nicht anerkennen konnten“ (PA, S. 333; siehe PO, S. 163).

In diesem Zusammenhang ließ die Heilige eines Tages folgenden Gedanken verlauten: „Von wem werden wir auf der Welt vollkommen erkannt und von wem vollkommen geliebt?“ (CSG, S. 164). Man muss sagen, dass ihre leiblichen Schwestern sie weiterhin als „die kleine Jüngste“ ansahen, um die sie sich in Les Buissonnets hatten kümmern müssen, indem sie sie nach dem Tod ihrer Mutter hätschelten. Sie sollten Thereses Heiligkeit erst am Ende ihres Lebens entdecken. Therese wunderte sich nicht darüber, sie sagte: „Oft verlieren die Seelen in dem Maße, indem sie sich aufschwingen, die Wertschätzung derer, die sie umgeben. So wie ein Ballon, der sich in die Lüfte erhebt, immer kleiner wirkt, so wird die erhabenste Heiligkeit manchmal missachtet. Haben wir das einmal erkannt, erschiene es uns dann noch wichtig, von andern geehrt zu werden?" (CSG, S. 162).

Sie hatte auch diesen anderen Gedanken, der Kohelets würdig war: „Welch ein Wahn, geschätzt werden zu wollen von zwanzig Personen, die mit uns leben und die - eine jede in ihrem eigenen kleinen Bereich - mit ihren entsprechenden Anliegen beschäftigt sind, mit ihrer Gesundheit, ihrer Familie, ihren geistlichen Fortschritten oder ihren persönlichen Interessen, die mehr oder weniger erfreuliche Aussprüche verlauten lassen!"... nun ich denke, dass ich nur im Himmel geliebt und geschätzt werden will...weil nur dort alles vollkommen sein wird" (CSG, S. 31).

Aus dem Munde einer anderen könnten diese Worte den Gedanken aufkommen lassen, dass sie der Meinung ihrer Schwestern keinerlei Bedeutung beimäße und dies umso mehr, als sie festgestellt hatte, dass sich die Karmelitin, „durch ihre Lebensform ständig dazu hinreißen lasse, um sich selbst zu kreisen" (C 32). In Wirklichkeit war sie nicht gleichgültig bezüglich der Urteile, die man sich über sie bildete; denn sie litt darunter, aber die subjektive und oft irrige Art dieser Bewertungen brachte sie dazu, eine Zeit und einen Ort (den Himmel) herbeizusehnen, wo es keine Unvollkommenheiten zu ertragen gäbe.

Sie hatte „begriffen, was *wahre Ehre* war. Derjenige, Dessen Reich nicht von dieser Welt ist, zeigte [ihr], dass die wirkliche Weisheit darin besteht, *‚unbeachtet und geringgeschätzt sein zu wollen,* seine Freude in der Geringschätzung seiner selbst zu finden'"(A 71r).

Um zu vermeiden, sich von den tausend natürlichen Bindungen festhalten zu lassen, die sich im Laufe des Lebens anbieten und die Seele von dem „einzig Notwendigen" ablenken (Lc 10, 42), wandte sie ein einfaches und wirkungsvolles Mittel an: „Ich dachte, wir sollten uns nicht binden an das, was uns umgibt, denn wir *könnten an einem anderen Ort* sein als dort, wo wir uns befinden und dass dann unsere Anhänglichkeiten und unsere Wünsche nicht mehr dieselben wären wie jetzt" (PA, S. 275). (Siehe das Beispiel der Kastanienbäume des Gartens[1].)

1 Siehe DE 24.9.2!

Aus diesem Grunde riet sie Schwester Marie du Sacré-Coeur: *„Man sollte sich über das, was die Schwestern sagen und was sie tun hinaus schwingen.* Wir müssten so in unserem Kloster sein, als ob wir dort nur zwei Tage verbrächten; man würde sich wohl hüten zu sagen, was missfällt, da man weiß, dass man es verlassen wird“ (PA, S. 234)!

Wir haben gesehen, wie Therese sich bemühte, die Schwächen von Charakter, Erziehung oder Urteilsvermögen ihrer Mitschwestern zu entschuldigen. Umso verblüffender ist es, wenn man sieht, wie wir es beobachtet haben, dass sie sich absolut weigert, welche Kritik auch immer an Vorgesetzten zuzulassen oder gar zu entschuldigen oder gültige Gesetze in Frage zu stellen. Diese Ausnahme in ihrem für gewöhnlich so nachsichtigen Verhalten erlaubt uns zu verstehen, dass für sie ein Sichgehenlassen in diesen Bereichen, die sie fast als „geheiligt“ betrachtete, in Wirklichkeit ein in Fragestellen der eigentlichen Grundlage des Klosterlebens bedeutete: der Pflicht, der Verbindlichkeit, die vollkommene Liebe anzustreben, die im Wesentlichen darin besteht, in bestmöglicher Weise, den Willen Gottes zu erfüllen. Nun wird dieser göttliche Wille den Ordensleuten konkret sichtbar gemacht oder angezeigt durch die Vorschriften und Weisungen der „Stellvertreter Gottes“ und durch die *Regel* und die *Konstitutionen*, deren Befolgung zu veranlassen ihre Aufgabe ist.

Therese gab gern zu, dass es in den zwischenmenschlichen Beziehungen Unvollkommenheiten geben konnte, wohl wissend, dass eine jede ohne Unterlass mit Hilfe der Gnade daran arbeiten musste, sich zu ändern. Übrigens sah sie sich selbst vor Gott und vor ihren Schwestern voller Fehler. Indessen gab es einen anderen Mangel, der für sie keine Entschuldigung zuließ, der in keiner Weise annehmbar war, nämlich wenn sich nicht eine jede gewissenhaft, großmütig und treu bemühte, ihre Arbeit gut zu verrichten, ihre Verpflichtungen als Karmelitin gut wahrzunehmen. Sie meinte, dies sei für alle Schwestern, zumindest für die gesunden, möglich.

Wir entdecken hier die Grundlage ihres Denkens, den empfindlichsten Punkt ihres Lebens in der Gemeinschaft und gewiss das, worunter sie am meisten litt. Dies nötigte ihr Klagen ab, die sie nicht zurückhalten konnte: „Sie schätzte in höchstem Maße die Ordensregel und *litt sehr* wenn sie in der Kommunität Verstöße dagegen beobachtete. Ich höre noch, erzählt Mutter Agnes, diese Klage aus ihrem Munde: ‚Oh! wie wenig Regeltreue gibt es hier! *Wie wenige vollkommene Ordensfrauen gibt es doch,* wie viele die nur alles halb machen, indem sie sich sagen: Ich bin zu diesem oder jenem usw. nicht verpflichtet. Wie gering ist die Zahl derer, die alles in bestmöglicher Weise tun'" (PA, S. 193)!

Wieder einmal folgte Therese dem Gedanken der Reformatorin, die in dem *Buch der Gründungen* bemerkte: „Möge es euch nie unterlaufen zu sagen: ‚Dies ist ohne Bedeutung, man darf nicht übertreiben'"(F 29, 32). Noch eine andere Zeugenaussage lautet: „Sie konnte es nicht ertragen, dass man nachlässig arbeitete und sich dabei sagte: ‚Wenn es gut ist, wenn ich fertig werde, umso besser; wenn es schlecht ist, wenn ich nicht fertig werde, habe ich Pech gehabt!' Sie wollte, dass wir in unserer Arbeit ganz bei der Sache seien, weder zu sehr, um uns nicht daran zu hindern, die Gegenwart des Lieben Gottes zu bewahren, noch zu wenig, was dieser Gegenwart auch abträglich ist" (CSG, S. 75).

Unnötig zu sagen, dass sie selbst ein Beispiel für diesen Eifer gab, „alle Dinge auf bestmögliche Weise zu verrichten" (PO, S. 287): „Wenn sie eine Woche lang für die niedrigen Dienste zuständig war, erzählt Schwester Geneviève, kümmerte sie sich mit einer solchen Sorgfalt darum, dass ich mich darüber erstaunt zeigte und ihr eine Bemerkung darüber machte; sie sagte mir traurig: ‚Oh! *wie wenige heiligmäßige Ordensfrauen gibt es doch!* Wie wenige gibt es doch, die alles möglichst gut tun'" (PA, S. 304).

Schwester Marie de la Trinité berichtet über einen Verweis, den ihr Therese eines Tages gab, dessen Strenge uns verwundert, der jedoch ihr feines Gespür für den übernatürlichen Wert unserer geringfügigsten Tätigkeiten und für die Ansprüche der Vollkommenheit offenbart: „In diesem Punkt der Korrektheit und der Perfektion ließ sie mir nichts durchgehen und wollte nicht die geringste Nachlässigkeit meinerseits dulden. Eines Tages wies sie mich unter anderem streng zurecht, weil mein Bett schlecht gemacht war: „Sie liefern da einen Beweis dafür, dass Sie kaum mit dem Lieben Gott verbunden sind.

Hätten Sie das Bett des Jesuskindes so gemacht?...Was suchen Sie denn im Karmel, wenn Sie nicht *aus dem Geist der Innerlichkeit heraus* handeln? Sie wären besser in der Welt geblieben, um sich wenigstens durch einige äußere Werke nützlich zu machen'" (PA, S. 468; PO, S. 452).

Unter diesen Umständen musste der armen Novizin die Frage nach dem vollkommensten Gelübde in den Sinn kommen, die sie an ihre Meisterin richtete: „Eines Tages sprach ich über das Versprechen mehrerer Heiligen zu ihr: *immer das Vollkommenste zu tun.* Da sagte sie zu mir: Um dies zu tun, braucht man dieses Versprechen nicht zu geben. Was mich anbetrifft, bemühe ich mich stets, so zu handeln, als hätte ich es gegeben; übrigens verstehe ich nicht, wie eine Seele, die den Lieben Gott liebt und *insbesondere eine Karmelitin,* anders handeln könnte, denn das ist eine Aufgabe unserer Berufung[1]."

Am Ende dieser Untersuchung über das Verhalten und Denken Thereses angesichts der praktizierten Observanz ihrer Klostergemeinschaft, sind wir allmählich in das Geheimnis ihres Herzens vorgedrungen und haben entdeckt, dass das, was diese *außergewöhnliche, vollkommene und heldenhafte Treue gegenüber der Regel* begründete, einzig und allein *ihre anspruchsvolle und leidenschaftliche Liebe zu Jesus* war, ihr unersättliches Verlangen, *Ihn mit der Liebe zu trösten, die Ihm vorenthalten wird,* wobei sie sich keinerlei „kleine Gelegenheit zum Opfer" entgehen ließ, die sie „Nichtigkeiten" nannte (LT 143; siehe A 68v !). Sie wollte Ihm eine „selbstlose Liebe anbieten. Es ist unsere Sache, Jesus zu trösten, es ist nicht Seine Sache, uns zu trösten" (VT 75 [1979], S. 221).

Aus Liebe leben, heißt maßlos geben,
Ohne Lohn zu verlangen hienieden [PN 17, 5].

1 VT 74 (April 1979), S. 144. – Dieser Text kommt nicht in den Ordentlichen und Apostolischen Prozessen vor.

Mein Leben ist ein Augenblick nur, eine flüchtige Stunde.
Mein Leben ist ein einziger Tag, der mir entgleitet und entflieht.
Du weißt es, oh mein Gott! um auf Erden zu lieben Dich,
Habe ich nichts als das Heute!... [PN 5, 1.]

Obwohl sie in der Einsamkeit des Klosters zurückgezogen lebte, wusste sie sehr wohl, was in der Welt los war. Und da sie die Anforderungen der Liebe, zu der sie gelangt war, kannte, äußerte sie einen wahren *Liebesschmerz,* als sie auf ihrem Sterbebett ausrief: „Oh, *wie wenig der Liebe Gott auf Erden geliebt wird!...*selbst von den Priestern und Ordensleuten... Nein, der Liebe Gott wird nicht sehr *geliebt*" (DE 7.8.2).

Zitieren wir zum Abschluss einen wahren Schmerzensschrei, den Schwester Marie-Madeleine vernahm: „Eines Tages als ich bei ihr in der Zelle war, sagte sie mir in einem Ton, den man nicht wiedergeben kann: ‚Der Liebe Gott wird nicht genug geliebt...! Und er ist doch so gut! Ah! ich möchte sterben...' und sie brach in Schluchzen aus" (PO, S. 478-479).

KAPITEL V

DIE KARMELITANISCHE FAMILIE THERESES

Da Therese im Karmel das Glück im Leiden und zwar im Liebesschmerz fand, wäre man geneigt zu glauben, dass sie, menschlich gesprochen, nicht glücklich war in dieser bunt zusammengesetzten Gemeinschaft, wo man einen strengen Lebensstil einhielt, der den Forderungen der teresianischen Reform entsprach.

Aber es genügt, einen Blick auf das heitere, von Gesundheit und Freude strahlende Gesicht der jungen Novizin zu werfen, die am Fuß des Kreuzes fotografiert worden war, um sich klar darüber zu werden, dass sich Therese von den Anfängen ihres Lebens im Karmel an inmitten ihrer Schwestern in Wirklichkeit glücklich fühlte und auf dem richtigen Platz.

Auf anderen späteren Fotos kann man noch das Lächeln sehen, das ihr Gesicht zum Leuchten brachte, ein Lächeln, das sie nie verließ, das ihre Novizinnen in Wirklichkeit viel strahlender fanden als auf dem Foto, ein Lächeln, das nur der Widerschein einer inneren Freude war, die durch nichts zerstört werden konnte.

In einem Brief an Herrn und Frau Guérin drei Monate vor ihrem Tod spricht sie von ihrem gewohnten Seelenzustand und gibt uns ihr Geheimnis preis: „Meine Schwestern, ich weiß es, haben von meiner Heiterkeit zu Ihnen gesprochen; es ist wahr, ich bin quietschvergnügt, außer wenn ich Fieber habe [...]. Ich wäre nicht so fröhlich, wenn der Liebe Gott mir nicht zeigte, dass die einzige Freude auf Erden darin besteht, Seinen Willen zu erfüllen“ (LT 255 vom 16. Juli 1897). Sie bestätigt dies in einem unveröffentlichten Text: „Ich erlebe nie Enttäuschungen, weil ich immer zufrieden bin mit dem, was der Liebe Gott tut. Ich verlange nur nach Seinem Willen[1]" Am Ende ihres Lebens, inmitten ihrer durch die Krankheit verursachten Leiden und während ihrer schrecklichen Glaubensprüfung rief sie noch aus, indem sie Psalm 92 zitierte: „Herr, Du überhäufst mich mit Freude durch alles, was Du tust" (C 7r).

Daher konnte sie am Ende ihres Lebens versichern: *„Ich habe das Glück und die Freude auf Erden gefunden"* (DE 31.7.13).

Wie man sieht, war die tiefe Quelle ihrer „ganz geistlichen" Freude (LT 148 und 193) nichts anderes als ihre Liebe zu Jesus: „Oh Jesus, nur in Dir allein will ich Freude kosten..." (Pri 5, 7).

Das heißt nicht, dass Therese nur die geistlichen Freuden des Lebens in der Verbindung mit Gott zu schätzen wusste, denn selbst nach Erreichen der höchsten Stufe des geistlichen Lebens blieb sie das kleine Mädchen von Les Buissonnets, das die kleinsten Freuden des Lebens intensiv erlebte und sich von den Schönheiten der Natur verzaubern ließ. Sie hatte von Natur aus ein „fröhliches Wesen" (A 12r und 13r).

Die Freuden des Lebens

Schon als Kind „liebte sie es, auf ihren handbeschriebenen Seiten jenen Satz zu wiederholen, den sie gehört hatte: ‚Ein trauriger Heiliger ist ein armseliger Heiliger'. Man las ihn überall in ihren Heften mehrmals sogar auf einer einzigen Seite in verschiedenen Schriftarten[2]. Die Traurigkeit hatte also kaum Anziehungskraft für sie, und sie beteuerte schon damals, keine traurige Heilige werden zu wollen, um keine „armselige Heilige" zu werden[3]'".

1 Zitiert von Mgr. COMBES, Introduction à la spiritualité de sainte Thérèse de l'enfant-Jésus*, Paris, Vrin, 1948, S. 499.

2 Anlässlich von Schreibübungen im Kloster, wo sie Internatsschülerin war.

3 L'Esprit de sainte Thérèse de l'Enfant-Jésus*, OCL, 1925, S. 210 ; 1946, S. 202

Nachdem sie im Refektorium eine Lesung über das Leben des heiligen Aloysius de Gonzague gehört hatte, während man eine Novene für ihre Genesung zu Théophane Vénard begonnen hatte, sagte sie in diesem Zusammenhang von Letzterem: „Oh! ich möchte gern sein Porträt haben; das ist ein Mensch, der mir gefällt. Der heilige Aloysius de Gonzague war ernst selbst während der Erholungspause, aber Théophane Vénard war stets fröhlich“ (DE 27.5.10).

Es ist daher nicht verwunderlich, dass Schwester Therese, die man so gesammelt erlebte, die den ganzen Tag strenges Stillschweigen wahrte, ihrer großzügigen Natur, ihrer Liebe zur Kommunität freien Lauf ließ, indem sie von ihren vielfältigen Talenten als Erzählerin und Darstellerin Gebrauch machte, um ihre Schwestern zu unterhalten: „Während der Rekreation führte sie eine so angenehme, geistliche, und eine gelegentlich sogar so pikante Konversation, ohne jedoch jemals spöttisch zu werden, dass es entzückend war, sie zu hören. ‚Wo ist denn Schwester Therese vom Kinde Jesus?’, sagte man oft, wenn sich ihr Erscheinen verzögerte. Und wenn man zum Beispiel antwortete, dass sie an der Reihe sei, die Schüsseln *[das Geschirr]* zu spülen, vernahm man bei den Jüngeren Seufzer, und mehr als eine der Älteren stimmte darin ein: ‚Da werden wir heute nicht lachen’“ *(L’Esprit de Sainte Thérèse..*.).* Das hatte ihre Novizenmeisterin wohl bemerkt (CG II, S. 1176).

„Der endgültige Verzicht auf das Glück, durch die Felder zu laufen“ (A 81v), von ihr, die „das Land, die Blumen und die Vögel“ (A 14v) so sehr geliebt hatte, trug nur dazu bei, die einfachen Freuden, die sie noch innerhalb der Klostermauern kosten konnte, zu vertiefen. In ihren Gedichten besang sie „den bestirnten Azur, die Blume und den Vogel“ (PN 23, 3), die sie stets betrachten konnte. „Ich mag die Blumen, die Rosen, die roten Blumen und die schönen rosa Margeriten sehr“ (DE 28.8.7). Sie empfand Freude dabei, „den Altar des kleinen Jesus mit Blumen zu schmücken“ (A 82v), womit sie beauftragt war.

Erfuhr sie nicht eine gewisse Befriedigung über das Gelingen der kleinen Theaterstücke, die sie für die Kommunität verfasste, wie es ihre beschämte Reaktion auf den Misserfolg eines ihrer Sketche zu zeigen schien?

Schwester Geneviève erzählt: „Im Laufe eines Festes der Kommunität, als man ein von ihr verfasstes „Theaterstück für die Rekreation“ aufgeführt hatte, wurde sie wegen dessen Länge getadelt, und man ließ es unterbrechen. Ich überraschte sie hinter der Kulisse, wie sie flüchtig einige Tränen wegwischte; dann, als sie sich wieder gefasst hatte, verharrte sie ruhig und sanft in dieser Demütigung[1].“ Sie war keineswegs steif und ließ manchmal die Lebhaftigkeit ihrer Gefühle zum Ausdruck kommen, wie es die Anekdote zeigt, die von Mutter Agnes berichtet wird (siehe, CG II, S. 1148).

Wie man weiß, enthüllt sich die wahre Natur eines Menschen oft gegen seinen Willen, wenn er sich seinem Ende nähert. In der Krankenstation ist Therese nicht mehr die Asketin, die die geringste Annehmlichkeit ablehnt, sondern wir erleben sie, wie sie als Kind war, das Obst liebt – Trauben, Pflaumen, Pfirsiche - , die sie gern berührt, die sich an den Blumen freut, die ihr die Schwestern aus dem Garten bringen: Immergrün, Veilchen, Kornblumen, Rosen, Dahlien oder eine Weizenähre, aus denen sie übrigens Gleichnisse abzuleiten weiß. Und dann auch die kleinen Tiere, deren Verteidigung sie übernimmt. So „beschützt sie eine kleine verwundete Maus und die kleinen Vögel, die die Früchte des Gartens beschädigen[2]“.

„Heiterkeit, Humor, Freude in einer solchen Situation verraten den Grund ihres Seins. Auch die Liebe zur Natur, von jeher grundlegend für die Persönlichkeit Thereses, kommt in voller Freiheit zum Ausdruck.

„Dieses Innerste des geläuterten Seins, das in Freude und in entzückter Betrachtung der Schöpfung hervorsprudelt, drückt auch und vor allem eine so intensiv gelebte Nächstenliebe aus, dass sie auf alle Lebewesen und auf alle Menschen überströmt. Therese wird alles für alle“. (DE/MSC 13.7.2; DE, S. 142 ; siehe DE, S. 454 !).

1 CSG, Karmel von Lisieux, 1952, S. 19

2 Siehe Guy GAUCHER, La Passion de Thérèse de Lisieux, Ed. du Cerf – DDB, 1972, S. 124 – 125 !

Die Liebe zu ihrer Kommunität

Wie hätte Therese, die sich so glücklich fühlte, ihre Kommunität und ihre Schwestern, eine jede für sich, so wie sie war, mit ihren Qualitäten und ihren Fehlern, ihren Tugenden und ihren Unvollkommenheiten nicht geliebt?

Ihre Reaktion beim Anblick ihrer Kommunität, die sich am Vorabend von Christi Himmelfahrt versammelt hatte, lässt ihre Gefühle erkennen, die sie gewöhnlich beseelten: „Heute morgen während der Prozession war ich in der Eremitage des heiligen Josef und schaute von weitem durch das Fenster der Kommunität im Garten zu. Diese Prozession von Ordensfrauen in weißen Mänteln war ideal; sie ließ mich an den Hochzeitszug der Jungfrauen in den Himmel denken. Auf dem Umweg der Kastanienallee sah ich euch alle halb versteckt hinter den hohen Gräsern und den Knospen der Butterblumen der Wiese. Das wurde immer entzückender“ (DE 26.5).

In einem ihrer Gedichte, das sie Unserer Lieben Frau widmete, die im Orden als Patronin und Königin des Karmel verehrt wird, schrieb sie: „Du gibst mir *den Karmel zur Familie!* Auch bin ich Deiner Kinder Schwester“ (PN 11, Str. 2). Schwester Thérèse de Saint Augustin berichtet: „Während einer der Freizeiten, in denen wir sprechen durften, machte ich folgende Bemerkung zu ihr: ‚ich bitte Sie nicht darum, einen Augenblick mit uns zu kommen; Ihre Zeit ist sicher knapp bemessen, da sie Ihre Schwestern haben.“ ‚Oh! Glauben Sie das ja nicht, antwortete sie mir, ich widme ihnen nicht mehr Zeit als den anderen, *Sie alle sind meine Schwestern'*“ (Summarium, S. 659, Art. 1964).

Eine von ihnen erinnert sich: „In ihren Beziehungen zu den Ordensfrauen ihrer Kommunität erlegte sie sich das Opfer auf, die Gesellschaft ihrer drei Schwestern nicht zu suchen trotz ihrer so starken Zuneigung, damit die Nächstenliebe gegenüber ihrer Karmelfamilie nicht darunter litte[1].“

Zwei Jahre später (am 21. Juni 1896) drückte sie in einem Theater-

1 VT 75 (1979), S. 231; PO, S. 37. Siehe CG II, S. 648!

stück für die Rekreation anlässlich des Namenstages der Priorin ihren Gedanken genauer aus, indem sie sich einen Dialog ausdachte, bei dem sie die Postulantin, Schwester Marie du Saint-Esprit, fragte: „Haben sie jemals in der Welt etwas so Bezauberndes gesehen wie diese Einigkeit der Herzen, diese sanfte Fröhlichkeit?“ Antwort der Postulantin: „Nein, ich habe niemals etwas gesehen, das mir so gut gefiel...*Die Feste des Karmel haben einen speziellen Reiz, ihr unverwechselbares Merkmal* ist insbesondere *der Familiengeist;* das ist es, was mich so sehr fasziniert[1]...“

An welchen Orden oder welche religiöse Kongregation dachte sie wohl, als sie von dem „unverwechselbaren Merkmal“ sprach? Möglicherweise war es einfach eine Anspielung auf die berühmten Rekreationen, Feste oder „Freizeiten“ der ersten Karmelitinnen, bei denen die *Madre Teresa* das Beispiel einer heiligen Freude gab, indem sie Lieder komponierte, die sie mit Tamburin und Kastagnetten begleitete. Wir haben gesehen, wie Therese diesen „Familiengeist“ während der üblichen Rekreationen der Kommunität in Freiheit lebte. Mutter Marie de Gonzague sah sie lieber, als in irgendeiner Andacht vergraben, genau das tun, nämlich die Kommunität aufheitern, wie es die heilige Reformatorin des Karmel zu tun pflegte. Es lohnt sich, den kleinen Brief zu zitieren, den Mutter Marie de Gonzague, man weiß nicht bei welcher Gelegenheit, zweifellos etwa Mitte Juni 1895 an Therese adressierte: „Ich habe lieber die Verletzungen, die man meiner Tochter zufügt als den Stachel der armen Mutter Saint Ephrem[2]. Oh, Kind, was es in diesen mit großen Dingen gefüllten Köpfen an Illusionen gibt. Wie preisen wir uns glücklich, allen diesen Andachten, die uns selbst beim Hören ermüden, *die Fröhlichkeit, die Einfachheit unserer heiligen Mutter vorzuziehen.* Wie sie mit ihren großen Wegen die Liebenswürdigkeit zu verbinden wusste, die das Herz entzückt. Sie konnte lieben und sich lieben lassen! Es lebe ihr Tamburin und ihr Papperlapapp...“ (LC 162, CG II S. 809).

1 Le Triomphe de l’Humilité*, RP 7, 1.

2 Anspielung auf eine Nonne von der Providence von Lisieux, die der Kommunität wegen ihrer mystischen Wunderdinge bekannt war.

"Lieben und sich lieben lassen" von ihren Schwestern, dazu ist Therese insbesondere am Ende ihres Lebens gelangt, sicher mit Hilfe der Gnade, aber auch weil sie ihre liebe Kommunität als eine Erweiterung ihrer natürlichen Familie betrachtete.

Wie in jeder Familie die Mutter eine bedeutende Rolle für Einheit und Zusammenhalt unter allen Mitgliedern spielt, so wird jede religiöse Gemeinschaft von einer Oberin oder Priorin geführt, die gleichzeitig das Amt der Mutter ausübt.

So geschieht es auch in jeder karmelitanischen Gemeinschaft gemäss dem Geist der Reformatorin, der heiligen Teresa von Avila, die jedes ihrer Klöster nach dem Bild einer kleinen Familie plante, die durch schwesterliche Bande (die hermandad) beseelt ist und in deren Schoß sich die Oberin als Mutter so verhalten soll, dass sie von allen Schwestern geliebt wird (Const. primitives n°34 d'Alcalá, XIV 1).

Therese, die das Bedürfnis verspürt hatte, ihre Mutter, Frau Martin, bei deren Tod ersetzt zu sehen, ein erstes Mal durch ihre Schwester Pauline und ein zweites Mal durch Marie, ihre ältere Schwester, musste bei ihrem Eintritt in den Karmel von Lisieux das gleiche Verlangen gehabt haben. Sie wandte sich daher ganz einfach an Mutter Marie de Gonzague, die damalige Priorin, die sie mit dem gleichen Respekt behandelte, den sie im Glauben jeder kirchlichen Autorität entgegenbrachte, wie wir oben gesehen haben. Aber sie konnte auch nicht umhin, Mutter Marie de Gonzague als eine Mutter zu betrachten, ihre „Mutter", denn sie empfand eine besondere Zuneigung zu ihr: „Ich liebte unsere Mutter sehr" (A 70v), wagt sie in dem an Mutter Agnes gerichteten Manuskript zu schreiben.

Ausdrücke wie „innig geliebte Mutter" oder „sehr geliebte Mutter", die in ihren Manuskripten häufig (sechzig mal!) vorkommen, ganz zu schweigen von ihren Briefen, zeugen von der Aufrichtigkeit ihrer Zuneigung, die über das hinausging, was die *Madre Teresa* verlangte; denn die Novizin Therese musste ihre Liebesfähigkeit ernsthaft unter Kontrolle bringen, die sonst Gefahr lief, sie weit von ihrem Verlangen wegzureißen, ihr Herz für Jesus allein zu bewahren, sie, die es „in der Welt so wohl behütet" hatte (A 70v): „Als Postulantin hatte ich manchmal so heftige Versuchungen [dieses Bedürfnis zu befriedigen], dass ich gezwungen war, schnell am Depot *[das Büro der Mutter]* vorbeizugehen und mich am Treppengeländer festzuklammern“ (C 22r).

Dafür, dass Therese keinerlei Schwierigkeit hatte, die Person der Priorin als eine Mutter zu betrachten, gibt sie uns sozusagen die Bestätigung, als Pauline, die Mutter Agnes geworden war, zur Priorin gewählt wurde. Eines Tages schrieb ihr Therese: „Meine geliebte Mutter, wie erfreulich ist es, Sie so nennen zu können!...Seit langem schon waren Sie meine Mutter. Aber diesen süßen Namen gab ich nur in der Verborgenheit meines Herzens derjenigen, die gleichzeitig mein Schutzengel und meine Schwester war; heute hat der Liebe Gott Sie *geweiht...Sie sind wirklich meine Mutter, und Sie werden es in alle Ewigkeit bleiben*“ (LT 140 vom 20. Februar 1893).

Diese Zeilen geben uns zu verstehen, dass allein dadurch, dass Mutter Agnes Priorin wurde, die „geheime“ kindliche Zuneigung Thereses zu ihrer „zweiten Mutter“ sich nicht nur bestätigt fand, indem sie öffentlich und offiziell wurde, sondern sie wurde gleichzeitig „geweiht“, in gewisser Weise geheiligt für diese Zeit und ... für die Ewigkeit!

Man kann hier geradezu mit Händen greifen, wie Therese kontinuierlich und natürlicherweise den Übergang schaffte vom Familienleben in Les Buissonnets zum Klosterleben im Karmel, vom natürlichen zum spirituellen Bereich.

Dies konnte Hans Urs von Balthasar erkennen, und er schloss daraus: „In der Tat scheint der Übergang vom weltlichen Status zum religiösen für dieses Kind ein ganzheitlicher Übergang gewesen zu sein: Das Kloster ist die Verwirklichung alles dessen, was die Familie ersehnt hatte, gewiss durch unvermeidliche Trennungen, Leiden und Opfer, aber dennoch im Sinne eines organischen, harmonischen Wachsens. *Das Kloster ist die normale Entfaltung ihres christlichen Familienlebens*[1].“

1 Thérèse de Lisieux, histoire d’une mission*, S. 158

Daher versicherte sie nachdrücklich: „ Selbst inmitten innerer und äußerer Prüfungen bin ich im Karmel glücklicher als in der Welt, inmitten der Bequemlichkeiten des Lebens und *insbesondere der Annehmlichkeiten des Vaterhauses!...*" (A 65r).

Der Grund hierfür war, dass sie im Kloster andere Schwestern gefunden hatte, die durch das gleiche Verlangen nach Gott mit ihr verbunden waren, durch die gleiche „Gnade der religiösen Berufung" tiefer vereint, als allein durch Blutsverwandtschaft (LT 201, 103).

In der Tat treffen die Mitglieder einer Ordensgemeinschaft ihre Wahl nicht aufgrund ihrer natürlichen Gleichgestimmtheit, sei sie von kultureller oder gefühlsmäßiger Art, sondern als Antwort auf *denselben Ruf Gottes* zu einer Lebensform, die in der Kirche klar definiert ist. *Man verschafft sich keine Berufung, man empfängt sie von Gott* und man nimmt sie in Freiheit an: „Wenn du willst."

Die Echtheit eines Anrufes wird durch die Fähigkeit, seine Anforderungen zu erfüllen, bestätigt, denn so sagt der heilige Thomas von Aquin: „Die Werke Gottes sind vollkommen. Wenn Gott jemandem eine Vollmacht überträgt, gibt er ihm gleichzeitig das, was notwendig ist, um angemessen zu tun, wozu Er ihn ruft" (Suppl 35, art. I, concl.).

Der Welt gegenüber fühlte sich Therese solidarisch mit denen, die das gleiche Leben teilten: „Für uns lebt die Welt nicht mehr, und, *unsere* Konversation findet schon im Himmel statt', unser einziges Verlangen besteht darin, unserem Anbetungswürdigen Meister zu gleichen, den die Welt nicht erkennen wollte, weil er sich erniedrigte, indem er Gestalt und Natur eines Sklaven annahm" (LT 201, 75).

Mit ihren neuen Schwestern bildete sie eine Einheit, selbst bei der Begegnung mit manchen Familienmitgliedern (Jeanne La Néele, ihre Kusine und deren Ehemann), die „die Erhabenheit unserer Berufung nicht verstehen können"; und sie fügt ein wenig später hinzu: „Welch ein Glück [...], in den Augen der Welt als *Verrückte* zu gelten" (LT 169, 6 und 27)! Sie beklagte sich auch über die Priester: „ Die Priester finden, dass wir übertreiben" (LT 169, 86).

Sie war so stolz auf ihre Ordensfamilie, dass sie nicht zögerte, ihrem „Missionsbruder", Pater Bellière zu schreiben: „Um *große See-*

len zu finden, muss man in den Karmel kommen; wie im Urwald keimen dort Blumen von einem der Welt unbekannten Duft und Glanz" (LT 224, 47).

Als Kommentar zu dem Wort des Herrn „liebet eure Feinde, betet für die, welche euch verfolgen" bemerkt sie: „Im Karmel trifft man keine Feinde" (C 15v).

Und in einem kleinen Brief an Schwester Geneviève im Zusammenhang mit Vers 5 von Psalm 141: „Der Gerechte mag mich schlagen aus Güte für die Sünder!" bemerkte sie: „Ich kann nicht geschlagen werden, ich kann nur von Gerechten auf die Probe gestellt werden, *denn alle meine Schwestern sind Gott wohlgefällig"* (LT 259, 5).

Alle... Gott wohlgefällig"? Wir wissen, dass sich Therese als gute Beobachterin keine falschen Vorstellungen machte in dem Glauben, dass alle ihre Schwestern Heilige seien, aber sie dachte wahrscheinlich, dass der Herr in Seiner unendlichen Barmherzigkeit zumindest all denen Gerechtigkeit widerfahren ließe, die ihrem Ordensgelübde bis zum Schluss treu blieben. So sagt sie eines Tages zu Schwester Geneviève: „Am Jüngsten Tag werdet Ihr erstaunt sein, eure Schwestern von allen ihren Unvollkommenheiten befreit zu sehen, und sie werden euch als große Heilige erscheinen" (CSG, S. 108)[1]

Daher wurde sie traurig, wenn sie hörte, dass ihre Novizinnen das Fegefeuer fürchteten: „Wenn wir unter uns vom Fegefeuer sprachen, sagte sie uns: ‚Oh! wie Ihr mir Kummer bereitet, Ihr tut dem Lieben Gott großes Unrecht, wenn Ihr glaubt, ins Fegefeuer zu kommen, wenn man liebt, kann es kein Fegefeuer geben'" (VT 99 [1985], S.152).

In der gleichen Gesinnung tadelte sie eine von den tugendhaftesten Schwestern und sagte: „Ah! meine Schwester Marie-Philomène, wie es mich kümmert zu denken, dass Sie ins Fegefeuer kommen werden, weil sie das gerne möchten! Man braucht nur eines zu tun, um es nicht

1 „Ich kann nicht verstehen, weshalb man sich so viel Kummer macht, wenn man seine Schwester sterben sieht, da wir ja alle in den Himmel kommen und uns dort wiedertreffen sollen." (PO, S. 399)

fürchten zu müssen, dem Lieben Gott nichts abschlagen, hoffen, dass man nicht hineinkommt, und dann ist man sicher, nicht dahin zu geraten“ *(ibid.,* S. 185-186).

In Wirklichkeit gab es unter den vierundzwanzig Schwestern, die damals die Gemeinschaft bildeten, einige, deren Verhalten nicht dem teresianischen Ideal einer Karmelitin entsprach.

In den unveröffentlichten „Notes manuscrites“* von Schwester Geneviève, die 1947-1948 für Pater Piat verfasst worden waren, lesen wir: „Einige Wochen nach meinem Eintritt fragte mich Schwester Therese, die befürchtete, dass ich über einige Dinge verwundert sein würde, was ich von diesen und jenen Schwestern hielte. Ich sagte ihr, dass mir mehrere unter ihnen gute alte Jungfern zu sein schienen. Sie antwortete mir: ‚dass, wenn diejenigen, auf die ich hingewiesen hatte, tatsächlich die Berufung zum Klosterleben haben könnten, sie sie jedoch nicht für den Karmel hätten‘. Weder zur Karmelitin noch zur Ordensfrau, dies war der Fall bei zweien von ihnen (Thérèse de Jésus und Marie de Saint-Joseph), die mangels Berufung nach dem Tod der Heiligen „weggeschickt“ wurden (1909).

Was die anderen anbetraf, alle die anderen, einschließlich derer, die ihr mit ihren boshaften oder bissigen Sticheleien, ihrem Mangel an Feingefühl während der Krankheit von Herrn Martin oder dem Mangel an Erziehung, Intelligenz und seelischem Gleichgewicht oder durch ihre Unzuverlässigkeit gegenüber der *Regel* Schmerz zufügten, so zweifelte Therese bei ihnen nicht an ihrem guten Willen, und sie liebte sie mit jener Nächstenliebe, die nie aufgehört hatte, in ihrem Herzen zu wachsen, bis sie zu einem Abgrund geworden war, dessen „Tiefe sie nicht auszuloten“ vermochte (C 35r).

Sie hütete sich davor, ihre Schwestern unfreundlich zu beurteilen und lehrte Schwester Geneviève, in gleicher Weise zu verfahren: „Sie sagte mir häufig, dass man die anderen immer mit Nachsicht beurteilen solle, denn sehr oft ist das, was in unseren Augen als nachlässig erscheint, Heldenhaftigkeit in den Augen Gottes“ (CSG, S. 107).

Überzeugt, dass der Herr, der das Geheimnis der Herzen kennt – „Euer Vater, der das Verborgene sieht“ (C 28v) – sie mit Nachsicht beurteile, freute sie sich bei dem Gedanken, dass es im Himmel Wohnstätten für alle Stufen und alle Arten von Heiligkeit gäbe: „Ich bin glücklich, dass es mehrere Wohnungen im Königreich Gottes gibt...“ (LT 226, 81; siehe LT 247, 60!).

Sie liebte also ihre Schwestern nicht nur, weil der Herr sie berufen hatte und diese wie sie selbst zu seinen Bräuten gemacht hatte, sondern auch weil sie sich an dem Beispiel ihrer sichtbaren oder verborgenen Tugenden so sehr erbaute, dass sie nicht zögerte an Pater Roulland zu schreiben: „In Anbetracht *der Tugenden der heiligen Karmelitinnen, die mich umgeben“!* (LT 201, 50). Als Mutter Marie de Gonzague sie bat, einen zweiten Missionsbruder (Pater Roulland) zu übernehmen, entgegnete sie zunächst, dass sie bereits einen habe (Abbé Bellière). Schließlich versicherte sie, dass es in der Kommunität hierzu *„viele geeignetere Schwestern“* gäbe (C 33r)!

So war sie einer „ guten alten Mutter“ (Schwester Fébronie, damals Subpriorin, der sie in ihren letzten Augenblicken beistand), zu Dank verpflichtet, weil diese durchschaut hatte, dass die Einfachheit ihres Herzens es ihr nicht erlaubte, „über ihre Seele zu reden“ während der geistlichen Rechenschaft, die jede Karmelitin der Priorin geben sollte (A 70 v).

Indessen haben einige sie in besonderer Weise erbaut, zunächst ihre eigene Novizenmeisterin, Schwester Marie des Anges; von ihr spricht sie wie von einer *„wahren Heiligen,* dem vollendeten Bild der ersten Karmelitinnen“ (A 70v), unter der sie dennoch während der ersten zwei Jahre litt wegen endloser Belehrungen über den Lieben Gott, die diese ihr bei der Arbeit im Wäscheamt gab, in der Meinung, sie so zur Vollkommenheit heranzubilden (Siehe DE 2.9.2!).

In der (bereits erwähnten) Anwesenheitsliste, in die Schwester Marie des Anges sich nicht selbst eingetragen hatte, ergänzte Mutter Agnes am Rand des Dokumentes: „Wahre Heilige, personifizierte Bescheidenheit und Hingabe“ *(Annales de sainte Thérèse*,* 596, November 1982).

In den bereits erwähnten „Notes manuscrites“* zeichnete Schwester Geneviève folgendes Porträt von Schwester Marie des Anges nach deren Tod: „Beispielhafte, nachsichtige Ordensfrau, die vom Herd zur

Mühle hastet und ihren Arbeitsplatz in Unordnung lässt. Sie hatte keinerlei Einfluss [...], sie war sehr mystisch, aber von sehr guter Intelligenz[1]."

Tatsächlich ist es Schwester Geneviève de Sainte Thérèse, die bei ihr die tiefsten Spuren hinterließ und die sie als glaubwürdige Heilige betrachtete. Sie war die Begründerin des Karmel von Lisieux, und Therese hatte sie nur als Kranke auf der Station gekannt. Sie beschreibt ihr „Glück, unsere *Heilige Mutter* Geneviève gekannt zu haben...Das ist eine unschätzbare Gnade; nun, der Liebe Gott, der mir davon schon so viele gewährte, wollte, dass ich mit einer *Heiligen* lebte, die nicht unnachahmlich ist, aber die durch verborgene und einfache Tugenden geheiligt war" (A 78r).

Therese war beeindruckt von den Worten des Trostes, die der Mutter ohne irgendeine besondere „Offenbarung" eindeutig eingegeben worden waren, und die sie ihr damals sagte, als sie sich „extrem auf die Probe gestellt und in einer solchen Nacht befand, dass [sie] nicht mehr wusste, ob [sie] vom Lieben Gott geliebt würde". Ohne ihren Seelenzustand zu kennen, hatte Mutter Geneviève ihr damals gesagt: „Dienen Sie Gott in Frieden und mit Freude, bedenken Sie, mein Kind, dass unser Gott der Gott des Friedens ist" (A 78 r). Diese Worte, ließen sie begreifen, dass die Liebe Gottes nicht „gefühlt" werden musste und dass es ihr genügte, in einem treuen und ruhigen Glauben stets darum zu wissen.

1 Der Wortschatz von Schwester Geneviève wohl im Stil der Zeit besaß nicht die Einfachheit der Sprache Thereses! – Während man leicht erkennt, dass „en démence" „in Unordnung" bedeutet, und dass mit „aucune prépondérance" „keinerlei Autorität oder Einfluß" gemeint ist, so muss man sich andererseits, will man die Gegenüberstellung verstehen, die sie zu machen scheint zwischen dem „sehr mystischen" Leben von Schwester Marie des Anges und ihrem „sehr guten Geist", in den Zeitgeist zurückversetzen, der „die Mystik und die Mystiker" der Schwärmerei verdächtigte. Aus diesem Grunde begannen die Schwestern Martin damit, Therese gemäß der asketischen Richtlinie vorzustellen, die damals allein zugelassen war, bis Mgr Combes in einer meisterhaften Studie bewiesen hatte, dass die Heilige eine glaubwürdige Kontemplative und.... sogar eine Mystikerin war! (Vorlesung, gehalten am 30. September 1962 in Neuilly.)- Siehe Mgr COMBES, „Sainte Thérèse de Lisieux, modèle de vie contemplative"*, Theresiana, Vrin, 1970, Kap. IX, S. 185-237!

Sie bringt ihre Bewunderung und die Ermutigung, die sie darin für ihr eigenes Suchen gefunden hat, zum Ausdruck: „Ah! diese *Heiligkeit* scheint mir die *aufrichtigste,* die *heiligste* zu sein, und nach ihr strebe ich, denn darin begegnet man keinerlei Illusion“ *(ibid.).*

In Wirklichkeit hatte die Mutter Gründerin, die im Karmel von Poitiers ausgebildet worden war, „ein ganz anderes geistliches Temperament als Therese[1]“. Wir gewinnen einen kurzen Einblick durch eine Äußerung, über die Mutter Agnes berichtet.

Therese musste ihr einige Geständnisse über den geistlichen Weg, dem sie folgte, gemacht haben, denn die Mutter sagte eines Tages zu Mutter Agnes: „Passen sie auf Ihre kleine Schwester auf, die Kühnheit ihrer Gedanken über das Vertrauen erschreckt mich“ („Notes manuscrites“* von Schwester Geneviève).

Beim Tode der Gründerin (am 5. Dezember 1891) bemühte sich Therese, mit einem feinen Linnentuch „die *letzte Träne* einer Heiligen“ aufzufangen (A 78v), die sie wie eine Reliquie bis zur Profess von Schwester Geneviève (am 24. Februar 1896) aufbewahrte und ihr schenkte.

Indessen spielte ihr der Ruf der Heiligkeit von Mutter Geneviève einen bösen Streich. Dieser Ruf war in der Gemeinschaft so groß, dass man ihr Herz entnommen und konserviert hatte (DE, S. 513) und dass alle Schwestern erwarteten zu sehen, wie es nach dem Tode Wunder wirkte. Als fünf Jahre danach nichts geschehen war, musste Therese eine Auswirkung dieser vergeblichen Hoffnung erleiden, als in ihrer Prüfung der Glaubensnacht „die Finsternis, die Stimmen der Sünder annehmend,“ (C 6v) über sie spottete, indem sie ihr einflüsterte, dass auch sie im Nichts verschwinden würde: „Ich will nach meinem Tode Gutes tun, aber ich werde es nicht können! Es wird sein wie mit Mutter Geneviève: man hoffte zu sehen, wie sie nach ihrem Tod Wunder wirkte, und das vollkommene Schweigen hat sich über ihr Grab gebreitet“ (DE 10.8.7, Anm. a, S. 525).

Aufgrund einer anderen Tatsache kann man auch noch ermessen, in

1 Pater FRANÇOIS DE SAINTE-MARIE, Manuscrits autobiographiques de sainte Thérèse de l’Enfant-Jésus*, Carmel de Lisieux, Bd. II, S. 53.

welchem Grade die Karmelfamilie zu ihrer eigenen wurde. Therese bestand darauf, über die persönliche Anteilnahme an dem „großen Kummer“ der Schwestern Martin zu berichten, die Mutter Geneviève während des Zusammenbruches von Herrn Martin (Juni 1888) gezeigt hatte, indem sie für seine Rückkehr betete und sie über das Geschick des Vaters beruhigte (A 78v und Anmerkung MS/NEC, S. 248).

Während Therese über die „Tugenden der heiligen Karmelitinnen“, die sie umgaben, sprach (LT 201, 50), musste sie wahrscheinlich auch an ein anderes Beispiel für Heiligkeit denken, das zweifellos weniger offenkundig war oder weniger von allen bemerkt wurde, das Schwester Marie-Philomène de Jésus gab; von ihr zeichnete Schwester Marie des Anges in ihrer „Anwesenheitsliste“ ein in allen Punkten anerkennendes Porträt: „Wahre Hostie Jesu, die den Trost hat, Tausende von Hostien im Geiste tiefer Frömmigkeit und tiefen Glaubens herzustellen. Wahre Reliquie des Karmel, den sie erbaut mit ihrem Geist, ihrer so religiösen Haltung, ihrem so tadellosen Urteil, ihrem Leben in Einsamkeit, Schweigen und in der Vereinigung mit Gott und ihrer vollständigen Selbstverleugnung, wobei sie ihre Aufmerksamkeit stets dem Mühevollsten *[sic]* und Niedrigsten zuwendet.“

Die Chroniken der Ordensgemeinschaft zeigen, dass Therese ihre Anwesenheit sehr schätzte. In ihren „Handschriftlichen Notizen“ begnügte sich Schwester Geneviève mit der Bemerkung über sie: „Heilige, die man heilig sprechen kann, aber von sehr bescheidener Intelligenz.“

Gerade diese traten innerhalb der Gemeinschaft hervor, und besonders über sie schrieb Therese: „Die heiligsten Schwestern sind die meist geliebten“ (C 27v). Wenn die Ansichten der Schwestern über sie geteilt waren und ihnen ihre Heiligkeit bis zu ihrem Tod verborgen blieb, wie man weiß, so wurde sie indessen von allen wegen ihrer literarischen Werke (Gedichte und Theaterstücke für die Rekreation) gelobt. Was sie veranlasste, mit einem Anflug von Humor zu sagen: „In den Augen der Geschöpfe gelingt mir alles, ich folge dem Weg der Ehren, so weit das im Ordensleben möglich ist“ (C 26v) ! Aber diese Wertschätzung war nur oberflächlich und berührte die Demut der Heiligen, die darüber lachte, nicht.

Allein Mutter Marie de Gonzague hatte den Scharfblick und das Verdienst, als Erste die Qualität der Seele, der Tugenden und die Weisheit derjenigen zu erkennen, die sie ihre „Tochter“ nannte. Alle bewunderten ihre Talente, ihre Verschwiegenheit, ihre totale Verfügbarkeit, stets lächelnd Dienste zu erweisen, ohne sich je zu beklagen oder irgendeine Gegenleistung zu fordern. Sie fanden es ganz natürlich und nicht besonders tugendhaft, dass sie für alle alles war, weshalb sie sich ihr nicht zu besonderem Dank verpflichtet fühlten.

Das erklärt auch, dass selbst ihre blutsverwandten Schwestern, sich erst am Ende ihres Lebens ihrer Heiligkeit bewusst wurden.

Therese liebte also ihre Schwestern mit einer gleichermaßen menschlichen und übernatürlichen Zuneigung; diese erreichte ihre Fülle, nachdem sie festgestellt hatte, dass ihre Liebe zu ihnen „unvollkommen war“ (C 12r), und der Herr ihr die Gnade erwies zu begreifen, dass die Nächstenliebe vollkommen sein würde, wenn sie dazu gelangte, den Nächsten so zu lieben „wie *Er, Jesus, ihn geliebt hat*“ und Ihm zu erlauben *„in [ihr]* alle diejenigen *zu lieben,* [die Er ihr auftrug] zu lieben“ *(ibid.).* Dies wurde die große Entdeckung am Ende ihres Lebens.

Daher konnte sie alle ihre Schwestern so lieben, wie sie waren, von der Priorin, Marie de Gonzague, bis zur letzten Windenschwester oder Pfortenschwester, die, welche sie erbauten, ebenso wie diejenigen, die ihr Leid zufügten.

Sie war ihnen dankbar dafür, dass sie ihr den „Familiengeist“ übermittelt hatten, die Lehre und das Leben der heiligen Reformatoren des Karmel, der Teresa von Avila und des Johannes vom Kreuz, die die Generationen von Karmeliten und Karmelitinnen traditionsgemäß stets als ihre „Heiligen Eltern“ verehren, indem sie sie vertraut „unsere heilige Mutter Teresa“ und „unseren heiligen Vater Johannes vom Kreuz“ nennen.

Während ihrer Jahre im Karmel von Lisieux wurde Therese von ihrem Geist erfüllt und von ihrer Lehre genährt, die sie in einer so tiefen und persönlichen Weise in sich aufnahm, dass sie, davon beeinflusst, ihre eigene geistliche Lehre entwickeln konnte.

Wenn dieser Einfluss in Bezug auf den heiligen Johannes vom

Kreuz beachtenswerter erscheint, wovon sie behauptet, dass sie im Alter von siebzehn und achtzehn Jahren keine andere Lektüre hatte (A 83r), sollte man daraus nicht schließen, dass sie von der *Santa Madre Teresa,* ihrer Patronin, weniger beeinflusst und entsprechend weniger geprägt worden wäre. Es genügt festzustellen, dass sie sich in ihren Schriften ebenso oft ausdrücklich auf „unsere heilige Mutter Teresa“ wie auf den heiligen Johannes vom Kreuz beruft. Sie verdankt ihr eine entscheidende Orientierung in ihrem Leben: „Die Stärkung des Wunsches nach dem Apostolat durch *Gebet und Opfer* für „das Heil der Seelen“ und vor allem das Verständnis für die Bedeutung des einzigen Zieles ihrer Reform, das darin bestand, für die Priester zu beten. Zusätzlich zu den etwa hundert ausdrücklichen Zitaten, die sie anführt, kommen in den Manuskripten und Briefen Thereses sehr viele andere Gedanken ihrer heiligen Patronin zum Vorschein wie Quellen, die aus der gleichen Tiefe spiritueller Erfahrung hervorsprudeln, die Mutter Agnes „Seelenverwandtschaften[1]“ nannte.

Sie war also wirklich froh darüber, dass sie dieses wesentliche spirituelle Glück mit ihren Schwestern teilen konnte, froh auch über dieses einfache Glück des geschwisterlichen Zusammenlebens mit seinen Freuden und Leiden, seinen Höhepunkten und seinen Grenzen.

Was soll man daher von der Meinung eines englischen Autors halten, der behauptet, dass die Heilige ebenso gut in der Welt zur Heiligkeit gelangen konnte, wo sie ähnliche Lebensbedingungen wie die in ihrem Kloster gefunden hätte?

„Der ‚kleine Weg‘ ist ein Pfad, der sich von der Hauptverkehrsstrasse des Heldentums abhebt. Obwohl sie sich in einem begrenzten Bereich befindet, strebt sie nichts geringeres an als die Vollkommenheit. Therese wurde weder von Schwertern noch von Pfeilen durchbohrt, noch wurde sie auf dem Rad zerrissen, noch auf einem glühenden Rost gemartert; *ebenso wirkungsvoll wie in den Härten des Karmel hätte sie ihren Weg in „der Welt“ verfolgen können.* Eine turbulente Familie, die Sorgen mit den Hausangestellten, die freiwilligen und nicht eingestandenen Opfer der Liebe, die Ängste der Armut, die Enttäuschungen des Wettbewerbs, die Betrügereien in den Geschäfts-

1 Recueil des usages de notre monastère*, Einleitung , Lisieux, 30. September 1938.

angelegenheiten, die Unstimmigkeiten, die falsch verstandenen Beweggründe, die kleinen Aufregungen des menschlichen Verhaltens, alles das hätte in ihre Alltagserfahrung gepasst, die sehr viel mehr als eine Erfahrung war. Sie war eine von Augenblick zu Augenblick zu übende Disziplin. Sie brauchte nicht in den Karmel einzutreten, um eine ungerechte Vorgesetzte zu finden; eine alte kranke und zänkische Frau oder eine Nonne, die in einer nervenden Art ihren Rosenkranz hin und her bewegte. Eine Entsprechung dieser Prüfungen konnte und kann man immer noch überall finden[1]."

Es ist also wahr, man braucht nicht in einem Kloster zu leben, um heilig zu werden; genau das wollte Therese lehren, indem sie ihren „kleinen Weg" allen „kleinen Seelen" vorschlug!

Aber man sieht nicht, wie sie ihn hätte „erfinden" können inmitten von tausend Beschäftigungen eines normalen Lebens in der Welt, ohne die günstigen Bedingungen langer und geregelter Zeiten für Gebet und Meditation im Schweigen und in der Einsamkeit ihres Klosters, um ihn zu entdecken und auf den Punkt zu bringen mit der Unterstützung durch die sie umgebenden Schwestern, die dasselbe Ideal der evangelischen Vollkommenheit und des Eifers für das Heil der Seelen teilten.

Es ist klar, dass diese Hypothese des englischen Autors den Grundneigungen der Heiligen entgegen kommt, wie wir gesehen haben.

Übrigens versicherte sie selbst: „Ich hätte mich für immer in dem weiten Wald der Welt *verirrt*" (LT 167,113), und sie hieß sich „im Karmel glücklicher [...] als in der Welt" (A 65r; siehe LT 68, 3!), glücklich, dort zu sein „für *immer gefangen*" (LT 106, 5), wie wir gesehen haben. Tatsächlich fürchtete sie nichts so sehr wie „den Weltgeist" (LT 190, 60) und seine „Gefahren" (A 82r). Sie war sich ihrer Zerbrechlichkeit bewusst und insbesondere von einem brennenden Verlangen nach einer vollkommenen Liebe zu Gott beseelt, die zu ihrer Verwirklichung günstiger Bedingungen von Einsamkeit, Schweigen, Strenge und eines geregelten religiösen Lebens bedurfte.

Und das fand sie im Karmel von Lisieux.

1 V. SACKVILLE, Les deux Thérèse : sainte Thérèse d'Avila, sainte Thérèse de Lisieux*, Heineman, London, 1944, S. 118

KAPITEL VI

LEBENSBEREICH UND GEIST DES REFORMIERTEN KARMEL

Beim Eintritt in den Karmel von Lisieux fand Therese nicht nur eine neue Familie vor, sondern auch und vor allem einen Lebensbereich und einen Geist, die ganz und gar ihren tiefsten Erwartungen entsprachen.

„Dem Herzen nach [war sie bereits] Karmelitin“ gewesen. Nun setzte sie ihre ganze Energie ein, um es tatsächlich und in vollkommener Weise zu werden, indem sie so gewissenhaft wie möglich den Forderungen der *Regel,* der *Konstitutionen* und selbst der ihrem Orden und ihrer Kommunität eigenen Bräuche Folge leistete.

Sie bemühte sich von Anfang an darum mit einem Eifer und einer Strenge, die bis zu ihrem letzten Atemzug nie nachließen.

Von den ersten Tagen ihres Eintritts an waren die Schwestern beeindruckt von ihrer Entschlossenheit und der Leichtigkeit, mit der sie sich in den Ablauf des Gemeinschaftslebens einfügte. Ihre Novizenmeisterin, Schwester Marie des Anges äußert ihr Erstaunen und ihre Bewunderung: „Sie hatte eine so unmittelbare Erkenntnis von Tugend und religiöser Vollkommenheit, dass man sie sozusagen nur noch in die Regel, die Konstitutionen und in die unserem Orden eigenen Bräuche einzuweisen brauchte, damit sie allem unverzüglich und in Vollkommenheit nachkam. Ich erinnere mich nicht, sie jemals wirklich getadelt zu haben“ (PA, S. 348).

So versetzte sie auch die älteren Schwestern in Erstaunen, die, was wenig üblich war, eine gewisse Verehrung ihr gegenüber empfanden:

„Bei ihrem Eintritt ins Kloster, so stellte Mutter Agnes fest, wurden die Schwestern – sie hatten zum größten Teil erwartet, nur ein ganz normales Kind zu sehen – in ihrer Gegenwart von Ehrfurcht erfasst. In ihrer ganzen Persönlichkeit war etwas so Würdiges, so Entschlossenes, so Bescheidenes, dass es mich selbst überraschte" (PO, S. 142; siehe PA, S. 410).

In Wirklichkeit war es keine fünfzehnjährige Jugendliche, die beabsichtigte, Karmelitin zu werden, sondern eine erwachsene Person, die, wie sie selbst sagt, „im Schmelztiegel der Prüfungen" gereift war (A 3r).

Als sie daher sieben Jahre später versicherte, ohne „irgendeine" Illusion (A 69v) über sich oder über das Klosterleben in den Karmel eingetreten zu sein, war dies nicht aus Leichtsinn, übermäßigem Selbstvertrauen oder purer Eitelkeit geschehen, sondern, wie sie selbst anmerkt, in dem vollen Bewusstsein, durch eine „Gnade" des „Lieben Gottes" hierauf vorbereitet worden zu sein. *(ibid.).*

Dieser plötzlichen Veränderung in ihrem Leben stellte sie sich also nicht als naives, zerbrechliches junges Mädchen, das aus einem beschützten Umfeld kam und nichts vom Leben und der Welt wusste.

Thereses Reife

In Wirklichkeit war sie in außergewöhnlicher Weise darauf vorbereitet worden, das "strenge Leben" (LT 247, 66) des Karmel auf sich zu nehmen, das sie mit ihrem ganzen Sein erstrebte. Es gab eine Reihe von Prüfungen und Erfahrungen, die es ihr ermöglicht hatten, zu *festen Überzeugungen* zu gelangen, die sie nie wieder in Frage stellte.

Die wichtigsten – wir folgen so gut wie möglich dem chronologischen Ablauf der Entwicklung dieser Überzeugungen im Leben der Heiligen – scheinen uns Folgende zu sein: zunächst „bereits im Alter von zwei Jahren", *die Wahrnehmung eines Anrufes Gottes,* der sich so klar abzeichnen sollte, dass Therese ihm nicht widerstehen konnte (A 26, 9).

Danach gab es für sie schon sehr früh ein *fortschreitendes Sich-Bewusst-Werden ihrer Grenzen und ihrer natürlichen Schwachheit,* das sie später auf die geistliche Ebene übertragen wird, indem sie es *„petitesse"* (Kleinheit) (C 4r; siehe B 4r!) nennt.

Verbunden mit und im Gegensatz zu ihrer Sehnsucht nach dem „Himmel", entdeckte sie die Realitäten der Welt als Ort feindlicher Mächte gegenüber Gott und erfüllt von „Elend", (A 22r), als Ort, der ihr Furcht einflößte und für den sie eine Art von „Verachtung" empfand, bedingt durch die Relativierung der zeitlichen im Verhältnis zu den geistlichen Gütern (A 32v).

Wesentlich und absolut entscheidend für die Orientierung ihres ganzen Lebens wurden vor allem drei fundamentale Gewissheiten, die sie durch übernatürliche Erfahrungen von außergewöhnlicher Intensität und Tiefe erlangte.

Die erste war die *Erfahrung der Liebe Jesu zu ihr* am Tage ihrer Ersten Heiligen Kommunion. Sie begriff, sie „fühlte" ein für alle Mal, endgültig, dass sie geliebt wurde von einer persönlichen, vertrauten, einzigartigen Liebe, der nichts und niemand etwas anhaben konnte. Zitieren wir erneut die sehr ausdrucksvollen Zeilen, die ihr Gefühl wiedergeben: „Das war ein *Liebeskuss, ich fühlte mich geliebt,* und auch ich sagte: „ich liebe Dich, ich gebe mich Dir für immer hin..." „Für immer", und als ob diese Worte nicht genügt hätten, um diese Erfahrung zu beschreiben, fügt sie ein wenig später hinzu: „An jenem Tag war es nicht mehr nur ein *Blick,* sondern ein *Kuss der Liebe,* sie waren nicht mehr *zwei,* Therese war verschwunden" (A 35r).

Es ist keine Übertreibung, wenn man dieser ersten und starken Erfahrung göttlicher Liebe jene unerschütterliche Gewissheit, geliebt zu werden, zuschreibt, die sie nie mehr verließ inmitten offenkundiger Zeiten von Verlassenheit, in Dürreperioden und Prüfungen, die sie durchmachte, ebenso wie ihren unerschütterlichen Wunsch, nichts von ihrem Geliebten zu verlangen, noch zu erwarten, keinerlei Süßigkeit noch persönlichen Trost. Sie gelangte sogar so weit, dass sie sich freute „für Jesus zu leiden" (LT 85, 10), begierig darauf, Ihm stets ihre Liebe zu beweisen, glücklich darüber, Ihn zu trösten wegen der

Liebe, mit der Er nicht geliebt wurde: „Lasst uns Jesus gemeinsam trösten wegen all der Undankbarkeiten.[1]"

Aus dieser wahnsinnigen Liebe (LT 96, 23; PN 24,26, 3) sprudelte ein *Eifer für das Heil der Seelen* hervor, den ihre „Vision" vom Blut, das von Christus am Kreuz vergossen wurde, freisetzte und der wie eine Flut bis zu ihrem Tode anschwoll.

Damals durfte sie eine zweite geistliche Erfahrung machen, die fast ebenso bedeutsam war wie die erste. Diese verankerte in ihr die *unwiderlegbare Gewissheit der Wirksamkeit des Gebetes.*

Es handelte sich um die quasi wunderbare Bekehrung eines Verbrechers, Pranzini, in einer extremen Grenzsituation. Sie konnte nicht daran zweifeln, dass sie persönlich die Gnade durch ihre Gebete erwirkt hatte, denn die Bestätigung dafür hatte sie durch ein „Zeichen" erhalten, um das sie „einfach zu [ihrem] Trost" gebeten hatte (A 46r).

Diese Begebenheit gab ihr die unerschütterliche Gewissheit, dass ihre Gebete stets gehört und erhört würden, mochte der äußere Schein dem auch noch so widersprechen. Ihre Entscheidung für das kontemplative Leben scheint durch diese Überzeugung bestimmt worden zu sein. In der Tat hatte sie begriffen, dass sie durch das Gebet, mit dem sie direkt auf das Herz Gottes einwirkte, ebenso viele und mehr Seelen gewinnen konnte, als wenn sie eine missionarische Tätigkeit ausgeübt hätte, die zwangsläufig auf eine bestimmte Gegend und eine bestimmte Bevölkerung beschränkt blieb (LT 189, 15; PN 25, 2, 6; usw.).

Ein anderer charakteristischer Zug in der Persönlichkeit Thereses vor ihrem Eintritt in den Karmel ist ihre *Sehnsucht nach Heiligkeit.* In welchem Augenblick entstand dieses Verlangen in ihrem Herzen? Das wird wohl sehr früh gewesen sein, zweifellos in einer noch unklaren Weise bereits im Alter von drei Jahren, wie es ihr Geständnis gegenüber Schwester Marie de l'Eucharistie anzuzeigen scheint: „Schon im Alter von drei Jahren habe ich damit begonnen, nichts von dem zu verweigern, was Gott von mir verlangte" (Brief 32, DE, S. 717).

1 LT 119, 4. Siehe LT 83, 8; 96, 43; 104, 3; 109, 46; usw.!

Im Laufe der Jahre ist dieser Wunsch unaufhörlich gewachsen, bis zu dem Verlangen nach der höchsten Stufe der Heiligkeit (siehe LT 107, Anmerkung h, CG I, S. 533!). Therese gelangte dahin, indem sie sich bemühte, stets den Willen Gottes zu erfüllen (siehe A 83r; C 10v, etc.!).

Diese kurze Skizze des moralischen und geistlichen Porträts der Heiligen wäre ziemlich unvollständig, würde man eine Erfahrung unerwähnt lassen, die auch im Laufe ihres Lebens eine wesentliche Rolle spielte, nämlich *die Erfahrung des Leidens.* Ohne zu zögern versicherte sie: „Seit ich auf der Welt bin, habe ich viel gelitten[1]."

Weit davon entfernt, sich zu beklagen oder sich aufzulehnen, begriff sie schnell, dass das Leiden ein unvermeidlicher Bestandteil der menschlichen Situation ist und dass es in der Nachfolge Christi ein bevorzugtes Mittel liefert, um zur vollkommenen Liebe zu gelangen und „die Seelen zu retten" (LT 43 B). Aus diesem Grunde nahm sie sich vor, als sie in den Karmel kam, „immer für Jesus zu leiden" *(ibid.).* Schwester Thérèse de Saint-Augustin hat dies wohl erfasst, wenn sie beim Heiligsprechungsprozess erklärte: „Sie fand im Karmel alles, was sie dort suchte: den täglichen Verzicht und die Demütigungen" (PA, S. 336). Jedoch konnte die Feststellung dessen, was von dem Verhalten der Heiligen äußerlich in Erscheinung trat, ihre tiefen Absichten, die vor den Augen der meisten ihrer Mitschwestern bis zu ihrem Tode praktisch verborgen blieben, nicht wiedergeben.

In Wirklichkeit bestand die wahre, vorrangige und ausschließliche Absicht Thereses bei ihrem Eintritt in den Karmel darin, das zu verwirklichen, was sie an Stärkstem und Kostbarstem in sich trug, was sie gedrängt hatte, alle Hindernisse zu überwinden, um dorthin zu gelangen und was nichts anderes war als die unmittelbare, vollkommene Verwirklichung ihrer zwei großen Wünsche, die den ganzen Sinn ihres Seins und Lebens ausmachten: *Die Vollkommenheit in der Liebe und das Heil der Seelen.*

1 C 4v. Siehe DE 29.7.2; 31.7.13, etc. !

Vollkommenheit in der Liebe

Sie hatte sehr früh und intuitiv begriffen, dass es ihr nicht möglich wäre, diesen Plan zu verwirklichen, wenn sie in der Welt bliebe. „Eines Tages“, sagte sie, „hatte ich zu Pauline gesagt, dass ich Einsiedlerin werden und mit ihr in eine *entfernte Wüste* (A 23r) weggehen möchte“. Damals musste sie ungefähr neun Jahre alt gewesen sein, es war lange bevor sie den Schock erlitt, den ihr die Trennung von Pauline durch deren Eintritt in den Karmel versetzte und unabhängig von der späteren größeren Erfahrung „mit dem Leben und dem Elend der Welt“ (A 53v) die sie dazu brachte, diese Gefahren zu fürchten. Damals schon hatte sie ihre Wahl getroffen. „Eines Tages hatte ich zu Pauline gesagt, dass ich ein Einsiedlerleben führen und mit ihr in eine *entfernte Wüste* gehen wolle“ (A 25).

„Eine entfernte Wüste“? Es ist wahr, dass sie sich schon als kleines Mädchen außerhalb des Familienkreises, inmitten ihrer kleinen Kameradinnen aus der Abtei unbehaglich fühlte, sie fand keinen Geschmack an ihren Spielen (A 23r), da sie zu ausschließlich mit dem Gedanken an die übernatürliche Welt beschäftigt war und vom inneren Leben der Vereinigung mit Gott angezogen wurde (A 33v).

Ebenso wenig schätzte sie später die Unterhaltungen und das geschäftige Treiben der Freunde ihrer Familie, die sie für „zu weltlich“[1] hielt.

Schizophrenie, Menschenscheu? Therese war von keiner Form dieser Kontaktarmut betroffen, wie es ihr Verhalten inmitten ihrer Schwestern und in ihrer Eigenschaft als Novizenmeisterin bezeugt. Übrigens gibt sie zu, dass sie die Freuden dieser Welt gekostet hat: „Ich gestehe, dass dieses Leben für mich reizvoll war“ (A 32v)!

Wenn sie sich in eine Wüste zurückziehen wollte, so lag das daran, das sie die Notwendigkeit des Schweigens und der Einsamkeit verspürte, um das Leben der Vereinigung mit Gott zu führen, das sie sich so sehr wünschte und das ihr ein Leben in der Welt mit seinen Verpflichtungen nicht bieten konnte.

1 A 32v. Siehe C 29v-30r; LT 221, 30!

Ihr Wunsch, sich von der Welt zurückzuziehen, war also keine Flucht vor der Verantwortung und dem Lebenskampf, sondern die drängende Notwendigkeit, günstige Bedingungen für ihr intimes Leben mit Gott zu finden. Sie sagt das mit einem Wort: *„Liebende brauchen die Einsamkeit"* (PN 17, 3). Die Liebe zu Christus, von der sie ergriffen war, ließ ihr nicht die Wahl, ihr Herz zu teilen. Sie war davon überzeugt, dass dies nicht möglich sei: „Wie kann sich ein Herz, dass sich der Liebe zu den Geschöpfen hingibt, innig mit Gott vereinigen?" (A 38r). Davon war sie so überzeugt, dass, wenn sie zugestimmt hätte, dass Céline im Gefolge von Pater Pichon in die Mission aufgebrochen wäre, sie dagegen absolut nicht hätte akzeptieren können, dass sie geheiratet hätte: „Das einzige, was ich nicht akzeptieren konnte, war, dass sie nicht die Braut Jesu sei, denn, da sie ihn ebenso liebte wie ich, war es mir unmöglich zu verstehen, wie sie *ihr Herz einem Sterblichen schenken könnte"* (A 82r). Man könnte über diese extreme Einstellung der Heiligen erstaunt sein, denn schließlich fehlt es in der Kirche und der Welt nicht an verheirateten oder unverheirateten Personen, die zur Heiligkeit gelangt sind! Aber Therese war überzeugt, dass Céline, die das Keuschheitsgelübde abgelegt hatte, eine Ordensberufung hatte.

Um die Hartnäckigkeit Thereses in diesem Bereich wie in anderen, wie wir später sehen werden, zu verstehen, muss man sich in der Tat daran erinnern, dass einer ihrer vorherrschenden Charakterzüge das Absolute des „Alles oder Nichts" war, das sie in allem einbrachte, was sie erstrebte oder wollte. Sie konnte sich nicht mit Halbheiten zufrieden geben ebenso wenig in der Hingabe ihrer selbst und in dem was sie tat wie in dem, was sie für sich und die anderen anstrebte.

Beispiele für diese Haltung der „Ganzheit" fehlen nicht, angefangen mit dem, was ihr am meisten am Herzen lag: die Heiligkeit und das Heil der Seelen, wie wir gesehen haben.

Erwähnen wir noch kurz ihre hohe, sehr hohe Auffassung vom Priestertum, die ihr Leiden verursachte, weil sie feststellte: „wie viele schlechte Priester gibt es, Priester, die *nicht heilig genug sind"* (LT 94, 46).

Bezüglich ihrer eigenen religiösen Berufung zeigte sie sich nicht weniger unerbittlich und erwog, dass die Intimität des Lebens, wozu „der Bräutigam der Jungfrauen“ (A 61v; 64r) sie berufen hatte, eine Reinheit des Herzens und der Sinne forderte, die jeden Schmutzfleck ausschloss (siehe RP 6, 11v, 1). „Um Jungfrau zu sein, darf man nur noch an den Bräutigam denken, der nichts duldet [...], was nicht jungfräulich ist“ (LT 122, 29-31). Sie, die, als sie noch ganz klein war, ihre Jungfräulichkeit bereits als einen „kostbaren Schatz“ achtete (RP 4, 30, 2), betrachtete ihre Profess als eine Weihe, die einer zweiten Taufe gleichkam. Daher ihre „große Furcht“ (A 70r), sie durch den geringsten Fleck zu trüben und ihre panische Angst, der Ausdruck ist nicht zu stark, sie könne „das weiße Kleid [ihrer] zweiten Taufe nicht mit zum Himmel nehmen“ (LT 114, 34; siehe Pri 2, 2).

Wir haben gesehen, wie sie in dem gleichen Geist absoluter Vollkommenheit alle Pflichten erfüllte, mit denen sie im Kloster beauftragt war, ohne jemals der geringsten Lockerung, dem geringsten „Ungefähr“ nachzugeben. Dieses Bemühen, alles mit einem Höchstmaß an Perfektion zu tun, ist besonders beachtlich im Gottesdienst: „Ich glaube nicht, dass es möglich ist, mehr, als ich es getan habe, zu wünschen, das Stundengebet gut vorzutragen und dabei keine Fehler zu machen“ (CSG, S. 76). Wir erinnern uns an ihre strenge Zurechtweisung gegenüber Schwester Marie de la Trinité wegen eines schlecht gemachten Bettes und an ihre Überlegung, dass man kein Gelübde für das je Vollkommenere abzulegen brauche, um es zu praktizieren. (VT 74 [1979], S. 144).

Für ihr Wesen, das in allen Dingen nach dem absolut Vollkommenen strebte, könnte man weitere Beispiele anführen. Aber für die Bestätigung alles dessen , was vorausgeht, wird es genügen, daran zu erinnern, dass die innere Bewegung, die sie zu unerbittlichem, immer Besseren trieb, sie dazu brachte, sich nicht mit ihrer Berufung als „Karmelitin, Gattin und Mutter“ zu begnügen, sondern gleichzeitig (wieder das „ich wähle alles“) „die Bestimmung des Kriegers, Priesters, Apostels, Kirchenlehrers, Märtyrers, schließlich [...] *alle die heroischsten Aufgaben*“ (B 2v) zu übernehmen. Der weitere Text ist von dem gleichen Tenor.

Es gibt keine bessere Veranschaulichung, keinen besseren Beweis dafür, dass der Wunsch, der Wille zum Absoluten, der Therese zur äußersten Hingabe ihrer selbst trieb, nichts anderes war als die absolute Liebe zu Gott, die sie ganz in Besitz genommen hatte.

Ein Lebensbereich

Um diesen Bestrebungen gerecht zu werden, fühlte Therese das Bedürfnis, eine zwingende Notwendigkeit, sich in einem *Milieu* zu befinden, das sie nicht nur nicht von ihrem Bestreben ablenken, sondern es vor allem bis zum Erreichen des Endziels begünstigen und unterstützen würde. Dies ist der vorrangigste und tiefste Grund für ihren Eintritt in den Karmel. Dort fand sie, was sie suchte und mehr noch das, was sie sich nicht erträumen konnte: die Entfaltung ihres spirituellen Genies, das ihr die Ernennung zur Kirchenlehrerin einbringen würde.

Der Wille Gottes

Sie wollte eine Heilige, eine große Heilige werden. Und nicht erst nach ihrem Eintritt in den Karmel, nicht erst nach der Lektüre von Büchern über Spiritualität, lernte sie, wie man es anstellen müsse, um dahin zu gelangen. Jesus selbst hatte sie sehr früh darin unterwiesen: „Ah! wenn Gelehrte, die ihr Leben lang studiert haben, gekommen wären, um mich zu befragen, wären sie zweifellos überrascht gewesen, ein Kind von vierzehn Jahren zu sehen, *das die Geheimnisse der Vollkommenheit versteht*" (A 49r).

Unter diesen Geheimnissen gab es eines, das sie sehr früh, im Alter von drei Jahren begriffen hatte, als sie, wie wir gesehen haben, „begonnen hatte, nichts zu verweigern, was der Liebe Gott" von ihr verlangte (Brief 32, DE, S. 717), was darauf hinauslief, den Willen Gottes zu tun.

Daher ist es nicht erstaunlich, dass sie bereits auf der ersten Seite ihres Manuskriptes an Mutter Agnes das leitende Prinzip ihres ganzen Lebens im Karmel zum Ausdruck gebracht hatte: „*Die Vollkommen-*

heit besteht darin, dass wir Seinen Willen tun und so sind, wie Er uns haben will.“ (A 2v; siehe LT 142, 30 vom 6. Juli 1893!).

Da sie „gespürt“ hatte, dass es der Karmel war, wo der Herr sie sehen wollte – „Ich fühlte, dass der Karmel die Wüste war, wohin der Liebe Gott wollte, dass ich ginge“ (A 26r) - , strebte sie unentwegt, so früh wie möglich dorthin zu gelangen. Daher brachte sie so viel Energie auf, um alle Hindernisse, die sich ihr in den Weg stellten zu überwinden und begab sich sogar nach Rom: „Ich suchte nur den Willen des Lieben Gottes“ (A 55v).

Dies war das einzige Motiv, das sie geltend machte, um die Genehmigung von Msgr. Hugonin zu erlangen: „Eurer Exzellenz werde ich *die Erfüllung des göttlichen Willens verdanken“* (LT 38B, Dezember 1887).

Schließlich im Karmel angekommen, wiederholte sie wie ein *Leitmotiv:* „Mein einziger Wunsch ist, *stets den Willen Jesu zu erfüllen“* (LT 74, 56; siehe LT 156, 62!) oder auch: „Das Einzige, was ich ersehne ist der Wille des Lieben Gottes“ (LT 220, 74), Seine „Freude“ (PN 45, 3, 5).

Wie zu erwarten, war es nicht ihre Art, die Dinge nur halb zu wollen. Daher bemühte sie sich, „Seinen Willen“ nicht nur „immer“, sondern auch „in vollkommener Weise[1]“ und bis zum Ende zu erfüllen, wie ihre letzten Briefe zwei Monate vor ihrem Tod bezeugen[2].

Die Befriedigung, die Freude, das Glück, das sie dabei empfand, sich dem Wollen Gottes „anzugleichen“ (LT 167, 10), ging aus der Gewissheit hervor, die sie daraus gewann, weiterzukommen auf dem Wege der Vollkommenheit, die ihr über allem am Herzen lag: „Oh! wie süß ist der Weg der Liebe!... Wie sehr will ich *mich bemühen, immer mit der größten Hingabe, den Willen des Lieben Gottes zu erfüllen!“* (A 84v).

Sie hatte den idealen Ort für sich gefunden, wo sie sich diesem Bemühen beständig, wirklich und sicher widmen konnte dank der Sicherheiten, die ihr das Ordensleben gewährte.

1 Siehe A 76v, A 83r, Pri 6, 9, Pri 10, 14!.

2 Siehe LT 255, 51 und 258, 23 vom 16. und 17. Juli 1897!

Dies ist die Bedeutung jenes Ausrufes, den sie bei Céline vier Jahre nach ihrem Eintritt in den Karmel machte: *„Welch ein Glück sagen zu können: ‚Ich bin sicher, den Willen des Lieben Gottes zu erfüllen'"* (LT 42 vom 6. Juli 1893).

Diese Gewissheit hatte nicht ihren einzigen Grund in der Tatsache, dass sie sich dort befand, weil sie auf den Anruf des Herrn geantwortet hatte. Ihre Sicherheit hatte in ihr immer mehr Form angenommen durch den Unterricht, den sie während des Noviziats erhalten hatte und die Konventkapitel über die Traditionen des Karmel, in den Predigten und Exerzitien und auch durch einige Bücher, in denen versichert wurde, dass der Ordensmann oder die Ordensfrau, die ihrer *Ordensregel* und ihren *Konstitutionen* gewissenhaft Folge leisteten, geheiligt werden und so zur Heiligkeit gelangen.

Die Gewissheit Thereses, „den Willen des Lieben Gottes zu erfüllen" basierte also auf der theologischen Erklärung, nach der die *Regel* und die *Konstitutionen* eines religiösen Ordens, falls sie angemessen durch die Autorität des Heiligen Stuhls gebilligt worden waren, die Garantie ihrer Übereinstimmung mit dem Evangelium und der Lehre der Kirche haben, da diese den Beistand des Heiligen Geistes genießt.

In ihrem glühenden Verlangen, sich dem Willen Gottes ganz anzupassen, freute sie sich daher lebhaft („welches Glück"!), nicht zögern zu müssen, keine Fragen stellen zu müssen bezüglich der Richtigkeit oder der Rechtgläubigkeit dessen, was sie zu tun hatte. Es genügte ihr, treu den Vorschriften der *Ordensregel,* der *Konstitutionen* und selbst dem Gewohnheitsrecht des Klosters zu folgen, wo ein jeder Tagesablauf bis ins Einzelne aufgeführt war. Welch einen Frieden empfand sie, weil sie nicht zu suchen brauchte, was der Herr in der einen oder anderen Situation von ihr wollte oder erwartete. Solche Überlegungen hätte sie unvermeidlich anstellen müssen, wenn sie in der Welt geblieben wäre oder selbst als Missionsschwester, die über eine gewisse Handlungsfreiheit verfügt. Eines Tages gestand sie Schwester Geneviève: „Wir sind überaus glücklich daran, dass wir nur das zu tun brauchen, was unsere heiligen Reformatoren mit soviel Mühe einführen mussten" (CSG, S. 115).

Das also ist es, was sie im Karmel suchte: Einen *Lebensrahmen, der ihr die günstigsten Bedingungen bot, um den Plan, den Gott mit ihr hatte, zu verwirklichen.*

Als praktische Konsequenz musste sie die traditionellen Ordensgelübde von „Armut, Keuschheit, Gehorsam" halten. In dieser Reihenfolge stellt sie sie in einem Gedicht vor, das sie für den Tag einer Profess verfasste (PN 48) und ebenso in einem Theaterstück für die Rekreation: *Der Triumph der Demut* (RP 7, 5r).

Armut

Von *Armut* im eigentlichen Sinne sprach sie sehr wenig. Wichtiger war es ihr, sie zu leben. Dies tat sie mit äußerster Energie und äußerstem Mut, so wie es ihrem Temperament entsprach, und wie es die Beschreibung, die sie davon gibt, verrät, die eher dem Elend entsprechen würde: „Die Armut besteht darin, dass man [...] *die notwendigsten Dinge* entbehren muss" (A 74v)! Sie begnügte sich nicht mit einer passiven Haltung, sondern sie gelangte dazu, Armut zu üben. Dies tat sie nicht nur, indem sie niemals etwas für ihre eigene Annehmlichkeit beanspruchte und Kleidung und Gegenstände, über die sie verfügte bis zum Äußersten nutzte, sondern sie bemühte sich darüber hinaus, beschädigte Gegenstände (wie ihre Zellenlampe) zu behalten oder „die hässlichsten und unpraktischsten Dinge zu wählen (A 74v), wie jene angeschlagene Porzellanvase, die sie anstelle einer anderen erhielt, die ihrem Geschmack entsprach, obwohl „sie doch alles liebte, was schön und von gutem Geschmack ist" (PA, S. 302).

Sie pries den Wert der Armut, wie es ihre heilige Patronin, Teresa von Avila, getan hatte (siehe Ch. II), indem sie das Gelübde der Armut als „vorrangiges Opfer" (PN 48, 2, 1) oder als „den größten der Schätze" bezeichnete (RP 6, 9r), und sie freute sich, wenn sie gelegentlich ihre Last spürte (C 16v).

Keuschheit

Was das Gelübde der *Keuschheit* anbetraf, so sprach Therese auch darüber recht wenig (siehe insbesondere einige Gedichte: PN 3; 13 und 53 !). Der Grund dafür ist, dass für sie *Keuschheit mit Jungfräulichkeit identisch war,* die sie dagegen mit einem gewissen Stolz als seltenes Privileg herausstrich. Ihre Wertschätzung für die Jungfräulichkeit ging so weit, dass sie unserer Lieben Frau die Absicht zusprach, lieber Jungfrau zu bleiben als Mutter Gottes zu werden. (LT 130, 1v; PN 54, 3)! Für sie konnten alle dem Herrn geweihte Ordensfrauen nur keusch sein, da sie die Bräute des „Bräutigams der Jungfrauen" waren (A 4r, A6v, A61v, usw.).

Der andere Grund, der ihr Schweigen bezüglich dieses Themas erklärt, ist die Tatsache, dass die Heilige „nie gegen diese Tugend in Versuchung geführt wurde" (PO, S. 47 und 300).

Die Bewahrung der Keuschheit war etwas ganz Natürliches für sie. Das hinderte sie jedoch nicht daran, mit einer besonderen Sorgfalt über ihre Empfindsamkeit und ihr Verhalten zu wachen, was so weit ging, dass sie nur Reliquien von jungfräulichen Heiligen bei sich trug! Dennoch bedauerte sie es, dass sie in diesem Bereich keine Kämpfe zu führen brauchte, weil sie dadurch um einige Verdienste ärmer war (PA, S. 302)!

Gehorsam

Dagegen beschäftigte sie die Frage des *Gehorsams* sehr. Was ihr *Gelübde* anbetraf, musste sie sich anstrengen, um ihren „Willen, der stets bereit war, sich zu behaupten" (A 68v), unterzuordnen. Was nicht überrascht in Anbetracht ihrer außergewöhnlichen Talente.

Vor dem Tod ihrer Mutter war sie von „äußerster Empfindsamkeit" (PO, S. 169 und 268), „voller Schwung, lebhaft, mitteilsam, auf natürliche Weise stolz und hartnäckig" (PO, S. 265) und blieb auch später „sehr lebhaft" (PO, S. 293). Sie gab zu: „Ich hatte keine einfache Natur, das war nicht sichtbar, aber ich fühlte es wohl" (PO, S. 402;

siehe PA, S. 337!). Eines Tages gestand sie Schwester Geneviève: „ Mit einer Natur wie der meinigen wäre ich sehr boshaft geworden, und vielleicht sogar in mein ewiges Verderben gerannt“ (PA, S. 308; siehe A 40r!), wenn ich von Eltern ohne Tugendhaftigkeit erzogen worden wäre.

Da sie einen „sehr energischen Charakter und eine mannhafte Seele“ hatte, (Mutter Agnes, PA, S. 186), kann man erraten, was der Gehorsam sie, menschlich betrachtet, gekostet haben muss. Im geistlichen Bereich hingegen freute sie sich darüber, denn gerade durch die demütige und großzügige Übung des Gehorsams machte sie die größten Fortschritte auf dem Weg zur Vollkommenheit.

Es wird genügen, dafür ein einziges Beispiel zu zitieren: Als Therese in ihrer Eigenschaft als Gehilfin der Novizenmeisterin eine gewisse Autorität ausübte, „diente ihr die Aufgabe, die sie erfüllte, niemals [...] als Vorwand, um sich die geringste Untreue gegenüber der Ordensregel zu erlauben. Als Verantwortliche für ihre Schwestern bleibt sie *vor allem Karmelitin...*“ (Summarium, par. 2213, S. 728).

Wichtig war ihr insbesondere und über alles, den Willen Gottes zu erfüllen, in jeder Situation und in allen Kleinigkeiten des täglichen Lebens, koste es, was es wolle. Sie fürchtete nichts so sehr wie nach Gutdünken zu handeln und nicht zu wissen, ob das, was sie zu tun gewählt hatte, Gott gefiel oder nicht. Aus diesem Grunde hatte sie im Bewusstsein ihrer „Schwäche“ bereits im Alter von elf Jahren Jesus darum gebeten, „ihr die *Freiheit* zu nehmen“ (A 35v). Von daher begreift man, dass es ihr nicht genügte, die Vorschriften der *Ordensregel* und der *Konstitutionen* befolgen zu müssen, denn diese ließen einen nicht scharf umrissenen Spielraum und eine gewisse Freiheit im Bereich der täglichen Aktivitäten des Hauses. Sie wollte feststellen können und sicher sein, das zu tun, was Gott von ihr erwartete während ihres Tagesablaufes. So sah sie das ungeheure Verdienst des Gehorsams im Kloster und seinen unvergleichlichen Vorteil im Verhältnis zu dem Leben der Laien. Daher rührte ihre quasi ehrfürchtige Achtung vor den Oberen; da sie „Stellvertreter Gottes“ waren, der „sich vertreten lässt, durch wen Er will“ (DE 20.7.2), drückten ihre

Befehle und selbst ihre einfachen Anordnungen konkret im Moment das göttliche Wollen aus, selbst, wenn sie sich täuschten!

Dies ist der tiefe Sinn ihres Ausrufes, den sie an ihre Priorin, Mutter Marie de Gonzague, richtete: „O meine Mutter, von welchen Nöten befreit man sich dadurch, dass man das Gelübde des Gehorsams ablegt! Wie glücklich die einfachen Nonnen sind. Da ihre einzige Richtschnur der Wille der Oberen ist, sind sie *immer sicher, auf dem rechten Weg zu sein,* sie brauchen keine Angst zu haben, dass sie sich täuschen, selbst wenn es ihnen sicher scheint, dass sich die Vorgesetzten irren. Aber wenn man aufhört, die untrügliche Richtschnur zu beachten, wenn man sich von dem Weg entfernt, dem zu folgen sie gebietet, unter dem Vorwand, den Willen Gottes zu tun, da er diejenigen nicht mehr recht erleuchte, die seine Stelle innehaben, dann verirrt sich die Seele sogleich auf unfruchtbaren Wegen, wo ihr bald das Wasser der Gnade fehlt“ (C 11r). Therese wählte den Karmel nicht nur wegen seines geregelten Lebensrahmens mit Konstitutionen, Vorgesetzten und Ordensgelübden. Das hätte sie in anderen Formen eines kontemplativen Ordenslebens finden können. Sie wählte den Karmel, der von der heiligen Teresa von Avila reformiert worden war, weil sein „Lebensstil“ dem entsprach, was sie suchte, unter dem Einfluss – das ist wahr - oder, besser gesagt, „gedrängt“ vom Heiligen Geist: sie wollte sich in die „Wüste“ zurückziehen, um sich der Liebe Jesu auszuliefern und „Seelen zu retten“.

Die Wüste

„Der Karmel war die *Wüste,* wo der Liebe Gott wollte, dass ich mich auch verberge“ (A 26r).

Wer Wüste sagt, meint Einsamkeit. Dies war die Anziehung für Therese, als Kind und Jugendliche, wie zahlreiche Beispiele, die sie dafür gibt, bezeugen[1].

1 Über diesen Charakterzug der Heiligen, siehe Pierre DESCOUVEMONT, Sainte Thérèse de l'Enfant-Jésus et son prochain*, Lethielleux, Paris, 1962, S. 55-60.

So versteht man, in welchem Maße ihr die Vorschrift der *Ordensregel* der Einsiedler des Berges Karmel entgegenkam, die durch ihre heilige Patronin neue Gültigkeit erlangt hatte, wonach einer jeden Karmelitin eine Zelle zugewiesen wurde, in der sie allein bleiben, „Tag und Nacht im Gesetz des Herrn betrachten und im Gebet wachen sollte, außer [sie] war aus gutem Grund anderweitig beschäftigt" (*Ursprüngliche Regel* n° 8).

Die teresianischen *Konstitutionen* schrieben ein zweistündiges tägliches Gebet in Gemeinschaft vor (im Karmel von Lisieux: von fünf bis sechs Uhr morgens und von siebzehn bis achtzehn Uhr abends), und sie empfahlen auch eine geistliche Lesung, die Sammlung und das Stillschweigen im Kloster. Die Heilige schätzte diese Zeiten der Einsamkeit: „Die Liebenden brauchen Einsamkeit" (PN 17, 3; siehe LT 74, 12!), die ihr erlaubte, in der Gegenwart Gottes, ohne Ablenkung oder Bewegung um sie herum, in der Andacht versunken, zu verweilen.

Schwester Geneviève berichtet, dass sie eines Tages beim Betreten ihrer Zelle betroffen war von ihrem Ausdruck großer Andacht. „Sie nähte eifrig und schien dennoch in einer tiefen Meditation versunken zu sein" (CSG, S. 81).

Eines Tages gestand sie: „Ich glaube wohl, dass ich nie drei Minuten verbracht habe, ohne an den Lieben Gott zu denken" (CSG, S. 77)!

Das zeigt, zu welcher Tiefe sie in ihrer Einheit mit Gott gelangt war, indem sie sich die geistliche Lehre der großen Meister des Karmel, der Teresa von Avila und vor allem des heiligen Johannes vom Kreuz zu eigen machte, den sie, wie man weiß, zu ihrer Lieblingslektüre erwählte: „Ah! welche Einsichten habe ich doch aus den Werken unseres Vaters, des hl. Johannes vom Kreuz, geschöpft!... Im Alter von siebzehn und achtzehn Jahren hatte ich keine andere geistliche Nahrung" (A 83v).

Diese Lektüre befestigte, stärkte und erleuchtete ihre leidenschaftliche Liebe zu Jesus und ihr Streben nach höchster Vollkommenheit.

Johannes vom Kreuz und Teresa von Avila lehrten, dass es auf dem Weg des geistlichen Lebens zwei Möglichkeiten gibt, die Forderungen des Evangeliums zu leben: einen kontemplativen Weg von mystischer Art, einen anderen normalen ohne außergewöhnliche Gnaden, welcher der Weg der meisten war, dem die Heilige folgen und den sie den „kleinen Seelen“ vorschlagen wollte. Ein Weg, der für die Karmelitinnen das forderte, was sie den „inneren Geist“ nannte (PO, S. 452; PA, S. 468), ein typischer Ausdruck für die Kontemplativen des Karmel. Sie wusste ohne die geringste Illusion (A 69v), dass die „Wüste“, die sie im Karmel suchte, auch der Ort der Entsagung, der Opfer war, und sie bot sich an, sie für das Heil der Seelen freiwillig zu erleiden (Siehe LT 43B, März 1888!).

Sie bemühte sich, ihrem Meister, dem heiligen Johannes vom Kreuz, nachzueifern, der „leiden und *verachtet* werden“ wollte (LT 81, 49), „aus Liebe“ (LT 188r).

Sie hatte den Wahlspruch der heiligen Maria Magdalena von Pazzi übernommen, der lautete: „Ein Tag als Karmelitin, der ohne Leiden vergeht, ist ein verlorener Tag“ (LT 47 vom 8. Mai 1888).

Das Heil der Seelen

Erfüllte das Verlangen nach Vollkommenheit in der Liebe das Leben der heiligen Therese, so nahm ein anderes nicht weniger leidenschaftliches Anliegen ihr Denken und alle ihre Handlungen unaufhörlich in Besitz: *Das Heil der Seelen.*

Dieser Eifer, ein Bemühen, von dem sie buchstäblich verschlungen wurde, hatte sie erfasst, wie man weiß, seit ihrer „Vision“ vom Blut, das aus einer der Hände des Gekreuzigten floss (A 45v) und hatte sich mit der Zeit nur noch verstärkt. Ihr Wunsch, „die Seelen zu retten“, wurde immer stärker (A 46v) und, wie es wohl ihrem Charakter entsprach, wollte sie so viele wie möglich retten: „die Hoffnung durch Abtötung und Aufopferung mehr Seelen zu retten, brachte sie zu dem Entschluss, sich im Karmel einzuschließen“ (PO, S. 269).

Aus diesem Grunde übernahm sie bei ihrem Eintritt uneingeschränkt das Ideal der Reformatorin des Karmel, indem sie sich sozusagen mit dem Hauptziel identifizierte, das die *Madre Teresa* für ihre

Töchter festgesetzt hatte und das darin bestand, für die Priester zu beten (Ch. III).

„Arbeiten [...] zum Heil der Seelen; in dieser Absicht bin ich Karmelitin geworden; da ich keine aktive Missionarin werden konnte, wollte ich eine Missionarin aus Liebe und Bußfertigkeit sein wie die heilige Teresa, meine seraphische Mutter“ (LT 189 vom 23. Juni 1896).

Dieses Motiv erscheint im Verlauf ihrer Schriften wie ein wahres *Leitmotiv:* „Unsere Aufgabe als Karmelitinnen besteht darin, Arbeiter des Evangeliums mitzuformen, die Tausende von Seelen retten werden[1], deren Mütter wir sein werden.“

Wie glücklich die Heilige darüber war, im Karmel dieses Motiv des geistlichen Lebens gefunden zu haben, das ihrem tiefsten Verlangen so vollkommen entsprach, das gibt sie uns mit einer Art von Schwärmerei zu verstehen, indem sie sich ständig auf den Willen ihrer heiligen Patronin beruft, deren Tochter sie sein wollte: „ Wie schön die Berufung ist, die zum Ziel hat, das für die Seelen bestimmte Salz zu bewahren! Diese Berufung ist die des Karmel, denn das *einzige Ziel* unserer Gebete und unserer Opfer besteht darin, *Apostel der Apostel zu sein,* für sie zu beten, während sie durch ihre Worte und vor allem durch ihr Beispiel den Seelen das Evangelium verkünden“ (A 56r).

Diese Passage ist das fast wörtliche Wiederaufgreifen der Gründertexte des *Weges der Vollkommenheit,* in denen die Reformatorin mit Nachdruck ihre Töchter ermahnt, „solche“ – nämlich Heilige - zu sein, um den Zweck und das Ziel zu erreichen, für das allein der Herr sie vereinigt hat: die „Verteidiger der Kirche“, die Priester, zu unterstützen (Ch. I, 3).

„Eine Karmelitin, die nicht Apostel wäre, würde sich vom Ziel ihrer Berufung entfernen und aufhören, Tochter der seraphischen heiligen Teresa zu sein, die tausend Leben geben wollte, um eine einzige Seele zu retten“ (LT 198 vom 21. Oktober 1896).

Es ist offensichtlich, dass sie ganz und vollkommen Karmelitin sein wollte, indem sie sich mit dem apostolischen Plan der heiligen

1 LT 135. Siehe B 2v; C 24v; C 33v; LT 201, usw.!

Teresa von Avila identifizierte. In einem Gebet, dass sie für Schwester Marie-Madeleine, ihre Novizin, verfasst hatte, schreibt sie: „Heilige Teresa, meine Mutter, lehren Sie mich, die Seelen zu retten, damit ich eine *wahre Karmelitin* werde“ (Pri 5, 3v).

Die karmelitanische Tradition

Man sollte die Rolle nicht vergessen oder bagatellisieren, die die Kommunität von Lisieux beim Aufstieg Thereses zum „Gipfel des Berges der Liebe“ spielte (B 1v; LT 112, 33; siehe LT 178, 10!) ebenso wenig wie ihre vollständige Übernahme des von der heiligen Teresa von Avila reformierten Geistes des Karmel. Sie verdankt der „Gesellschaft der Schwestern“ viel.

Diese war in der Tat zugleich der Prüfstein, an dem sie ihre Tugenden praktizieren und vervollkommnen sollte und gleichzeitig eine Familie, die sie umgab und die sie auf ihrem Weg zu Gott hin unterstützte, indem sie ihr den Geist und die Liebe zu ihrem Orden und zur Kirche vermittelte.

Der Rahmen des religiösen und karmelitanischen Lebens im Kloster von Lisieux mit seiner strengen Disziplin, durchströmt von der lebendigen Gegenwart der „seraphischen“ Mutter Teresa von Avila, war der von der Vorsehung bestimmte Ort, wo Therese den Plan verwirklichen konnte, den Gott mit ihr hatte.

Man kann sagen, dass sie das Fundament oder besser gesagt, den Humusboden fand, von dem sie sich nährte, um zu wachsen, um ihr spirituelles Genie zu entfalten und ihre eigene Lehre auszuarbeiten.

Stellen wir nur einige charakteristische Züge fest. Die Praxis der „Übung der Gegenwart Gottes“, die nach dem Beispiel des Elias im Karmel Tradition hat, wird sie dazu gebracht haben, den Wert des gegenwärtigen Augenblickes, der geringsten unter den Augen Gottes vollbrachten Handlungen zu begreifen, jene kleinen „Nichtigkeiten“, die die Heilige zu einem der Bestandteile ihres „Kleinen Weges“ machte.

Das Wesensmerkmal des Absoluten des „Alles und Nichts“, das die beiden Meister des Karmel auf dem Weg zur Vollkommenheit forderten, hat sie, da es ihrem eigenen Temperament entsprach, bestätigt und bestärkt, immer ein Höchstmaß an Hingabe ihrer selbst und ihrer Hoffnung anzustreben..

Die beiden Stunden des täglichen Gebetes in Gemeinschaft und die Atmosphäre der Einsamkeit und des Stillschweigens im Kloster, die die Sammlung für die Meditation begünstigten, förderten bei Therese das langsame Keimen ihres Denkens und die Entdeckung ihres „Kleinen Weges" und dann der Barmherzigkeit Gottes, die seine Gerechtigkeit übertrifft. Und der missionarische Eifer der Reformatorin bewirkte, dass sie danach strebte, ihren Eifer auf die universellen Dimensionen des mystischen Leibes auszudehnen.

Das wichtigste Erbe schließlich, das sie von der karmelitanischen Tradition erhielt, ist zweifellos die spirituelle Freiheit, die sowohl Teresa von Avila[1] als auch Johannes vom Kreuz empfahlen und verteidigten und die es ihr erlaubte, sich wagemutig abseits der ausgetretenen spirituellen Pfade ihrer Zeit zu bewegen, ihren „Kleinen Weg" zu erfinden, das wahre Gesicht Gottes zu entdecken und den Wunsch zu haben, in allen Berufungen im Herzen der Kirche präsent zu sein.

Ist es nicht überraschend, dass eine vorbildliche Ordensfrau, die alle Regeln ihres Klosters so sehr achtete, sich bis zur Kühnheit so unabhängig, im Bereich des geistlichen Lebens so frei zeigte und in „revolutionärer" Weise, entgegen der Mentalität und den Denkrichtungen ihrer Zeit, die persönlichen Beziehungen zu Gott erneuerte?

Die Ursache hierfür ist, dass sie, indem sie eine vollkommene Karmelitin gemäß der *Ordensregel* und dem Geist des reformierten Karmel wurde, zu jener inneren Freiheit gelangte, die das „Vorrecht der vollkommenen Wesen" ist (F 5, 7), von jenen, deren Wille vollständig in den Willen Gottes verwandelt worden ist und von denen man mit dem heiligen Augustinus sagen kann: „Liebe und tue, was du willst".

1 Die Heilige von Avila schrieb für ihre Töchter: „Möge es selbstverständlich sein, dass wir allem misstrauen müssen, was uns des freien Gebrauches der Vernunft beraubt, denn auf diese Weise werden wir die Freiheit des Geistes nicht gewinnen; sie ist uns unentbehrlich, um Gott in allen Dingen zu finden und an Ihn denken zu können. Alles Übrige ist nur Unterwerfung des Geistes [...]. Das bedeutet, die Seele zu fesseln und sie am Wachsen zu hindern" (F 6, 15; siehe Ch. V und XIX, 4!).

Das ist genau das, was der Heilige Johannes vom Kreuz ausdrückte, als er auf dem höchsten Punkt seiner Skizze vom Aufstieg auf den Berg Karmel schrieb: „Hier gibt es kein Gesetz mehr für den Gerechten[1]."

Die Erregung, die Begeisterung, die die Heilige empfand, als sie diesen Satz entdeckte, sie, die sich gewöhnlich in der Gewalt hatte, zeigt, in welchem Maße sie die Wahrheit dieses Gedankens ihres Meisters durch die Erfahrung bestätigt fand. Schwester Geneviève erzählt: „Ich wurde Zeugin ihrer Begeisterung, als sie vor der Darstellung unseres Seligen Vaters im „Aufstieg zum Berg Karmel" innehielt und mich auf diese Zeile aufmerksam machte, wo er schreibt: ‚Hier gibt es keinen Weg mehr, weil es für den Gerechten kein Gesetz gibt.'"

„Dann ging ihr der Atem aus, um ihr Glück zum Ausdruck zu bringen. Dieser Satz half ihr sehr dabei, *ihre Unabhängigkeit zu erlangen* bei ihren Nachforschungen über die reine Liebe, die einige als Anmaßung einstuften. Sie nahm ihren ganzen Mut zusammen, um einen völlig neuen Weg zu finden, um zur reinen Liebe zu gelangen" (CSG, S. 78).

Thereses Schwester macht hier eine Anspielung auf die Verständnislosigkeit, sogar auf den Widerstand, dem die Heilige bei ihren „Nachforschungen" über die neuen spirituellen Wege begegnete, wie zum Beispiel dem Verweis von Pater Blino, der glücklicherweise durch die uneingeschränkte Anerkennung von Pater Prou richtig gestellt wurde, der sie „mit vollen Segeln auf die Wogen des *Vertrauens*[2]" (A 80v) schickte.

1 Gesamtwerk, Cerf Verlag, 1990, S. 256

2 Im Mai 1890 hatte der Exerzitienprediger, Pater Blino S.J., dem sie ihren Wunsch anvertraut hatte, eine Heilige zu werden wie ihre Patronin Teresa von Avila, ihren Stolz und ihre Anmaßung getadelt. Therese hatte ihm geantwortet: „ ‚Aber, mein Vater, ich halte diese Wünsche nicht für leichtsinnig, ich kann sehr wohl die Heiligkeit anstreben, selbst, wenn ich es will, eine höhere als die der heiligen Teresa, denn Unser Herr hat gesagt: ‚Seid vollkommen, wie euer himmlischer Vater vollkommen ist.' Sehen Sie, mein Vater, wie weit das Gebiet ist, und mir scheint, als habe ich das Recht, darin zu laufen!" Der Ordensmann war nicht überzeugt, und die Dienerin Gottes suchte stets vergeblich das Echo ihrer Gedanken, intimen Bestrebungen, jemanden, der berechtigt war, ihr zu sagen: „Segeln Sie vorwärts auf dem offenen Meer und werfen Sie Ihre Netze aus, Sie sind in der Wahrheit' " (Mutter AGNES, LT 107, Anmerkung h, CG I, S. 533-534). Dies tat Pater Prou, für den sie eine unendliche Dankbarkeit empfand.

Die Kühnheit Thereses, hervorgerufen durch die Gnade, begegnete einem ernsthaften Defizit in der Leitung der Kommunität, nämlich „der Abwesenheit einer spirituellen, priesterlichen, festen und ausgeglichenen Leitung in Lisieux (Abbé Youf, Hausgeistlicher des Karmel seit 1873, muss sich mit den Beichten begnügen und wird dieser Rolle nicht gerecht): die Ordensschwestern scheinen sich selbst überlassen zu sein, oft unfähig, eine ausreichende Beurteilung ihres „Geistes" zu treffen. Therese, glücklicherweise sicher[1], wird ihren Weg selbst ausprobieren müssen."

Sie erkannte, dass sie nur Jesus allein zum Führer gehabt hatte: „Er allein war der Führer meiner Seele[2]."

Schwester Geneviève sagte im Bischöflichen Ermittlungsprozess aus: „Die Dienerin Gottes hatte, streng genommen, nie einen Seelenführer; sowohl für die Angelegenheiten ihrer Berufung wie später für ihre innere Führung ließ sie sich von Unserem Herrn leiten" (P0, S. 286). Sie brauchte sich daher nicht von dem Einfluss eines mehr oder weniger skrupelhaften Führers, wie es Abbé Youf war, zu befreien.

Wird der Herr, der ihr eingegeben hatte, in den Karmel einzutreten, vielleicht dieses Milieu des karmelitanischen Lebens gewählt haben als das günstigste Milieu für die freie Entfaltung der Talente und der besonderen Gnaden, mit denen er sie ausgestattet hatte? Stets hatte die Heilige ein klares Bewusstsein von einer Art Vorherbestimmung, die sie betraf, sie ebenso wie ihre Schwestern, was sie mehrere Male zum Ausdruck brachte: „Ja, Jesus hat Seine Vorlieben, es gibt in Seinem Garten Früchte, die die Sonne Seiner Liebe fast in einem Augenblick reifen lässt... Weshalb gehören wir zu dieser Zahl?... Frage voller Geheimnis... Welchen Grund kann Jesus uns dafür angeben? Ach! Sein Grund ist, dass Er keinen Grund hat!" (LT 89 vom 26. April 1889). Andere Bemerkungen dieser Art: „[Jesus] ist frei, und niemand muss Ihn fragen, weshalb Er Seine Gnaden eher der einen Seele als einer anderen gibt" (LT 57 vom 23. Juli 1888; siehe DE, S. 206!).

1 Père Emile RIDEAU, Thérèse de Lisieux, la nature et la grâce*, Fayard, 1973, S. 181.

2 A 80v. Siehe A 71r, LT 142, 88!

Weil ja nach dem wohl bekannten theologischen Wort die Gnade die Natur nicht ersetzt, sondern sich ihrer bedient, um die Gläubigen auf den Wegen der Vollkommenheit zu führen, verhielt es sich ebenso mit dem sozialen oder geistlichen Umfeld, in dem die Dienerin Gottes lebte.

Man kann also sagen, dass, wenn die geistliche Lehre der heiligen Therese vom Kinde Jesus nicht nur eine einfache und geniale Synthese der karmelitanischen Spiritualität ist, so ist es doch unbestreitbar, dass sie entsprechend alledem, was wir über ihr Leben im Karmel von Lisieux untersucht haben, in dem Erbe des von Teresa von Avila reformierten Karmel die Grundlage und die Eingebung fand, die aus ihrer Lehre ein universal bewundertes Gut der Kirche machen und aus Therese eine Meisterin des spirituellen Lebens, die ihr den Titel der „Kirchenlehrerin" einbrachten auf gleicher Ebene mit ihren beiden großen Meistern des Karmel. Daher konnte ein zeitgenössischer Karmelit schreiben:

„Die Lehre der geistlichen Kindschaft, unmittelbar aus den Quellen des Evangeliums geschöpft und gelebt unter dem Drängen des Geistes, bevor sie in die *Geschichte einer Seele* übersetzt wurde, ist von einer so erlesenen Frische und einer so mitreißenden Überzeugungskraft, dass man in ihrem Fall zu Recht von ‚spiritueller Renaissance' sprechen kann, deren *Originalität zu* bestreiten man keinesfalls berechtigt wäre.

Es wäre gleichermaßen ungerecht, wollte man bei Therese vom Kinde Jesus nicht die *teresianische „Prägung"* erkennen. Der scharfe Sinn der bevorzugten Stellung der Liebe im geistlichen Leben und der Geist der „Absolutheit", den man mühelos unter den entblätterten Rosen entdeckt, die das Kreuz verbergen, sind wirklich ein Familienerbe, das übermittelt wurde durch die klösterliche Erziehung und insbesondere durch den Umgang mit den Werken des heiligen Johannes vom Kreuz[1]."

1 Pater GABRIEL DE SAINTE-MARIE-MADELEINE, unbeschuhter Karmelit, Wörterbuch der Spiritualität, Bd. II, col. 79.

Wir schließen mit dem Zitat eines Meisters der Spiritualität unserer Zeit:

„Eine Wahrheit, die sich der Aufmerksamkeit des Theologen ebenso wie der des Historikers aufdrängt und die wir unterstreichen müssen: *Indem sie Karmelitin wurde bis in die Fingerspitzen, wurde Therese vom Kinde Jesus eine Heilige und eine Meisterin des geistlichen Lebens;* dadurch dass sie den Berg Karmel mit Liebe erkletterte, fand sie den Weg der geistlichen Kindschaft und zeichnete seine leuchtende Spur"[1].

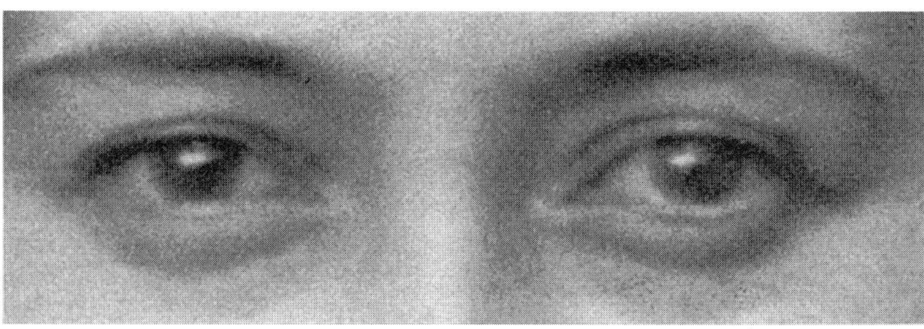

1 Pater MARIE-EUGÈNE DE L'ENFANT-JÉSUS, « Sainte Thérèse de l'Enfant-Jésus, Docteur de la vie mystique », Thérèse de l'Enfant-Jésus, Docteur de l'Amour*, Éditions du Carmel, 1990, S. 320

Dank

Zur Ermöglichung einer deutschen Ausgabe des Buches von P. Emmanuel Renault «Thérèse de Lisieux Carmélite – La Règle, la Liberté et l'Amour» trugen viele bei, denen wir an dieser Stelle danken:

Dem uns tiefverbundenen Autor danken wir herzlich für die freundliche Erlaubnis, sein Werk ins Deutsche übertragen zu lassen. Er bahnte uns auch den Weg zum Erhalt der Lizenz des Ursprungverlages Cerf und unterstützte unser Unternehmen bis zum Schluss durch Rat und Tat.

Madame Rondinet vom Cerf – Verlag sei Dank für ihr freundliches Entgegenkommen und die gegenüber ihren deutschen Partnern erwiesene Geduld.

Ausschlaggebend für das Beginnen und Gelingen war die freudige und treu durchgehaltene Bereitschaft von Frau O'Stud'Rt' Elisabeth Haas, den französischen Text in die deutsche Sprache zu übersetzen. In ihrem selbstlosen Bemühen, diesen Dienst sinn- und wortgetreu zu leisten, war ihr kein Einsatz an Zeit, Kraft und Mitteln zu viel, um einen regen Austausch mit dem Autor wie auch mit uns zu pflegen. – Ihrem Eifer und ihrer Sorgfalt verdanken wir die nunmehr vorliegende deutsche Ausgabe, in der der Autor eine authentische Wiedergabe der Intention seiner Studie erblickt.

Herrn Hans und Frau Rita Paqué von der Paqué - Druck und Verlag – GmbH, Ramstein gilt ein sehr dankbares „Vergelt's Gott" für die Aufnahme dieser Arbeit in ihr Programm unter Hintanstellung wirtschaftlicher Vorteile! Sie verstehen sich „im missionarischen Auftrag arbeitend"!

Die Genehmigung, fünf Fotos aus dem Bildband „Therese von Lisieux, wie sie wirklich war" Johannes Verlag 1961 in unsere Ausgabe zu übernehmen, besorgte uns hilfsbereit und sehr rasch Frau Cornelia Capol vom Johannes Verlag beim «Office Central de Lisieux». Dafür danken wir ihr und dem Verantwortlichen in Lisieux, Herrn Arnaud de Villeroché.

Unser Bischof Dr. Felix Genn schließlich schenkte uns ein wahres „Geleit“, das uns allen helfen kann, den tiefen Grund der sorgsamen Studie von Pater Emmanuel zu entdecken. Unserem Oberhirten ein herzliches Danke!

Die Schwestern des Karmel „Maria in der Not“
Essen- Stoppenberg

Liste der benutzten Abkürzungen

A, B, C	*Manuscrits autobiographiques* – Autobiographische Schriften A, B, C, mit Angabe der Seite: recto (r) und verso (v) = rechts und links
CG I oder II	*Correspondances générales* = allgemeine Korrespondenz mit Angaben : LT *Lettres de Thérèse* für die Briefe von Therese, oft mit Zeilenangaben; LC oder LD für ihre Briefpartner, Éd. du Cerf-DDB, 1972,1992.
CSG	*Conseils et Souvenirs* de soeur Geneviève (nouv. éd., «Foi vivante») = Ratschläge und Erinnerungen von Schwester Genoveva – Neue Ausgabe, „Lebendiger Glaube"
CSM	*Conseils et souvenirs* de soeur Marie de la Trinité (VT, n° 73 und 77) = Ratschläge und Erinnerungen von Schwester Maria von der Dreifaltigkeit
DE	*Derniers Entretiens,* Éd. du Cerf-DDB, 1971, 1992. = Letzte Gespräche – N.B. Die Stellenangaben des «Carnet jaune » = Gelbes Heft finden sich wieder in dem einbändigen Gesamtwerk (1992).
DE/MSC	*Derniers Entretiens* avec soeur Marie du Sacré-Coeur, ID = Letzte Gespräche mit Schwester Maria vom Heiligen Herzen.
LD	*Lettres Diverses* (dans CG I und II) =Verschiedene Briefe (in CGI und II)
LT	*Lettres de Thérèse* = Briefe von Therese
MS/NEC	*Édition des Manuscrits autobiographiques* de la Nouvelle Edition du Centenaire, Éd. du Cerf-DDB, 1992 = Ausgabe der Autobiographischen Schriften der Neuen Ausgabe zur Hundertjahrfeier 1992
NPPA	*Notes des carmelites préparatoires au Procès Apostolique* = Aufzeichnungen der Karmelitinnen zur Vorbereitung des Apostolischen Prozesses).
OCL	Office central de Lisieux = Zentrum der theresianischen Dokumentation in L.
PA	*Procès Apostolique* 1915-1917 , Rom = Apostolischer Prozess, dtsche Auflage 1976

PE	*Papier d'exaction* (nicht übersetzbar) = ein Schriftstück, das Weisungen, die auf die Reformatorin zurückgehn, an den französischen Karmel überliefert.
PN	*Poésies* de Sainte THÉRÈSE, Éd. du Cerf-DDB, 1979,1992 = Gedichte ....
PO	*Procès de l'Ordinaire,* 1910-1911, Rom = Bischöflicher Informativprozess, dtsche Auflage 1973
Pri	*Prières* de sainte THÉRÈSE , Éd. du Cerf-DDB, 1988, 1992 = Gebete der heiligen Therese
RP	*Récréations pieuses* de sainte THÉRÈSE, dans *Théâtre au Carmel,* Éd. du Cerf-DDB, 1985, 1992 = Theaterstücke der heiligen Therese für die Erholungspausen
VT	*Vie thérésienne,* Lisieux ; revue trimestrielle = Das Leben von Therese, Lisieux ; Vierteljahreszeitschrift

STELLENANGABEN IN DEN WERKEN DER HEILIGEN THERESA VON AVILA

Ch.	*Le Chemin de la perfection* = Der Weg der Vollkommenheit
Const.	*Constitutions* = Konstitutionen
D	*Le Livre des Demeures ou Château de l'âme* = Das Buch der Wohnungen oder die Seelenburg
F	Le Livre des Fondations = Das Buch der Gründungen
Vie	Vie de sainte Thérèse d'Avila = Das Leben der heiligen Theresia von Avila

BILDERNACHWEIS

Die Fotos sind dem Bildband: "Therese, wie sie wirklich war", Johannes Verlag Einsiedeln 1961 entnommen – mit Genehmigung des «Office Central de Lisieux». Das Foto nach Kapitel III zeigt das Schwestern-Chor im abgetrennten Westteil der Stiftskirche (1074) auf dem Stoppenberg in Essen.

Literaturverzeichnis

Französisch	**Deutsch**
Avis	Ratschläge
Conseils et souvenirs	Ratschläge und Erinnerungen
Correspondance	Briefwechsel
Correspondance familiale	Briefe der Familie
Histoire d'une famille	Geschichte einer Familie
Histoire d'une mission	Geschichte einer Sendung
Introduction à la spiritualité de sainte Thérèse de l'enfant-Jésus	Einführung in das Geistesleben der hl. Therese vom Kinde Jesus
Justice	Gerechtigkeit
L'Épreuve de la foi. Le combat de Sainte Thérèse de l'Enfant-Jésus	Glaubensprüfung. Der Kampf der hl. Therese vom Kinde Jesus
L'Esprit de Sainte Thérèse	Der Geist der heiligen Therese
La Fondation du carmel de Lisieux et sa fondatrice, la révérende mère Geneviève de Sainte Thérèse	Die Gründung des Karmel von Lisieux und ihre Gründerin, die ehrwürdige Mutter Genoveva von der hl. Teresa
La Montée du mont Carmel	Der Aufstieg zum Berge Karmel
La Passion de Thérèse de Lisieux	Der Leidensweg der Therese von Lisieux
Le Divin Petit Mendiant de Noël demandant l'aumône aux Carmélites	Der kleine göttliche Weihnachtsbettler, der die Karmilitinnen um Almosen bittet
Le Triomphe de l'Humilité	Triumph der Demut
Les deux Thérèse : sainte Thérèse d'Avila, sainte Thérèse de Lisieux	Die beiden Theresen : hl. Teresa von Avila, hl.Therese von Lisieux
Livre des Demeures	Das Buch der Wohnungen oder die Seelenburg
Manuscrits autobiographiques de sainte Thérèse de l'Enfant-Jésus	Die Selbstbiographischen Schriften der Therese vom Kinde Jesus
Mère Agnès de Jésus	Mutter Agnes von Jesus
Montée	Aufstieg
Note sur Mère Marie de Gonzague et la profession de Sœur Geneviève	Bemerkung über Mutter Maria von Gonzaga und die Profess von Schwester Genoveva

Pensées sur l'Amour de Dieu	Gedanken über die Gottesliebe
Présence de saint Jean de la Croix dans la vie et les écrits de sainte Thérèse de l'Enfant-Jésus	Präsens des hl. Johannes vom Kreuz im Leben und in den Schriften der hl. Therese vom Kinde Jesus
Recueil des usages de notre monastère	Sammlung der Bräuche unseres Klosters
Relations spirituelles	Geistliche Beziehungen
Sainte Thérèse de Lisieux à la découverte de la voie d'enfance, Edition franciscaine, Paris l964	Die heilige Therese von Lisieux bei der Entdeckung des Weges der Kindheit Franzskanischer Verlag, Paris 1964
Saint JEAN DE LA CROIX, Oeuvres complètes	Der hl. Johannes vom Kreuz, Gesamtausgabe
Sainte Thérèse de l'Enfant-Jésus et son prochain	Die hl. Therese vom Kinde Jesus und ihre Nächsten
«Sainte Thérèse de l'Enfant-Jésus, Docteur de la vie mystique», Thérèse de l'Enfant-Jésus, Docteur de l'Amour	„Die hl. Therese vom Kinde Jesus, Lehrmeisterin des mystischen Lebens" Therese vom Kinde Jesus, Lehrmeisterin der Liebe
Sainte Thérèse de Lisieux, modèle de vie contemplative	Die hl. Therese von Lisieux, ein Vorbild für kontemplatives Leben
Théâtre au Carmel	Therese von Lisieux, Theaterstücke
Thérèse de Lisieux, histoire d'une mission	Therese von Lisieux, Geschichte einer Sendung
Thérèse de Lisieux, la nature et la grâce	Therese von Lisieux, die Natur und die Gnade
Trésor du Carmel	Schatz des Karmel
Vie	Leben
Vie de la soeur Saint-Pierre, carmélite de Tours	Leben der Schwester vom heiligen Petrus, Karmelitin von Tours
Vie de sainte Thérèse	Leben der heiligen Therese

INHALTSVERZEICHNIS